A Raven's Shadow: The Blood Song
Copyright ©2011 by Anthony Ryan
This edition published by arrangement with The Berkley Publishing Group,
A member of Penguin Group(USA)LLC,a Penguin Random House Company,
arranged through Andrew Nurnberg Associates International Limited
Simplified Chinese Translation Copyright ©2015 by Chongqing Publishing House Co.,Ltd.
All rights reserved.

版贸核渝字（2020）第237号

图书在版编目（CIP）数据

渡鸦之影.1，血歌／（英）瑞恩著；黄公夏，露可小溪译．—重庆：重庆出版社，2015.3
ISBN 978-7-229-09052-4

Ⅰ.①渡… Ⅱ.①瑞… ②黄… ③露… Ⅲ.①长篇小说—英国—现代 Ⅳ.① I561.45

中国版本图书馆 CIP 数据核字（2014）第 292359 号

渡鸦之影（卷一）：血歌（上下册）
DUYA ZHI YING(JUAN YI):XUEGE（SHANGXIACE）

[英]安东尼·瑞恩 著 黄公夏，露可小溪 译

联合统筹：重庆史诗图书信息咨询有限公司
责任编辑：邹 禾 许 宁 方 媛
装帧设计：谢颖设计工作室
封面插图：NAVAR
责任校对：杨 媚

重庆出版集团 出版
重庆出版社

重庆市南岸区南滨路162号1幢 邮政编码：400061 http://www.cqph.com
重庆出版集团艺术设计有限公司 制版
重庆市国丰印务有限责任公司 印刷
重庆出版集团图书发行有限责任公司 发行
E-mail: fxchu@cqph.com 邮购电话：023-61520646
重庆出版社天猫旗舰店
cqcbs.tmall.com
全国新华书店经销

开本：890mm×1230mm 1/32 印张：20.375 字数：506千
2015年3月第1版 2021年7月第2次印刷
ISBN：978-7-229-09052-4
定价：69.80元

如有印装问题，请向本集团图书发行有限公司调换：023-61520678

版权所有 侵权必究

献给我的父亲
是你让我永不言弃

第一部

渡鸦之影,涤荡我心,
泪如奔流,冻如霜冰。

——瑟奥达诗歌,佚名

第一部

佛尼尔斯的记述

他有很多称号。虽然还不足而立,他的历练已得到岁月的认同,积攒下数不清的头衔:派他来戕害我们的疯子国王称他为疆国之剑,与他一同历经战场沉浮的追随者称他是雏鹰,和他为敌的库姆布莱人叫他黑刃,还有——我很久之后才知道——北大森里谜一般的部落民称他为伯纳尔·沙克·乌尔——渡鸦之影。

但在我和国人的眼里,他只有一个称号,正是那个称号,在那个早晨,当他被带上船舷时,不断在我脑海中回响:希望杀手。你的死期将至,我会见证。希望杀手。

令我意外的是,与我听过的传闻相反,他并不十分魁梧——虽然还是比大部分人要高;五官挺拔,但远远算不得俊俏。他的肌肉相当发达,却也不像说书人绘声绘色形容的那么夸张。唯一和传说相符的外貌特征是眼睛:黑如玉、锐如鹰。据说,他的眼睛能让人的灵魂无所遁形,只要和他四目相对,你就不可能守住任何秘密。这种话我向来不信,但见了他之后,我明白了别人相信的原因。

一整队帝国骑卫排成密集队形押送这名囚犯,长枪在手,冷峻的视线在人群中梭巡,预防骚动的苗头。但周围安静得很,根本无需操心。人们停在两旁,直勾勾地盯着他,直到马儿驮着他经过。没有叫嚷、没有唾骂,也没有石块和鸡蛋。我想起来了,他们认识他。他曾短暂地统治这座城市,率领一支异族的军队在城内驻扎,可我在他们脸上看不到恨意,看不到复仇的渴望。大部分人显示出的是好奇。为什么他会出现在这里?为什么他还活着?

队伍在码头止步,犯人被喝令下马,准备登上押送的船只。我已在码头等候多时,见他们出现,赶紧放下记事本,从一口装香料的桶上站起身来,向队长点头致意:"愿荣誉与你相伴。"

队长是一名老资格的卫队长官,一条淡淡的伤疤划过下颌,皮肤黑如乌木,是南方帝国特有的肤色。他点头回礼,动作熟稔而标准:"佛尼尔斯大人。"

"这一程还算安泰?"

队长耸耸肩膀:"碰上几次麻烦。在耶瑟里亚,我们不得不敲碎几颗脑袋,因为当地人想把'希望杀手'吊到神庙的尖顶上暴尸。"

这等忤逆行径令我怒从中来。在犯人途经的城镇都宣读过陛下的敕令,公文里说得清清楚楚:不得碰"希望杀手"一根寒毛。"我会向陛下禀告此事。"我说。

"当然,不过这是小事。"他转身面对犯人,"佛尼尔斯大人,我向您转交御下重囚一名,囚犯姓名:维林·艾尔·索纳。"

我向这名高大的男子郑重地点点头,这是一个始终萦绕在我脑海中的名字。希望杀手、希望杀手……"愿荣誉与你相伴。"我强迫自己向他致礼。

他那黑色的眼眸与我对视了一秒,刺痛我、拷问我。那一瞬间,我简直要相信那些荒诞不经的故事,怀疑这蛮族的凝视中当真蕴藏着某种魔法。他真能剥开人的灵魂么?开战至今,到处充斥着关于他的传闻,诉说他神秘的力量:他能通兽语,能对无名者发号施令,还能随心所欲地操纵天候。他的钢刃用剑下亡魂的血淬火,在战场上无坚不摧。最可怕的是,他和他的族人崇拜死亡,与先祖通灵,召唤出千奇百怪的妖灵邪异。我对这种蠢话嗤之以鼻,如果这些北方人的魔法如此强大,又怎会在我们手中承受如此惨烈的失败?

"阁下。"维林嗓音沙哑,带着浓重的口音。他的阿尔比兰语是在地牢里学的,嘶哑的嗓音来自经年的呐喊——为了盖过战场的金铁交鸣和惨叫、赢下上百场胜利。而其中的一场,令我失去了最亲密的友人，也让这个帝国痛失未来。

我转向队长："为什么给他戴镣铐？皇帝陛下有令，不得对他无礼。"

"没人喜欢看着他自由自在地骑马。"队长解释道，"犯人要求戴上镣铐，以免麻烦。"他走到艾尔·索纳身边，解开镣铐。这名高大的男子用满是疤痕的手揉揉手腕。

"大人！"人群中传来一声呼喊。我一转身，见一名矮胖的白袍男子快步走来，脸上汗水涔涔，想是不擅如此劳顿。"请留步！"

队长的手伸向佩刀，但艾尔·索纳浑不在意，还朝那胖子露出笑容："阿茹安总督。"

胖子停下脚步，掏出一块蕾丝手巾抹抹脸上的汗。他的左手提着一柄长物，裹在布里。他朝队长和我点点头，但开口的对象是犯人："阁下，没想到还能见面。您还好吗？"

"我很好，总督阁下。您怎么样？"

胖男子摊开右手，蕾丝巾从拇指边垂下，露出一手的指环："再也不是什么总督了，只是个蹩脚的商人。生意没以前景气，但总算熬过来了。"

"佛尼尔斯大人，"维林·艾尔·索纳对我说道，"这位是霍卢斯·内斯特·阿茹安，尼莱什城前总督。"

"幸会。"阿茹安略一欠身，向我致敬。

"幸会。"我郑重回礼。希望杀手就是从他手里夺走了这座城市。守城失败后，阿茹安没有自尽，这种不名誉的做法在战后饱受指摘。但皇帝陛下（诸神佑护陛下的睿智和仁慈）考虑到城市被希望杀手所占，情况特殊，便网开一面。不过仁慈不代表他可以继续担任总督。

阿茹安转向维林："看来您气色不错，我很高兴。我已修书一封，乞求陛下开恩。"

"我知道,受审时,他们念了你的信。"

我从庭审记录中得知,阿茹安冒着生命危险所写的信函成了一份证据,连同若干其他证据一起,表明"希望杀手"在战争期间有过耐人寻味,也不合其本性的宽悯之行。此函蒙皇帝陛下圣听,随后,陛下如此定夺:治其罪,不问其德。

"您女儿可好?"犯人问阿茹安。

"她很好,今年夏天刚成婚。对方是船工的儿子,不靠谱,但我这不中用的爹又能奈何?托您的福,至少她还有这条命来伤我的心。"

"我为你们高兴。是为婚事,不是您的苦恼。向你们致以最美好的祝愿,我给不了别的。"

"阁下,我倒是带了一件礼物来。"

阿茹安用双手托起那柄裹布的长物,递到希望杀手跟前,面色凝重得古怪:"听说您很快就用得上此物。"

这个北方的蛮族明显露出迟疑的神色,接过物件,用伤痕累累的手解开扎绳。布块抖落,亮出一把式样罕见的长剑,剑身含在鞘内,长约一码,锻得笔直,不像阿尔比兰士兵爱用的弯刀。剑柄周围有一块弧形的护手,顶端的一颗质朴的钢球是这把兵器唯一的装饰。剑柄和剑鞘满是刻痕、划痕,诉说着此剑经年的沧桑。这不是什么礼仪性的装饰品,我突然明白了,心头一阵翻江倒海:这是他的剑。他带着这把剑踏上我们的海岸。他凭着这把剑成为希望杀手。

"你一直留着?"我又惊又怒,冲阿茹安大喊。

胖商人转向我,表情变得冰冷:"荣誉心使然,大人。"

"多谢。"我还没来得及继续发作,艾尔·索纳便接口说道。他掂了掂剑的分量,拔出寸许刀身,用拇指试了试刀锋。此时,我看到卫队长身躯一震。"锋锐如昔。"

"一直都用心打理着。定期上油、砥磨。我还带来一件小小的纪念品。"阿茹安伸出手,掌心躺着一颗红宝石,中等大小,切割精良,无疑是他家族收藏中的上品。我知道,阿茹安的慷慨是有原因的,可如此明目张胆地抬高一个蛮族,再加上这把血腥的剑,还是让我很不愉快。

艾尔·索纳有些不知所措,不停摇头:"总督,我不能……"

我凑上前,轻声道:"北方人,这是你的荣幸,你配不上的荣幸。不要拒绝,否则就是对他的侮辱,也会令你更不名誉。"

他冲我眨眨黑色的双眸,旋即对阿茹安笑道:"我无法拒绝如此好意。"说罢接过宝石,"我会一直留着它。"

"但愿您别留着,"阿茹安笑答,"只有不用卖掉珠宝的人才会把珠宝留在身边。"

"说你们呢!"不远处,一艘靠港的船上传来一声呼喊,那是一艘梅迪尼安大帆船,船桨的数量和船身的宽度表明它是货船,而非传说中的梅迪尼安战舰。一名个子不高的黑胡子壮汉在船头招手,从头上所系的红头巾可知他便是船长。"你们这些阿尔比兰狗,把希望杀手带上船来!"他用典型的梅迪尼安社交辞令大喊,"别磨磨蹭蹭的,我们要错过潮汐了!"

"这艘船会带我们去岛上,正等我们上船。"我招呼犯人,开始收拾东西,"还是别惹船长生气为好。"

"看来那是真的。"阿茹安说,"你要到群岛去,为那位女夫人而战?"我不喜欢这句话的语调,满是让人起鸡皮疙瘩的敬畏之情。

"是的。"犯人握了握阿茹安的手,向队长点点头,然后对我说:"大人,可以走了吗?"

"在给你们皇帝舔脚丫子的人里头,你大概算排得上号的,抄书人。"船长一边用指头戳我的胸口,一边说,"但这艘船是我的地盘。你们就睡这儿,要不就把你们绑桅杆上。"

他领我们看了落脚处——在船首的货舱里，用帘子隔出的一块地方。货舱里臭气熏天，舱底的陈年污水带着咸味，各种货物的气味混杂在一起，还有水果、鱼干和数不清的香料——这是帝国有名的特产，混合出令人作呕的怪味。能不吐出来已经是我的极限了。

"我是堂堂的佛尼尔斯·阿利希·苏梅伦，御前史官、第一学士、皇帝陛下光荣的仆人。"我捂着嘴回答，捂嘴的手帕多少模糊了我的言辞，"我是护送御下重囚的特使，可差遣各地船主。海贼，对我放尊重点，否则我叫二十个卫兵登船，把你在全体船员面前吊起来抽鞭子。"

船长凑得更近了，难以置信的是，他的吐出的气息比货舱的味道更可怕："试试看。出港后，我就有二十一具用来喂杀人鲸的尸体了，抄书人。"

艾尔·索纳伸脚探探舱板的一个铺位，略作环顾："能住。我们需要食物和水。"

我怒不可遏："你真想住这种老鼠窝？太恶心了。"

"你应该尝尝地牢的滋味，那里也有很多老鼠。"他转向船长，"水桶是在前甲板吗？"

船长用又短又粗的手指捋捋蓬乱的胡须，打量起眼前的高个子。他大概是在寻思，这些话是不是对他的嘲弄；又或者在估量，必要时能不能把这个男人杀掉。阿尔比兰沿海一带有一句俗语：宁可背对眼镜蛇，也不要背对梅迪尼安人。"要和海盾斗剑的人就是你？在伊尔黛拉，你的赔率是二十比一。我是不是应该投个铜板在你身上？海盾是那座岛上最厉害的刀手，可以把空中的苍蝇一刀两断。"

"他配得上这样的盛名。"维林·艾尔·索纳笑道，"水桶究竟在哪儿？"

"是在前甲板。每天一瓢，不准过量。我不会让船员因为你们这两个家伙缺水。食物可以到厨房取，和我们吃一样的垃圾，你们不介意吧?"

"我当然吃过更差的。如果你需要划桨手,我随时听候差遣。"

"以前干过?"

"一次。"

船长咕哝道:"会安排的。"他转身离去,同时头也不回地说:"一个小时内起帆,别跑出来妨碍我们清理甲板。"

"野蛮的岛民!"我怒气冲冲地打开行囊,摆好鹅毛笔和墨水,确认床铺下没有潜伏的老鼠,然后坐下给皇帝陛下撰函。我希望陛下了解这场无礼闹剧的全部细节。"他以后别想在阿尔比兰任何港口靠岸,我保证。"

维林·艾尔·索纳背靠船壳坐下。"你懂我的语言?"他换成北方语问道。

"我研究的就是语言,"我同样以北方语回答,"我可以流利使用帝国的七种主要通用语,还能用另外五种进行交流。"

"了不起。你会瑟奥达语吗?"

我把视线从羊皮纸上挪开,抬起头:"瑟奥达?"

"北大森的瑟奥达部落。可曾听说?"

"我对北方蛮族所知甚少,也想不到需要补足的理由。"

"作为一名学者,你对自己的无知还挺受用的。"

"我可以代表整个帝国表态,我们所有人都希望对你们一无所知。"

他歪歪头,打量着我:"你的语气带着恨意。"

我不理他,鹅毛笔在羊皮纸上飞舞,拟出呈给皇帝的信函应有的标准开场白。

"你认识他,对吗?"维林·艾尔·索纳接着说。

我的笔停住了。我不敢看他的眼睛。

"你认识'希望'。"

我把鹅毛笔一搁，站起身来。货舱的臭味、与这个蛮族近在咫尺的现实，突然变得令我无法忍受。"对，我认识他。"我承认，"我知道他是最杰出的人。我知道他将成为这片大陆有史以来最伟大的皇帝。但我的恨不是因为这个，北方人。我恨你，因为'希望'是我的朋友，而你杀了他。"

我挺起胸膛大步离去，登上舱梯，来到主甲板。有生以来第一次，我希望自己是个战士，希望有粗壮的胳膊、发达的肌肉、坚如磐石的心，可以手起刀落，来一场血腥的复仇。但这一切与我无缘：我的体形还算标准，但不强壮；我的头脑虽然敏锐，但不残忍；我不是战士。所以不会有我个人的复仇。我能为朋友做的，就是见证凶手的死期，为他的故事写下正式的结局，以悦圣心，以明史撰。

我在甲板上待了几个小时，凭栏眺望。伴着甲板长敲出的鼓声，看着阿尔比兰北岸的碧水渐变成艾瑞尼安内海的蓝波，我们的旅程开始了。离岸后，船长下令展开主帆。船开始加速，锐利的船头劈波斩浪。船首像是梅迪尼安传说中的腾蛇，也是他们无数海神中的一位，有很多长着尖牙的蛇头。满嘴利齿的蛇头随着船身起伏，被一片细浪腾起的薄雾笼罩。连续划了两个小时后，甲板长下令休息。划桨手们收起桨，结队前去用餐。当班的水手留在甲板上，操纵器械，干那些船上讨生活的人永远也干不完的杂务。有几个水手瞟了我几眼，但没人上来搭话，真是谢天谢地。

距港口还有几里格时，它们出现了。黑鳍如刀，划破海面，引来水手们欢快的呼唤："杀人鲸！"

我没法数清数量，它们游得飞快，在海里极为自如，不时跃上海面，喷出一柱水汽，复又下潜。靠得更近一点后，我才看清它们的个头有多大——全长超过二十英尺。我在南部海域见过海豚，那些银色生灵性情活泼，能学会一些小把戏。而杀人鲸不一样，这些在水下穿梭的巨大黑影令我不安，就像自然界的冷漠和残酷的化身。船员的感受显然不太一样，他们挤在船舷边欢呼雀跃，仿佛在招呼老朋友，连船长惯常的阴沉脸色似乎也缓和了不少。

一条杀人鲸跃出水面，泛起一大片水沫，在半空扭了扭腰后轰然入水，船身为之撼动。那些梅迪尼安人一阵喝彩。噢，塞利森，我心想，看到这种景象，你应该会诗兴大发吧。

"在他们眼里，杀人鲸是神圣的。"我转过身，见希望杀手来到身旁，"他们相信，当梅迪尼安人死在海上，杀人鲸会驮着他们的灵魂游向世界尽头之外的无尽大洋。"

"怪力乱神。"我嗤之以鼻。

"你们也有信奉的神吧？"

"我的同胞信，我不信。神是虚构的，用来哄孩子的。"

"我故乡的人爱听你这种话。"

"这里不是你的故乡，北方人。我也永远不想去那个地方。"

又一条杀人鲸跃出海面，腾空足有十英尺，然后扎进水里。"奇怪，"艾尔·索纳若有所思，"当我们的船经过这片海域时，杀人鲸并不理会，它们只为梅迪尼安人现身。也许它们和梅迪尼安人有共同的信仰。"

"也许吧，"我说，"又或许是因为它们喜欢免费的午餐。"我朝一边努努嘴。船长正往海里抛鲑鱼，杀人鲸蜂拥而至，快得我的眼神都跟不上。

"为什么是你，佛尼尔斯阁下？"艾尔·索纳问，"为什么皇帝派你来？看管囚犯并不是你的职责。"

"是我要求来亲眼见证你将面临的决斗，皇帝陛下体恤臣心，同意了我的请求。当然，我还要护送艾梅伦夫人回去。"

"你是来看我死的。"

"我是来为皇室卷宗撰史的。我的身份是御前史官,别忘了。"

"我听说了。我的看守叫格里希,他非常钦佩你为这场战争所著的史书,认为那是阿尔比兰文学的无上瑰宝。作为一个在地牢里度过一生的人,他懂得很多。他会坐在牢房外,为我读上几个小时的书,一页接着一页,尤其是战役部分,他喜欢那些内容。"

"准确的研究是治史的关键。"

"那很遗憾,因为那本书里有太多的错误。"

我再一次渴望拥有战士的力量:"错误?"

"很严重。"

"很好。也许你可以用你那野蛮人的头脑思考一下,告诉我哪些地方错得很严重。"

"哦,在小细节上,你的记述基本是对的。但你说我指挥的是一支狼军团,这就错了。那其实是第三十五步兵团,被疆国禁卫军称为奔狼。"

"我一定会在返回都城的途中赶出一份修订稿。"我讥言道。

他闭上眼,开始回忆:"'雅努斯王对北海岸的侵略只是第一步,他有更大的野心,那就是吞并整个帝国。'"

背得一字不差。他的记忆力令我叹服,但这种话实在说不出口。"那是单纯的事实。你们是来窃取帝国的。竟然以为这种计划能够得逞,雅努斯是个疯子。"

艾尔·索纳摇摇头:"我们为北海岸的港口而来。雅努斯想要的是艾瑞尼安海上的贸易航线。他不是疯子。他老了,走投无路,但不疯。"

他话语中流露出的同情令我吃惊。雅努斯是个大叛贼,这是希望杀手的传奇中不可缺少的一部分。"你又怎么会知道他的想法?"

"他告诉我的。"

"告诉你?"我笑了,"我写了上千封信去询问,给我能想到的每一个使节和疆国官吏都发了函。愿意回函的人不多,但所有的回信都认同一点:雅努斯从不向任何人透露他的计划,哪怕是家人。"

"可你却断言他打算征服你们的整个帝国。"

"根据现有的证据,这是合理的推断。"

"合理?也许,但错了。雅努斯拥有一颗王者之心,必要时,可以坚强而冷酷。但他并不贪婪,也不做不切实际的梦。他知道疆国永远不可能征服这个帝国,我们无法聚集所需的人力和财力。我们为港口而来。他说,这是我们保障未来的唯一办法。"

"他为什么把这些机密透露给你?"

"我们……有一个约定。他把很多不能言说的事告诉了我。有一些命令,需要他的解释才能执行。但有时,我想他只是想找人倾诉。每个王者都会孤独。"

我感到一种难以言说的诱惑:这北方人知道一些我所渴求的信息,也能告诉我。我对他有了更多的敬意,以及更多的厌恶。他在利用我,他有一些必须讲述的故事,想让我记述下来。至于理由,我猜不到。但我知道这和雅努斯有关,和他将在岛上进行的决斗有关。也许他需要释放自己,在最后时刻来临前,为后世留下一份真相,让历史铭记他作为希望杀手之外的另一面。这是最后的尝试——为了救赎他的灵魂,也救赎他死去的国王的灵魂。

我盯着杀人鲸,任凭沉默蔓延,直到它们吃够送到嘴边的鲜鱼,向东方远去。最后,当太阳沉向海底,暗影渐渐拉长,我开口道:"那好,说吧。"

渡鸦之影 血歌

第一章

那个早晨，当父亲送维林去"第六宗"时，地上蒙着一层凝重的雾。他策马在前，两手抓紧鞍环，享受这难得的驰骋。父亲很少带他骑马。

"父亲大人，我们要去哪儿？"父亲带他去马厩时，他问。

高大的男子一言不发，但正在给坐骑装配鞍具的手有一瞬间的停滞。维林没有多想，他的大部分问题都被父亲无视，已经习惯了。

他们骑马离家而去，马蹄铁敲打卵石，嘚嘚响个不停。过了一会，他们穿过东门，两旁立着刑台，吊装着死人的笼子，腐烂的气味氤氲着，让人作呕。他早就学乖了，不去问这些人受罚的原因，这是父亲始终最愿意回答的极少数问题之一，他讲的故事会让维林夜不能寐，冷汗涟涟，被窗外的一切动静吓哭，生怕盗贼、暴徒或是受黑巫术荼毒的绝信徒来把他抓走。

石子路很快被城墙外的草地取代，父亲夹紧马腹，让马儿越跑越快，维林兴奋地绽开笑颜，这份愉悦让他心底里一阵羞愧。母亲两个月前刚过世，父亲的哀愁就像黑云，笼罩整栋家宅，仆人都战战兢兢，也鲜有人敢来做客。可维林才十岁，还在用孩子的眼睛看待死亡：他想念母亲，但死亡是他无法理解的概念，是成人世界的终极秘密。尽管他哭过，却不知道原因，也照样去厨房偷点心吃，在园子里玩木剑。

让马儿撒开蹄子跑了几分钟后，父亲收紧缰绳，可对维林来说，这太短暂了，他想一直这么跑下去。他们停在一扇巨大的铁拱门下。栏杆很高，比三个人叠罗汉还高，杆顶有闪着寒光的尖铁。门拱顶部立着一座铁雕像,是个战士,持剑在手,剑尖朝下,握于胸前。雕像的脸毫无生气,是骷髅的脸。两侧的围墙差不多和门一样高,左边横着一道木梁,悬着一口铜钟。

维林的父亲下马,把他从马鞍上抱下来。

"这是哪儿,父亲大人?"他压低了嗓门,可听起来却像吼叫。寂静和迷雾令他不安,他不喜欢这扇门,还有门上的雕像。凭一个孩子的直觉,他可以肯定,那双空洞的眼眶中藏着欺骗和诡计。它正注视着他,等待着什么。

父亲没有回答,径直走到铜钟旁,从腰带里抽出短剑,以剑柄敲打。在寂静的笼罩下,敲打声大得可怕。维林捂住耳朵,直到钟声荡去。他抬起头,见父亲站在一旁俯视着他。

"维林,"他用战士特有的粗哑嗓音说,"记得我教你的话吗?我们家族的信条。"

"记得,父亲大人。"

"说给我听。"

"'忠诚即我们的力量。'"

"不错。忠诚即我们的力量。记住这句话。记住,你是我的儿子,我希望你留在这里。在这里,你会学到很多东西,你会成为第六宗的一员。但你永远是我的儿子,也要遵从我的意愿。"

门后传来一阵鞋底和碎石路的摩擦声。维林定睛一看,围栏后立着一个高高的人影,身披斗篷。他一直在等他们。他的脸隐藏在雾中,但维林感到某种局促不安,仿佛在被人打量和评鉴。他抬头看着父亲,映入眼帘的是一个身材健硕、相貌非凡的男子,胡须夹杂银丝,皱纹深嵌在额头和脸颊上。他的表情中有一些新的东西,一些维林从未见过、无法言状的东西。在以后的人生中,他将从上千人的脸上读到这种表情,像熟悉老朋友一样熟悉它:恐惧。他被父亲眼里非同寻常的黑暗吓了一跳,那比妈妈的眼睛都黑得多。这将是他一辈子都不会忘掉的眼神。在别人眼里,他是战争大臣、疆国第一剑士、贝特里安的英雄、国王的救星,他的儿子因他出名。但在维林眼里,他永远是一个可怕的人,是一个在这扇门前抛弃骨肉、把他丢给第六宗的父亲。

他感到父亲的大手按住了自己的后背:"走,维林。到他那边去,他不会伤害你的。"

骗人!维林在心中大喊。他拖拖拉拉地不肯挪步,被父亲推向大门。随着距离的缩短,披斗篷那人的脸显得越来越清晰,那是一张狭长的脸,有着淡蓝的眼睛和两片薄唇。维林不知不觉盯住了那双眼,长脸男人专注地回应他的目光,仿佛他的父亲不存在。

"你叫什么名字,孩子?"他的声音轻柔如烟,像是迷雾中的一声叹息。

维林始终不明白,当时他的声音为何毫无颤抖:"阁下,我叫维林,维林·艾尔·索纳。"

两片刀锋般的嘴唇划出一道微笑:"我不是什么阁下,孩子。我是盖涅·阿尔林,第六宗的宗老。"

维林回想起母亲教导的无数礼仪:"对不起,宗老大人。"

身后传来一声响鼻。维林转过身,父亲已策马而去。雾色很快吞没了他的坐骑,蹄声入土,渐行渐远,陷入沉寂。

"他不会回来了,维林。"长脸的宗老说道,他脸上的笑容不见了,"你知道他带你来此地的原因吗?"

"来学很多东西,成为第六宗的一员。"

"不错。但每一位兄弟都要凭自己的意愿入会,不管是大人还是孩子。"

他突然想跑,想遁入雾色。他能逃走。他会碰上一群让他入伙的逃犯,然后住在森林里,经历一次次伟大的冒险,假装成一个孤儿……忠诚即我们的力量。

宗老看着他,面沉似水,可维林知道,他能看穿眼前这孩子脑袋里的每个想法。后来,他曾好奇,那些被不负责任的父亲拖来或骗来的孩子当中,究竟有多少人真的逃跑了。还有,他们后不后悔。

忠诚即我们的力量。

"我想进去,请收留我。"他告诉宗老。他眼中含泪,使劲眨了几下,好把泪挤走。"我想学很多东西。"

宗老伸手打开门锁,维林看到那双手上有很多伤疤。他打开门,示意维林进来:"来吧,鹰崽。你是我们的兄弟了。"

维林很快发现,第六宗的宅邸可不是什么宅子,而是一座城堡。宗老领他前往主门的途中,他看到的尽是如峭壁般耸立的花岗岩石墙。黑色的人影在城垛上巡逻,手持强弓,用蒙了雾霭的空洞眼神俯视他。入口处,一道拱形闸门徐徐升起,让两人通过。两名矛兵在站岗,都是十七岁的高年级学员,他们向经过的宗老鞠躬,姿态充满敬意。宗老仿佛没有看到他们,径直领维林穿过庭院。另一些学员正在清扫圆石路上的稻草,铁锤击打金属的鸣响从铁匠铺传来。维林见识过城堡,父母带他去过一次王宫,他穿着自己最好的衣服,被裹得动弹不得。第一宗的宗老用他那催人入睡的嗓音喋喋不休,诉说国王有一颗多么伟大的心,让他无聊得浑身发痒。王宫就像一座金碧辉煌的迷宫,到处是雕像、织锦、光洁的大理石,士兵的胸甲亮得可以照出你的脸。王宫里没有粪臭和烟味,但有上百条阴暗的走廊,毫无疑问,其中蕴藏着种种孩子不该知道的黑色秘密。

"告诉我,你对本宗有多少了解,维林。"领他前往主楼的途中,宗老问道。

维林回忆着母亲的教诲:"第六宗执掌正义之剑,对抗信仰和疆国的敌人。"

"非常好。"宗老似乎有些意外,"看来你学得不错。但你是否知道,和其他宗会相比,有哪些职责是本宗所独有的?"

维林搜肠刮肚地思索答案,直到两人走进主楼,看到两个十多岁的男孩用木剑对战,以飞快的速度进行一连串刺劈和格挡,木剑噼啪作响,溅起一片碎屑。他们在一个用白粉笔画出的圆圈里对战,旁边站着一名握着手杖、瘦骨嶙峋的光头男子,想必是教官。每当有人被逼到圈边,手杖就会落到他身上。男孩对挨打毫不在意,完全专注于眼前的比试。其中一人突刺过猛,头上挨了一击,伤口血流如注。他踉跄后退,重重摔出圈外,又引来教官当头一棒。

"你们会战斗。"维林对宗老说,暴力和血腥的场面令他的心猛跳不已。

"对。"宗老停下脚步,低头看他,"我们战斗,我们杀戮。我们迎着箭矢和火海攻上城头。我们面对冲锋的战马和长枪寸步不退。我们在如林的枪尖矛锋中杀出血路,夺下敌人的战旗。第六宗的职责是战斗,可我们为什么战斗?"

"为了疆国。"

宗老蹲下身子,平视着他:"不错,疆国,但比疆国更重要的是什么?"

"信仰?"

"你似乎不太肯定,鹰崽。也许你学得不如我想象的那么出色。"

在他身后,教官一把拉起倒下的男孩,嘴里骂个不停:"笨手笨脚,低能,吃屎的猪!回圈里去。再敢摔倒试试,我叫你再也起不来。"

"'信仰蕴含着我们的全部历史和灵魂,'"维林背诵道,"'当我们进入往生,我们的精魂将和逝者的魂魄为伍,为来世寻求他们的指引。作为回报,我们要向逝者奉上荣誉和信仰。'"

宗老扬扬眉毛:"你深谙教理。"

第一部

"是的。母亲经常教导我。"

宗老的脸色突然被阴云笼罩。"你的母亲……"他顿了顿,复又戴上那一贯漠然的面具,"不宜再提你的母亲,也不能提你的父亲或其他家人。从现在起,你没有家,宗会才是你的家。你属于宗会。明白了吗?"

头部受伤的男孩再次倒下,遭到宗师的责打,手杖以不变的速度上下起落,宗师那枯骨般的脸上没有流露任何情绪。维林在父亲的脸上见过同样的表情,那是他用皮带抽打猎犬的时候。

你属于宗会。令他吃惊的是,他的心跳放缓了,回答时也没有发抖:"我明白。"

宗师名叫索利斯。他五官清瘦,刻满风霜,有一对山羊般的眼睛,灰暗、冷峻、看人时一动不动。他看了维林一眼,问:"你知道黯肉吗?"

"不知道,长官。"

索利斯宗师凑近一步,居高临下地看着他。维林的心依然不肯加速跳动。这个形如枯骨的宗师竟然杖责倒在地上的孩子,那个画面已把他的恐惧化成了满腔的愤怒。

"是死人肉,小鬼。"索利斯宗师告诉他,"那是战场上留下的肉,要被乌鸦吃,被老鼠啃。那就是你的下场,小鬼。一堆死肉。"

维林一言不发。索利斯试图用那双山羊眼看透他,但他知道,那双眼睛不会看到任何恐惧,这位宗师令他生气,而非害怕。

他被安置在北塔楼的一间阁楼里,还有十个男孩和他一起。他们年龄相仿,有人哭鼻子,因为感到孤独,觉得被遗弃了;有人笑个没完,出于离开父母的新鲜劲。索利斯让他们排好队,手杖挥向一个动作太慢的壮小子:"动作要快,蠢脑子。"

他一个个打量他们,走近了挨个骂上几句。"叫什么?"他问一名高个子的金发男孩。

"诺塔·艾尔·森达尔,长官。"

"是宗师,不是长官,猪脑子。"他走向下一个,"你呢?"

"巴库斯·耶书亚,宗师大人。"刚挨了棍子的壮小子回答。

"看来尼塞尔人还在养拉车的大马。"

就这样,直到每个人都被他羞辱了一遍。最后,他退后几步,作了一番简短的演说。"你们被家人送到这里,他们这么做一定是有原因的。"索利斯告诉他们,"他们想让你们当英雄,想让你们为家族增光,想在猛灌啤酒或是睡娼女的时候有点吹嘘的资本,又或许只是受够了你们这些只会哭的小毛孩。行了,忘掉他们。如果他们需要你们,你们就不会站在这儿。你们是我们的人了,你们属于宗会。你们要学习战斗,要为疆国和信仰杀敌,到死为止。除此之外,一切都不重要,一切都与你们无关。你们没有家,你们没有梦,你们对宗会以外的东西没有任何追求。"

他让他们带着各自床位上的粗布袋,沿着数不清的台阶跑到塔楼下,穿过庭院进入马房,把稻草装进布袋里。一路上,他的手杖就像打雷般响个不停。维林可以肯定,他背上挨的杖子比别人更多,也怀疑索利斯故意把他撑到更陈旧、更潮湿的草垛边上。等布袋塞满了,索利斯又用杖子抽着他们登上塔楼,叫他们把布袋放到木架上——这就是他们的床铺了。接着又是一轮猛跑,这回是跑到主楼的地窖里。他叫男孩们整队。呼气在阴冷的空气中凝成白华,喘气声在地窖中回荡,显得格外响亮。地窖看起来很大,砖石砌成的拱道向四处延伸,直到消失于黑暗之中。维林凝视走廊的暗影,恐惧在心底再度涌起,这些望不到头的黑暗中仿佛凶机暗藏。

"往前看!"索利斯的杖子落向他的胳膊,他把一声痛苦的呜咽硬生生咽了下去。

"新学员啊，索利斯宗师？"一声欢快的问候传来。一名体型硕大的男子从黑暗中现身，一盏油灯在巨掌中明明灭灭。他是维林见到的第一个腰围似乎胜过身高的人。他的腰身包裹在一条宽大的斗篷里，和其他宗师一样是深蓝色，但胸前绣着一朵红玫瑰。索利斯宗师的斗篷没有任何装饰。

"又一批废物，格瑞林宗师。"他的语气里透着一股无奈。

格瑞林用肉乎乎的脸挤出一个笑容，但转瞬即逝："有您的指导，他们真是太幸运了。"

随后是短暂的沉默，维林感受到两人之间的紧张气氛。最后是索利斯先开口，这让他觉得很不寻常。"他们需要装备。"

"当然。"格瑞林走上前端详这些孩子。他的身材如此肥硕，脚步却相当轻快，实在有点古怪，仿佛是用抹了油的脚底在石砖上滑行。"为了面对将来的战斗，这些小战士必须武装起来。"他的笑脸犹在，但维林发现他扫视众人的眼神里没有丝毫欢快。他再次想起父亲。有一次，父亲带他去马市，有个养马人向他兜售一匹战马，当时父亲就是这样的眼神。父亲会绕着马兜圈子，告诉维林如何辨识良驹：肌肉厚实的马适合近战，但冲锋太慢，最好的坐骑需要保留一点野性。"注意眼睛，维林。"他告诉他，"要找眼里闪着火光的马。"

这就是格瑞林现在所寻找的东西吗？他们眼里的火光？他在寻找某种判断的依据，评估谁能坚持到最后、每个人在冲锋或近战中会有什么样的表现。

格瑞林停在一个身材偏瘦的孩子旁，他叫凯涅斯，是索利斯骂得最凶的对象之一。格瑞林低头看着他，看得十分用心，看得孩子扭捏不安。"你叫什么，小战士？"格瑞林问。

凯涅斯咽了下口水才开口："凯涅斯·艾尔·奈萨，宗师大人。"

"艾尔·奈萨。"格瑞林若有所思地看着他，"如果我记性还不错的话，是个富裕的贵族家庭，封地在南方，和霍尔尼什家族是联姻的盟友。你离家很远呐。"

"是的，宗师大人。"

"好啦，别发愁。宗会是你的新家。"他在凯涅斯的肩上拍了三下，把孩子吓得往后缩了缩。索利斯的杖子显然让他对哪怕最温柔的触碰都心怀恐惧。格瑞林沿着队伍一路走去，向男孩们提各种问题，让他们安心。在此期间，索利斯宗师一直拿手杖敲打靴帮子，嗒、嗒、嗒、嗒，棍子敲打皮面的声音在地窖里回荡。

"你的名字我想必不用问，小战士。"格瑞林硕大的身影完全罩住了维林，"艾尔·索纳。你父亲和我在梅迪尼安战争中并肩战斗过。他是一个伟大的人，你有他的模样。"

维林看出了话里的陷阱，毫不犹豫地回答："我没有家，宗师大人。我只有宗会。"

"啊，可宗会也是家，小战士。"格瑞林咯咯一笑，向前走去，"索利斯宗师和我就是你们的叔叔。"这句话让他笑得更欢了。维林看向索利斯，他正瞪着格瑞林，毫不掩饰眼中的恨意。

"跟我来，你们这些小勇士！"格瑞林把油灯提过头顶，朝地窖深处走去，"别乱跑，老鼠可不喜欢外人，有些家伙个头比你们还大。"他又咯咯笑起来。维林身边的凯涅斯呜咽了一声，睁大眼瞪着无底的黑暗。

"别理他。"维林低声说，"这里没老鼠。这地方太干净了，老鼠没吃的。"他对自己的话完全没把握，但听起来还算鼓舞人心。

"闭上你的嘴，索纳！"索利斯的杖子带着风声落向他头顶，"脚下别停。"

他们跟着格瑞林宗师手中摇曳不定的灯光钻进地窖黑暗的虚空，脚步声和胖男人的笑声混成一片荒诞如梦的回声，时不时点缀着索利斯的杖子拍打出的清脆强音。凯涅斯两眼翻飞，显然在寻找巨鼠的踪迹。仿佛经历了几个世纪那么久，他们终于来到一扇厚实的橡木门前，门开在粗糙的石面上。格瑞林吩咐他们等着，从腰带上取下一串钥匙，打开门锁。

"好了，小伙子，"他把门一推到底，"为了将来的战斗，让我们武装起来。"

门后的空间像是个巨型石窟，刀剑、枪矛、弓箭和上百种其他兵器在架子上一字排开，望不到头，在火把的照耀下闪着寒光。沿墙摆着一排木桶，还有数不清的麻袋，装着面粉和谷子。"我的小王国，"格瑞林对他们说，"我是地库总管、武器保管长，这里的每颗豆子、每个箭镞我都数过不止一遍。你们需要的任何东西都由我提供，如果丢了什么，也要向我交代。"维林注意到，他的笑容消失了。

他们在库房外排成队，格瑞林取来了包裹——十个鼓鼓囊囊的灰色棉布袋。"这是宗会的礼物，小伙子。"格瑞林欢快地告诉他们，同时在每个男孩脚边放下一个包袱，"你们会在包袱里找到以下物件：一把阿斯莱式样的木剑，一柄十二英寸长的猎刀，一双靴子，两条紧身裤，两件棉衬衣，一条斗篷，一个扣环，一个钱包——当然是空的。还有这个……"格瑞林宗师把某个物件举到灯前，是一条项链，坠子微微打转，在火光中闪耀。那个坠子是个银质圆形徽章，中间嵌着一个人像，维林认得，那是宗会大门顶上的骷髅头战士。"这是我们宗会的徽章。"格瑞林接着讲，"徽章上的人像是萨尔卓斯·艾尔·耶里亚，第一任宗老。永远戴着它，不管是睡觉、洗澡，永远不得拿下。对于忘记这条规矩的孩子，我相信索利斯宗师有很多惩罚的点子。"

索利斯没出声，杖子和靴面的敲击足以表达一切。

"我的另一份礼物只是一条简单的忠告，"格瑞林继续道，"宗会的生活是严酷的，且往往短暂。你们中的很多人，也许是全部的人，会在最终试炼来临前被驱逐。就算通过所有考验、成为我们的兄弟，你们也要在遥远的边境度过一生，与蛮族、恶徒或异端进行无数战斗。幸运的人送命,不幸的人残废。服役十五年后依然活着的人可以成为宗将,或是回到这里教导后来者。这是你们的家人为你们安排的人生。虽然听来像胡扯,但这是一种荣誉,要珍惜,要听从你们宗师的指导,学会我们能教的一切,永远忠于信仰。记住这些话,你们就能在宗会里长长久久地活下去。"他摊开肥硕的手掌,又笑了起来,"我能告诉你们的只有这些,小战士。好了,整好队,跑步前进。等你们弄丢这些珍贵的礼物,我们很快还会再见。"他再次窃笑,肥大的身影消失在库房深处。在索利斯杖子的驱策下,孩子们向外走去,格瑞林的笑声一直回荡着,如影随形。

这是一根六英尺高的柱子,上段漆成红色,中段是蓝色,下段是绿色。操场上散布着二十来根这样的柱子,于无声中见证他们所受的折磨。索利斯要求他们各自站在一根柱子前,用木剑击打他喊出的颜色。

"绿!红!绿!蓝!红!蓝!红!绿!绿……"

几分钟后,维林的胳膊开始酸痛,但他依然不停挥舞木剑,每一下都竭尽全力。巴库斯在几次挥击后放下胳膊,招来一顿好打,打得他收敛了习惯性的笑容,额头血迹斑斑。

"红!红!蓝!绿!红!蓝!蓝……"

维林发觉击打会反震自己的手臂,除非在接触柱子的一瞬间调整挥剑角度,让剑刃划过柱子,而不是直接砸上去。索利斯走到他身后站定,令他后背发麻,他已做好了挨揍的准备,可索利斯只是看了一会,自言自语几句,便去惩罚听到红色口令却砍上蓝色的诺塔了。"不长眼啊,公子哥!"诺塔的脖子挨了一下,眨眼挤掉眼泪,继续跟柱子拼命。

他让孩子们持续练习了几个小时,手杖锐利的击打声应和着木剑与柱子的撞击声,就像一场二重奏。过了一会儿,他要求他们换手。"宗会的兄弟可以用任何一只手战斗。"他说,"断一条胳膊也不是懦弱的借口。"

又过了仿佛没有尽头的一个小时之后,他叫停众人,让他们列队,把手里的杖子换成一把木剑,和他们一样的阿斯莱式样的直剑,剑柄和柄球加起来有一个半手掌的长度,剑柄周围有一道弧形的薄铁护手,用来保护挥剑者的手指。维林对剑有点了解,他家餐厅的壁炉上方挂着父亲很多的剑,令这男孩手心发痒,但从不敢碰。那些剑当然比眼前的木头玩具更大,剑身至少有一码长,满是使用的痕迹。剑锋依然锐利,但边缘有不规则的缺口,缘于铁匠的磨刀石,为了磨去一把剑在战场上积攒的累累伤痕。有一把剑始终比其他剑更吸引他的目光,高悬在他远远够不到的高度,剑尖朝下,直指他的鼻头。这是一把十分质朴的兵刃,和大部分剑一样属于阿斯莱式样,也不像某些剑那样拥有精美的匠工。剑身没有修复,虽然打磨得很光洁,但与众不同的是,每一条刻痕、划痕和凹痕都留在这片已经面目全非的精钢上。维林不敢问父亲,于是向母亲打听,可心头惶恐依然:他知道,母亲恨父亲的剑。他在母亲的起居室找到了正在看书,也经常看书的母亲。那时,母亲得病还不久,憔悴攫占了她的面容,让维林总是忍不住看得发怔。见他悄悄走来,她笑了笑,拍拍身旁的椅子。她喜欢拿自己的书给他看,一边让他看书里的插图,一边讲故事给他听,都是些关于信仰、关于王国的故事。他坐下来,耐心听母亲讲述无信者科尔李斯的故事,此人拒不接受逝者的指引,招来永恒死亡的诅咒。最后,直到母亲停顿了有一会儿,他才斗胆询问:"妈妈,父亲为什么不修好那把剑?"

她的视线停在书页当中,没有看他。沉默慢慢滋长,他怀疑母亲会不会借用父亲的做法,干脆不理会他。当他正准备道歉、请求离去时,她开口了:"那是你父亲加入国王军队之初得到的剑。在疆国初生的那段岁月,他在这把剑的陪伴下历经多年的战斗。战火底定,国王封他为疆国之剑,所以你才有维林·艾尔·索纳这个名字,而非平凡的维林·索纳。剑身的痕迹是你父亲走到今日的见证,所以他保留至今。"

"醒醒,索纳!"索利斯的呵斥把他惊回现实,"你先上,老鼠脸。"他对凯涅斯说,示意这个瘦小的男孩站到他身前几步远的地方,"我进攻,你们防守。轮流上,直到有人挡下一击才算完。"

说罢,他化成一团模糊的光影,快得眼睛都跟不上。他的剑向前突刺,结结实实地命中凯涅斯的胸口,把他打得四脚朝天,连剑都没来得及举。

"可怜虫奈萨。"索利斯懒得多骂,"下一个,叫什么来着,邓透斯。"

邓透斯有一张尖脸,头发细软,四肢瘦长。他带着浓重的仑法尔西部口音,是乡下土话,索利斯很受不了。"你战斗的能耐和说话差不多。"当他如此作评时,灰色的剑身已经撞上邓透斯的肋骨,疼得他在地上缩成一团。"耶书亚,你是下一个。"

巴库斯设法躲过了闪电般的第一下突刺,但他的反击没能碰到宗师的剑,于是被一记奔向下盘的横砍扫翻在地。

很快,又有两个男孩先后倒地,接下来的诺塔也一样,虽然他差一点闪过突刺,但索利斯完全不为所动。"你们要干得更像样点。"他转向维林,"轮到你了,索纳。"

维林在索利斯身前站定,等待。索利斯与他视线交会,用冰冷的凝视攫取他的注意力,那双苍白的眼睛死死盯着他……维林没有思考,只是行动,侧身一步,抬起剑,剑身弹开索利斯的突刺,发出一声脆响。

维林退后一步,握剑准备防御下一击。他设法不去在意周遭冰封般的沉寂,集中精力思考索利斯宗师下一次攻击可能使用的手段,那

第一部

一击无疑会倾注宗师出丑后的愤怒。但没有攻击袭来。索利斯宗师只是收起木剑,叫他们收拾好东西,跟他去餐厅。维林随众人穿过操场进入庭院,一路上用心盯着宗师,防备突如其来的变故,搜寻杖子即将落到头顶的征兆,但索利斯阴沉的举止没有任何变化。维林难以相信宗师会任由此事过去,他打定主意,一定要保持警惕,随时准备迎接这躲不掉的惩罚。

用餐的场面倒是挺让人吃惊。餐厅里挤满男孩,人声嘈杂,全是孩子惯常的胡话和闲话。餐桌上的座次按年龄分,最小的孩子靠门坐,因为那边风最大;最大的孩子坐最靠里的桌子,就在宗师的餐桌旁。宗师大约有三十名,个个眼神严厉,大多都很沉默,身上挂着许多伤疤,有几人还露出烧伤所留下的铁青色疤痕。有个坐在桌子尽头的宗师不声不响地嚼着盘子里的面包和奶酪,他的整块头皮似乎都被烧焦了。只有格瑞林宗师的脸上喜气洋洋,笑容开怀,肉球似的手捏着一只鸡腿。他不时蹦出两句俏皮话,其他宗师或无视,或礼节性地点点头。

索利斯宗师领他们来到门边的餐桌,叫他们坐下。一些与他们年纪相仿的孩子已经就座。他们早来几周,一直在其他宗师手下受训。维林发现有些孩子显露出高高在上的优越感,不时推搡、冷笑,令他很是反感。

"你们可以自由交谈。"索利斯对他们说,"吃东西,别扔。用餐时间有一小时。"他弯下腰,对维林轻声说:"如果要打架,别打断骨头。"说罢,他向宗师的餐桌走去。

一盘盘食物把餐桌摆得满满当当,有烤鸡、馅饼、水果、面包、奶酪,甚至蛋糕。与维林迄今为止所见到的苦修环境相比,这场盛宴形成了截然的反差。这是他有生以来第二次见到这么多食物堆在一个

渡鸦之影 血歌

地方，上一次是在王宫，而那时候他几乎不被允许吃任何东西。男孩们默默干坐了一会儿，一来是被桌上山一般的食物惊到了，但主要还是怕羞。在这里，他们毕竟还是生面孔。

"你怎么办到的？"

维林抬起头，见身板结实的巴库斯正隔着糕点堆成的小山跟他说话，那个男孩来自尼塞尔。"什么？"

"你怎么挡住攻击的？"

其他男孩热切地看着他，诺塔用餐巾纸轻抹流血的嘴唇，那是索利斯送给他的教训。维林分不清众人的眼神是嫉妒还是愤恨。"是他的眼睛。"他拿起水罐，往自己餐盘边的锡制水杯里倒了一点。

"他的眼睛咋了？"邓透斯问道。他拿了一个圆面包，正掰成小块往嘴里塞，面包屑随着他的话不住地往外喷。"你想说他的眼睛带黑巫术？"

诺塔笑了，巴库斯也跟着笑，但其他男孩都被这句话吓得够呛，只有凯涅斯除外。他往餐盘里盛了分量不多的鸡肉和土豆，正专注地嚼着，显然对这场对话毫无兴趣。

维林局促地挪挪屁股，不喜欢被人关注的感觉。"他会用眼神定住你。"他解释道，"他盯着你看，你也盯回去，这就被定住了。当你还在猜测他的盘算时，他已经出手了。别看他的眼睛，看他的脚和剑。"

巴库斯啃了一口苹果，含混不清地说："他说得对，我觉得他那时想对我催眠。"

"啥是催眠？"邓透斯问道。

"有点像魔法，但只是一种把戏。"巴库斯答道，"去年的夏令集市上有个耍戏法的男人，可以让人以为自己是猪。他能让人趴在地上学猪叫，在大粪里滚来滚去。"

"怎么办到的？"

"我不知道,肯定是什么把戏。他在人眼前晃动一个小物件,对他们小声说话,过一会儿,他们就全听他的了。"

"你觉得索利斯宗师有这种本事?"叶尼斯问。索利斯说他长得像头驴。

"信仰在上,谁知道呢?听说宗会的宗师对黑巫术懂得挺多,特别是第六宗。"巴库斯抓起一只鸡腿,满足地看了几眼,咬上一大口,"看来他们也挺会做菜的。让我们睡稻草,天天挨揍,可也想让我们吃好。"

"是啊。"邓透斯赞同,"像我叔叔锡姆的狗。"

一阵沉默,所有人都在思考。"你叔叔的狗?"诺塔追问。

邓透斯点点头,嘴里塞满馅饼,嚼得不亦乐乎。"哮犬,在咱们西部是最棒的斗犬,给他赢了十场,去年冬天被啃断了喉咙。锡姆叔叔可爱这狗了,他有四个娃,三个妈生的,可还是最爱狗,先喂狗再喂娃。狗吃得也最好。给娃喝粥,给狗吃牛扒。"他咯咯直笑,笑得很冷,"臭老头子。"

诺塔没明白:"仑法尔贱民拿什么喂狗与我们有什么关系?"

"那样的狗更能打。"维林说,"吃得好,肌肉会更发达。所以战马都吃上等玉米和燕麦,不会在牧地里放养。"他朝桌上的食物点点头,"他们让我们吃得越好,我们就越能打。"他迎向诺塔的视线,"而且,你不该叫他贱民。在这里,我们都是贱民。"

诺塔冷眼回视:"你无权以领袖自居,艾尔·索纳。就算你是战争大臣的儿子……"

"我不是谁的儿子,你也不是。"维林拿起一只圆面包,他的胃开始抱怨了,"今后再也不是。"

众人猛然坠入沉默,只顾闷头吃饭。过了一会儿,另一张桌上爆发了一场争斗,好一阵拳打脚踢间,餐盘和食物一片狼藉。有些孩子马上加入混战,有些孩子在一旁呐喊助威,大部分孩子待在原来的座位没动,有人甚至连头也没抬。激烈的斗殴持续了几分钟,直到那个头皮被烧焦的宗师上前制止。他挥舞一根粗棍,下手极有效率,而且冷酷无情。他检查身处混战中心的孩子有没有受重伤,擦去他们鼻子和嘴上的血迹,叫他们坐回桌旁。有个孩子被打昏了,他命令两个男孩扛他去医疗室。须臾间,餐厅里又恢复喧闹,孩子们继续交头接耳,仿佛什么也没有发生过。

"不知道我们以后要打多少仗。"巴库斯说。

"老多老多的。"邓透斯应道,"你们都听见那个胖宗师说啥了。"

"人们说,战争在疆国已经成为历史。"凯涅斯说。这是他第一次开口,他对发表看法似乎非常谨慎,"也许不会有战争让我们去打。"

"总会有战争的。"维林说。这是他从母亲那里听来的一句话,实际上,是她和父亲争吵时喊出的一句话。那场争吵发生在父亲最后一次出征前,也是母亲得病之前。那个早晨,国王的信使抵达,带来了封蜡的信函。读完信,父亲开始收拾兵器,命马夫给他最好的战马上鞍具。维林的母亲哭出了声,两人前往她的起居室,好在维林看不到的地方尽情争吵。他听不见父亲说的话,他的声音很轻,像是安慰。但母亲根本不听。"回家别上我的床!"她断喝,"你的血腥味叫我作呕。"

父亲又说了些什么,依然是抚慰的语调。

"这话你上次说过。再上次也是。"母亲答道,"以后你还会说。总会有战争的。"

过了一会儿,她又哭起来,然后是沉默。父亲走出房间,拍拍维林的脑袋,走向等候的战马,跃上马背。经过漫长的四个月,父亲回家了,维林发现父母睡到了不同的房间。

用餐后是惯常的宗会仪式。餐桌被清理干净,男孩们默默地坐着,听宗老诵读信仰之文。他的声音清澈洪亮,填满整座餐厅。虽然心情灰暗，维林却觉得宗老的话语有种奇怪的、振奋人心的力量，令他想起母亲，想起她的信念是如何坚定，在遭受病痛折磨的漫长时日中也从不动摇。如果她还活着，他会不会被送到这里来？他略一思考，马上有了十分肯定的答案：母亲绝不会容许。

诵读完毕后，宗老让他们进行个人冥想，感谢逝者的赐福。维林忍着泪，在心中向母亲传达爱意，祈求她为今后的考验提供指引。

最年幼的孩子承担最脏最差的杂务，这似乎是宗会的第一会规。于是，仪式结束后，索利斯把他们领到马厩，在熏天的臭气中掏了几个小时的粪。然后，他们必须用小车把马粪运到斯蒙提宗师的菜园，倒入肥料堆。他个子非常高，好像没法说话，双手被泥土染黑。他用抽风似的手势加上喉咙里的古怪音节，来指示他们，以音调的高低表示他们做得对不对。他和索利斯用其他方法沟通，是一种宗师能瞬间理解的复杂手语。菜园在高墙外，面积很大，将近一顷，卷心菜、大头菜和其他蔬菜排成长列，栽得规规整整。他还种了一小片果园，园子用石墙围起。时值晚冬，他正忙着给果树修枝，孩子们的杂活之一就是收集剪下的枝杈用来生火。

在他们提着装满柴火的篮子返回主楼的路上，维林鼓足勇气，向索利斯宗师提问："斯蒙提宗师为什么不能说话，宗师大人？"

他准备挨揍，可索利斯的责罚仅止于瞪了他一眼。他们的脚步都很沉重。片刻沉默后，索利斯低声说："罗纳人割了他的舌头。"

维林不禁发起抖来。他听说过罗纳人，没人不知道。父亲收藏的剑中，至少有一把曾用于对抗罗纳人的战役。那些山里的野人栖息在遥远的北地，热衷于劫掠仑法尔一带的村庄，强暴、偷盗、杀人，以残暴的行径为乐。有人叫他们狼人，据说他们有毛皮和利齿，能生吞敌人的血肉。

"他咋能活下来啊,宗师大人?"邓透斯过来打听,"我叔叔塔姆跟罗纳人打过,他说罗纳人从来不留活口。"

索利斯射向邓透斯的目光比瞪维林的时候更吓人:"他跑了。斯蒙提宗师有勇有谋,为宗会立过汗马功劳。这事不必再提。"他一棍子抽到诺塔腿上,"别慢吞吞的,森达尔。"

干完杂活又是练剑。这一次,索利斯演示了几个动作,让他们照学。如果有人出错,就得绕操场全速奔跑。起先,他们几乎没有做对的时候,一直跑个没完,但最终把成功率提高到五成以上。

天色渐暗,索利斯宣布结束练习,众人返回餐厅,晚饭是面包和牛奶。几乎没人说话,他们都累坏了。巴库斯开了几个玩笑,邓透斯讲了一些他某个叔叔的故事,但大家都兴致寥寥。餐毕,索利斯逼着他们列队跑步回房,他们沿着台阶往上跑,气喘吁吁,筋疲力尽。

"你们在宗会的第一天结束了。"他对男孩们说,"明早,你们想走就走,这是宗会的规矩。以后的日子只会越来越苦,好好想清楚。"

说完,他走了。他们在烛光下喘个不停,思索明天的决定。

"你们说早饭会不会给蛋吃?"邓透斯一脸好奇。

夜里,维林在草褥里蜷成一团,尽管累成那样,却无法入睡。巴库斯在打鼾,但这不是他睡不着的原因。他的脑袋被这一天里发生的人生巨变塞满。父亲不要他了,把他推到那扇门前,推进这个满是殴打、学习死亡的地方。他敢肯定,父亲恨他,见到他会想起亡妻,所以宁可眼不见为净。他也可以去恨,恨是简单的,如果母爱不能给他力量,恨可以。忠诚即我们的力量。他对这句话报以无声的冷笑。忠诚是你的力量,父亲。对你的恨将是我的力量。

有人在黑暗中哭泣,在稻草上洒泪。是诺塔,还是邓透斯,凯涅斯?他无从分辨。啜泣声与巴库斯锯木头般的鼾声形成鲜明对比,一个凄凉孤独,一个漠然反复。维林也想哭,想流一流眼泪,纵情于自怜自艾的深渊,可眼泪就是出不来。他无法平静,恨和怒的狂涛此起彼伏，令心脏随之猛跳，他简直怀疑会从肋骨间蹦出来。恐慌让心跳更快，汗珠挂满额头，打湿了他的胸膛。这太可怕了，根本无法忍受，他必须出去，必须离开这个地方……

"维林。"

黑暗中传来一声呼唤，清晰而真实，他狂跳的心立刻缓了下来。他挺身坐起，两眼在房间的暗影间搜寻。他一点也不害怕，因为这声音是如此熟悉。是母亲。是她的灵魂来找他，抚慰他，拯救他。

她没有再次显灵。虽然他竖起耳朵守了一个小时，但没有再传来任何话语。可他知道那一声呼唤是真真切切的。她来过。

他重新躺回如针扎般令人难受的草褥，终于被疲劳感压倒。啜泣声已经停止，连巴库斯的呼噜都仿佛不那么刺耳了。他遁入一片无梦无忧的睡乡。

第二章

进入修道会一年后,维林杀了第一个人。这一年,他们在严厉的宗师手底经历艰苦的训练,生活是日复一日的折磨,没有尽头。他们的日程从五点开始,先是在操场上用木剑对着柱子挥砍几个小时,然后尝试抵挡索利斯宗师的攻击,最后模仿他教的剑招,招式一天比一天复杂。格挡索利斯的攻击时,维林依然是最有办法的那个,但宗师经常能找到突破防御的法子,让他身负瘀青、沮丧倒地。大家充分掌握了不被宗师的眼神定身的技巧,可索利斯还会很多把戏。

每周的费迪安日全天都要练剑,但伊迪安日属于弓箭,教官是切克仑宗师。这个尼塞尔人肌肉发达,嗓门不大,指导他们用适合儿童体型的强弓射靶。"节奏,孩子们,节奏就是一切。"他说,"搭箭、引弓、放弦……搭、引、放……"

维林发觉弓术是一门很难精通的技艺。弓拉起来费劲,也很难瞄准,指尖被弓弦磨得生疼,胳膊因肌肉生长而酸胀不已。他射出的箭常常跑到靶边,或者干脆脱靶。他开始害怕弓术考试那一天的来临,考试要求在一条围巾落地的时间内从二十步外射中四次靶心。这简直是不可能的神技。

邓透斯很快证明自己是最好的弓手,几乎箭箭正中靶心。"孩子,你以前练过?"切克仑问他。

"嗯,宗师大人。我叔叔杜雷特教过我,他以前偷猎封地令主的鹿,被砍了手指才不干的。"

让维林恼火的是,诺塔仅次于邓透斯,射中靶心如家常便饭,总是刺激到他。两人之间的紧张状态从第一顿饭开始滋长,因那个金发男孩的傲慢而膨胀。他嘲笑其他男孩的失败，常常在他们背后数落；还成天炫耀自己的家族，而别人都不这么做。诺塔谈到家族的土地，谈到数不清的房屋，谈到和父亲一起打猎、骑马的日子，还说他父亲是国王的第一大臣。正是父亲教他弓术，用的是一把紫杉木做的长弓，就和库姆布莱人用的一样，而不是他们手中这种牛角和梣木做的复合强弓。诺塔认为，综合考虑一切因素，长弓是最好的武器，他父亲也信誓旦旦地这么讲。诺塔的父亲似乎有很多想法。

欧普里安日用来学习棍术，由豪恩林宗师指导，就是维林在餐厅初次见到的那个焦了头皮的男子。他们拿着长约四英尺的木棍练习对战，以后要换成五英尺长的战戟，这是宗会结阵战斗的标准武器。豪恩林性情开朗，动不动就笑，喜欢唱歌。他经常在孩子们练习时唱歌或吟诵，大部分是战士的曲子，也有一些爱情歌谣，调子出人意料的精准，吐音也清晰，让维林回想起他在王宫里见过的歌手。

他的棍法学得很快。他喜欢挥棍的呼啸声，还有棍子在手中的感觉。有时他甚至觉得棍比剑更好，易于操控，也更结实。当诺塔暴露出棍术上的无能，他对棍子的喜爱又深了一层——诺塔经常被对手打落棍子，成天都在吸吮被敲麻的手指。

基格里安日很快就成为他们讨厌的日子，因为那天要在马厩干活，连续几个小时铲粪、闪躲锋利的马齿和上了蹄铁的踢蹬，然后清理黏在墙上的无数污垢。壬希尔宗师是马房的主人，和他相比，索利斯宗师用起杖子来简直称得上克制有加。"我叫你使劲擦，不是抹灰，蠢货！"他冲正给一块马镫抛光的凯涅斯咆哮，在男孩的脖子上抽出一道道潮红的杖痕。不管对孩子有多凶残，壬希尔对他的马倒是爱护得紧，时常跟它们轻声耳语，满怀爱意地为它们刷毛。这个男人的眼睛是空洞的。发现这一点后，维林对他的厌恶也有所缓和。壬希尔宗师对马的喜爱超过了人，他的手成天抽搐，常常破口大骂到半途突然闭嘴，用只有自己听得见的声音喃喃自语。他的眼睛诉说了一切：壬希尔宗师是疯子。

瑞特里安日是大部分男孩最喜欢的日子,在那天,胡提尔宗师会教导他们野外生存的技能。宗师带他们长途跋涉,穿林越岭,分辨哪些植物可以吃,哪些可以当作抹箭头的毒药。他们学习如何不靠燧石生火,如何用陷阱捕捉野兔。他们会在灌木丛里躺几个小时,努力隐藏行踪,和胡提尔玩捉迷藏,而宗师通常只要几分钟就能把他们揪出来。维林常常是倒数第二个被发现的,凯涅斯则藏得最久。在所有男孩中,他最适应野外,甚至比在林地和田野长大的孩子更强,尤其擅长追踪。有时,他们要在丛林里过夜,第一个找来食物的人总是凯涅斯。

胡提尔宗师是少数从不使用杖子的宗师之一,但他的惩罚也会很严厉。一次,诺塔和维林对设套索的最佳方式各执一词、争吵不休,宗师就让他们光着屁股跑步穿过一片针叶林。他说话不带嗓门,自信而平和,惜字如金,似乎更喜欢用某些宗师使用的手语。那种手语和断了舌头的斯蒙提宗师与索利斯沟通时用的类似,但更简单,是靠近敌人或猎物时使用的。维林和巴库斯都学得很快,可凯涅斯似乎一下子就掌握了,他那修长的手指能结出各种错综复杂的形状,准得出奇。

奇怪的是,虽然资质非凡,凯涅斯却得不到胡提尔宗师的亲近,连赞扬的话都很少听到。在野外宿营时,维林有时会看到胡提尔从营地另一头凝视凯涅斯,火光中,他的表情无法捉摸。

赫尔迪安日是最艰难的一天,男孩们有时要两手各举一块石头绕操场跑几个小时,有时要穿越冰冷的河面。另一项日程是艰苦的徒手搏斗课程,宗师是因特里斯,他断了鼻子,还缺了几颗牙,个头不高但快如闪电。他传授使用拳脚的秘诀:如何在出拳的最后一瞬改变角度,如何先抬膝后出腿,如何格挡拳头、绊倒对手,或来个过肩摔。几乎没有孩子喜欢赫尔迪安日,这一天总是令他们鼻青脸肿、精疲力尽，连晚饭都没胃口。只有巴库斯喜欢。他硕大的体格最适合承受击打，仿佛不知疼痛为何物。没人乐意在对打时和他配对。

埃特里安日用于休息和学习教规，但最小的孩子要在洗衣房或厨房干一整天无聊的杂活。如果走运，他们会被斯蒙提宗师叫到菜园里帮忙，那至少还有机会偷几个苹果。作为信仰日，晚上有额外的教规和教理课程，还有整整一个小时的冥想，他们会静静地坐着，垂头沉浸于自己的思考，或是努力抵挡睡意。打瞌睡是很危险的，如果被发现，会遭到最严厉的责打，被罚不穿斗篷在高墙上巡逻一整晚。

维林最喜欢每天灭灯前的时辰，玩笑和打闹的喧哗声能融化苦修生活的一切艰辛。他们一起温习手语或剑招。邓透斯会讲他叔叔的故事；巴库斯会讲笑话，或惟妙惟肖地模仿某个宗师，把他们逗得开怀大笑；平时默不作声的凯涅斯会讲古老的故事，这种故事他似乎永远也说不完。他发觉自己和凯涅斯相处的时间最久，这瘦瘦的孩子缄默而博识，依稀有维林母亲的影子。凯涅斯对他的亲近似乎有些吃惊，但也感到高兴。维林猜想，他加入宗会前过着某种孤独的生活，因为凯涅斯很不习惯和其他孩子厮混。但没有人谈论过去的生活，除了诺塔，哪怕其他孩子为此生气，宗师偶尔还揍他，他总也改不了这个习惯。你没有家，只有宗会。现在，维林明白宗老话中的真相：他们慢慢成为一个家庭，除了彼此，一无所有。

◆

第一次试炼，即跋涉试炼，安排在森特林月。从维林被遗弃在大门外算起，已将近一年。关于试炼的内容，他们得到的信息很少，只知道这场试炼淘汰的人比其他试炼更多，年年如此。他们和其他年龄相仿的孩子一同来到庭院，总共有两百来人。每个人可以带一把弓、一袋箭、一柄猎刀、一个水壶，仅此而已。

宗老带他们背诵了一段信仰教理当中的句子，然后宣布他们即将面临的考验："通过跋涉试炼，可以看出你们中的哪些人能真正成为宗会的一员。你们有幸为信仰奉献了一年光阴，但留在第六宗会的殊荣必须靠自己赢得。你们将坐船逆流而上，在不同地点下船上岸。最后必须在明天午夜前返回。未能及时赶到的人，其他兄弟可以赢得他们的武器，分得三个金克朗。"

他向众宗师点点头，然后离去。维林心生恐惧和不安，但没有说出口。他会通过试炼，必须通过试炼，他无处可去。

"河岸，跑步前进！"索利斯大吼，"不许磨蹭！加快脚步，森达尔，这里可不是什么狗屁舞厅！"

三艘吃水不深的平底大驳船在河边码头等着，船身漆成黑色，船帆是红色。这种船在考韦恩河口很常见，从南方的煤矿为沿河一带拉煤，好让瓦林斯堡的无数烟囱喷出黑烟。船员的外观特征很明显，脖子绕着黑巾，左耳坠着银环，不干本行时都是恶名在外的酒鬼，打架闹事是家常便饭。在阿斯莱，很多妈妈会吓唬不听话的女儿："乖，不然长大后只能嫁给煤船工。"

索利斯和船长交谈了几句。那个精瘦的男子用怀疑的眼神打量这群沉默的孩子，从索利斯手中接过一袋钱币。宗师呼喝他们上船，在甲板中部集中："什么也不许碰，猪脑子！"

"俺还没去过海上哩。"待他们在厚实的甲板上坐下，邓透斯说道。

"这不是海。"诺塔提醒他，"是条河。"

"俺叔叔吉姆诺出过海。"邓透斯接着讲，仿佛没听见诺塔的话，大部分人无视他，"去了就没回来，俺娘说他给鲸鱼吃了。"

"鲸鱼是什么？"米凯尔问。尽管经历了近一年的艰苦训练，这个肉乎乎的仑法尔男孩还是带着一身肥肉。

"是生活在海里的一种动物，很大。"凯涅斯回答。他似乎什么都知道。他用手肘挤了挤邓透斯："还有，鲸鱼不吃人。你叔叔也许被鲨鱼吃了，有些鲨鱼能长得跟鲸鱼一样大。"

"你怎么知道？"诺塔不屑地问，当凯涅斯发表看法，他经常有这种反应，"难道你见过？"

"嗯。"

诺塔脸一红，不说话了，兀自用猎刀刮甲板上的一截碎木。

"在什么时候见的，凯涅斯？"维林怂恿朋友多说点，"你什么时候看见鲨鱼了？"

凯涅斯微微一笑，他很少笑："差不多一年前吧，是在艾瑞尼安海。我的……我出过一次海。海里有很多生物，海豹、杀人鲸、多得数不清的鱼类。还有鲨鱼，有一条鲨鱼游到我们的船边。它从头到尾有三十英尺。一名水手说，鲨鱼以杀人鲸和鲸鱼为食，如果你不巧处在它们附近的水域，它们也会吃人。在有些故事里，它们会把船撞沉，再把水手吃掉。"

诺塔嗤之以鼻，但其他人显然都听得入了迷。

"你见过海盗吗？"邓透斯急切地问，"听说艾瑞尼安海上全是海盗。"

凯涅斯摇摇头："没见到海盗。战争结束后，他们就不惹疆国的船了。"

"什么战争？"巴库斯说。

"梅迪尼安之战，格瑞林宗师总在说的那场战争。国王派出一支舰队，烧掉了梅迪尼安人最大的城市，艾瑞尼安海上的海盗都是梅迪尼安人，所以他们就不来惹我们了。"

"烧掉他们的海盗船不是更好吗？"巴库斯思忖道，"那样就不会有海盗了。"

"他们总能再造船。"维林说，"烧毁城市能留下记忆，代代相传，让他们绝对忘不了。"

"直接把他们杀光不就好了，"诺塔阴沉着脸，"再没什么海盗了。"

索利斯宗师的杖子不知从哪里飞了出来，打在他手上。诺塔缩回手，小刀依然插在甲板里。"我说过，什么也不许碰，森达尔。"说罢，他的视线转向凯涅斯，"奈萨，你旅行过？"

凯涅斯低头道："只有一次，宗师大人。"

"是吗？你去了哪里？"

"温瑟尔岛。我的……唔，有个船客去那里办事。"

索利斯低声咕哝几句，弯腰拔出诺塔的小刀，扔给他："收好，公子哥。你很快就用得上锋利的刀了。"

"宗师大人，您当时在那里吗？"维林问他。只有他敢向索利斯提问，敢于面对挨打的风险。索利斯可能会凶神恶煞，也可能告诉你些什么，在提问之前是不可能预料后果的。"梅迪尼安人的城市被烧时，您在那里吗？"

索利斯的目光触电般转了过来，苍白的眼睛与他四目相对。每个孩子都想知道，都有一颗好奇心。维林突然意识到，索利斯以为他知道一些事情，以为他父亲曾讲过很多战场上的故事，以为他在明知故问，有心羞辱。

"不。"索利斯回答，"我那时在北方边境。我相信格瑞林宗师会回答有关那场战争的一切问题。"他踱了开去，抽打了一个无意中摸到一卷缆绳边的孩子。

◆

驳船往北驶去，顺着河道划出一条长长的弧线，打消了维林沿河岸回去的想法——这条路太长了。如果想及时赶回，就要穿越森林。他用心地注视那片黑暗的密林。经过胡提尔宗师的教导，他们都熟悉森林，但要穿过丛林完成一段未知的旅程，这让人高兴不起来。他知道，孩子是多么容易在树海中迷路，兜上几个小时圈子。

"往南,"凯涅斯向他耳语,"往与北极星相反的方向走。往南走到河边,然后顺着河岸走回码头。接着,你必须游过河。"

维林看了他一眼,见凯涅斯无忧无虑地望着天,似乎没说过那番话。他环顾四周,那些闲得发呆的同伴们显然没有听见。凯涅斯在帮他,只帮他一个。

航行大约三个小时后,孩子们开始被相继遣下船,没有告别和仪式,索利斯只是随意挑选一个,叫他跳下船、游到岸边。在他们这组中,邓透斯是第一个。

"宗会见,邓透斯。"维林给他鼓劲。

邓透斯难得地沉默了一回,冲他无力地笑笑,把强弓搭到肩上,纵身跃过船舷。他很快就游到岸上,甩甩身上的水,挥了挥手,消失在树丛中。下一个是巴库斯,他要宝似的在船舷上站稳,以一个背跃式跳进河里。有几个孩子拍手喝彩。接下来是米凯尔,但他面有惧色。"宗师大人,我、我不知道能不能游这么远。"他盯着黑漆漆的河水,结结巴巴地说。

"那就沉得安静点。"索利斯一把将他推了下去。米凯尔落水的声音很夸张,在水底过了很久没有动静。见他从不远处探出头来,大伙都松了口气。他吐出几口水,划拉了几下,这才稳住身形,开始游向岸边。

然后是凯涅斯,他点头感谢维林的祝福,一言不发地跳下船。没过多久,轮到诺塔了,他努力抑制着显而易见的恐惧,对索利斯说:"宗师大人,如果我没能回去,请转告我父亲……"

"你没爹,森达尔。下河。"

诺塔把顶嘴的气话咽了下去,跳上船舷,在一瞬的迟疑后跳进水里。

"索纳,该你了。"

维林不知道最后一个下船有没有特别的意味,这表明他要走的路最远。他走向船舷，让弓弦贴紧胸口，又拉了拉箭筒的扎带，以免弓箭被水冲走，然后两手握住船舷，准备翻越。

"不可以帮助别人，索纳。"索利斯对他说。他没对其他男孩说这种话。"只管回来，别操心他们。"

维林一皱眉："宗师大人？"

"你都听见了。不管发生什么，都是他们的命运，不是你的。"他一摆头，看着河面，"出发。"

他显然不会再说一个字了，于是维林抓紧船舷用力一撑，两脚先触及水面，霎时被冰冷的河水包围，冷得浑身一颤。头部入水后，他克服一瞬间的恐惧，蹬腿探出头猛吸一口气，向岸边游去。这段距离仿佛突然远了许多。当他艰难地踏上卵石河滩，驳船已经往上游驶去很远。他似乎看到索利斯宗师依然站在舷边凝视着他，但没法肯定。

他取下弓，用食指和拇指捋去弓弦上的水。切克仑宗师说过，湿掉的弓弦就像断腿的狗，毫无用处。他检查箭袋，确保上蜡的皮封不曾渗水、小刀依然在腰上。他甩甩头发，扫视树林，只能看到一大片黑影和枝叶。他知道眼下正面朝南方，但当夜晚降临，很快就会迷失方向。如果要遵从凯涅斯的建议，他必须爬几次树，确认北极星的位置，这在黑暗中可不是简单的活。

谢天谢地的是，这场试炼安排在夏天，但河水依然让他浑身发寒。胡提尔宗师教过，不靠火弄干身体的最好方法是跑起来，身体的热量会把水蒸发。他开始匀速奔跑，避免发力，必须为漫长的一天保存力气。很快，森林的阴冷和黑暗笼罩了他。出于本能，他的目光扫向每一片阴影，这是经过无数个时辰的狩猎和捉迷藏后养成的习惯。耳畔响起胡提尔宗师的话语：聪明的敌人会寻找阴影，静静守候。维林不禁打了个寒战，他压下恐惧，继续向前跑。

他跑了整整一个小时，保持固定的步速，不去想越来越酸痛的腿脚。河水迅速被汗水取代，身上的寒意消退了。他偶尔看一眼太阳确认方向，努力克服时间过得很快的错觉。带着一把钱币被赶出宗会，无处可去，那样的景象既可怕又无从想象。有个同样如噩梦般的景象在他脑海中闪过：踏上家门口的台阶，握着金克朗，像条可怜虫那样乞求父亲让他进去。他逼迫自己停止想象，继续奔跑。

跑了将近五英里，他停下脚步，靠上一棵大树，拿起水壶喝水，让自己喘口气。不知伙伴们是否安好，是否像他一样跑着，或是在树丛里深一脚浅一脚地瞎撞。不可以帮助别人。这是警告，还是威胁？森林里当然危险，但对宗会的孩子构不成严重威胁，近一年的训练已经使他们变强。

他想了一会儿，想不出答案。打算塞上水壶起身前，他习惯性地扫视周围的暗影……然后僵住了。

一匹狼端坐在十码开外，一对明亮的绿眼睛无声地看着他，充满好奇。它有一身银灰色的毛皮，体形极大。维林从未和狼靠得这么近，只见过模糊的形影，奔跃着，在晨雾中一闪而过。他生活的地方离城镇很近，就连这种景象也很少见。他被眼前动物的体格所震撼，它毛皮下的肌肉显然充满力量。见到维林的回视，狼歪歪脑袋。他不害怕。胡提尔宗师告诉过他们，狼偷走婴儿、残杀牧童的故事都是虚构的。"你不犯狼，狼不犯你。"他说。但是，这头狼确实很大，而且它的眼睛……

狼坐着，不动也不出声，银灰色的毛皮在微风中轻漾。维林发觉，他那颗孩子的心有些悸动。"你真美。"他小声对狼说。

狼瞬间起身，扭头跃进树丛，快得他完全跟不上。而且几乎无声无息。

他的唇角扬起难得的笑容，把这头狼牢牢印在脑海里，知道自己将永生不忘。

这片森林有个名字，尤里希，宽二十英里、长七十英里，从瓦林斯堡的北墙一直延伸到仑法尔边境的山脚下。有人说，国王爱这片森林，灵魂已被它俘虏。没有国王的命令，任何人都不得动它的一草一木，只有定居三代的家庭可以留在林中生活。以他有限的历史知识，维林知道这里发生过一场大战，仑法尔人和阿斯莱人在林中鏖战了一天一夜。阿斯莱人最终获胜，仑法尔领主被迫向雅努斯王屈膝，所以他的后代如今唤作封地领主，必须随时听候国王差遣，送上金钱和士兵。他曾缠着母亲，央求多讲一些父亲的经历，她拗不过，便说了一则故事：就在这片森林里，父亲赢得了国王的敬重，擢升为疆国之剑。母亲对细节语焉不详，只说父亲是伟大的战士，而且非常勇敢。

他一边跑，一边不自觉地扫视林地，两眼搜索着金属的寒光，希望能找到那场战斗的遗物，一枚箭镞，一把匕首，甚至一把剑。他不知道索利斯会不会允许他把这种纪念品留在身边，想来不太可能，于是琢磨着回去以后藏在哪里最合适……

唰！

他猫腰打了个滚，重新起身，蹲在一棵橡树的树干后，那是箭矢穿过蕨木丛的声音。对于宗会里的孩子，弓弦声无疑是威胁的象征。他努力让猛跳的心平静下来，竖起耳朵聆听周围的动静。

是猎人？也许他被人错看成鹿了。这个想法马上被他否决。他不是鹿，所有猎人都能分辨。有人想要杀他。他不由自主地解下弓，搭上了一支箭，一切都是本能动作。他背靠树干等待，聆听森林的声音，让森林告诉他来者究竟是何人。大自然会说话，这是胡提尔说的。只要能听懂，你就永远不会迷路，也永远不会被人偷袭。

他完全释放自己的听觉，聆音察理，捕捉风的叹息、叶的窸窣、细枝的摇曳。没有鸟鸣。也就是说，捕猎者就在附近。可能是一个人，也可能更多。他在等待决定性的提示，例如脚底细枝的断裂声、皮靴与土壤的摩擦声，但什么也没有。如果敌人在移动，那肯定知道如何掩盖声音。但他还有其他感官，森林能透露很多信息。他闭上眼,缓缓吸气。别像猪闻饲料那样吸气,胡提尔提醒过他,让鼻子慢慢分辨气味,要耐心。

他开动自己的嗅觉,品味陈杂的气息,有盛开的蓝钟花、腐烂的草木、动物的粪便……还有汗。是男人的汗味。风自左边来,携着这股气味。至于那个弓手是否在移动,就无法判断了。

那声音轻得不能再轻,类似布料的摩擦,但在维林耳中犹如一声轰响。他猫腰从树后蹿出,张弓射箭一气呵成。就在他飞一般躲回树后之前,那边传来一声痛苦的闷哼,饱含惊讶。

他犹豫了一刹那。留下还是逃跑?跑掉的冲动很强烈,森林中无处不在的黑暗突然成了他的朋友。但他知道,他不能逃跑。索利斯说过,宗会从不逃跑。

他从树后探出头,用一秒钟发现了想找的东西,那是他射出的箭矢,海鸥羽毛做的翎羽从十五码外厚毯般的蕨层中笔直探出。他又搭上一支箭,俯身上前,两眼不断扫视其他敌人的踪迹,双耳倾听森林之音,鼻子翕动不止。

敌人穿着肮脏的绿裤和短袍,手中抓着一把桦木弓,弦上拈着一支鸦羽箭,后背系剑,靴里藏了匕首,喉头插着维林的箭矢。他确实死透了。走近后,维林看到血从脖子的伤口处往外淌,血泊不断变大。很多的血。射中大动脉了。维林意识到。我还一直觉得自己弓术很糟。

他笑了,笑得高亢、刺耳,然后抽搐、呕吐,四肢发软趴在地上,不住地干呕。

过了一会儿,震惊和反胃感消退了不少,至少可以让他清晰地思考。这个人,死掉的家伙,刚才想杀他。为什么?他从未见过此人。他是逃犯吗?有些无主的流寇会以为他这个落单的孩子是唾手可得的猎物。

他逼着自己再看死人一眼,注意到靴子的质地和衣服上的绣纹。

他迟疑了一下，抬起死者垂在弓弦上的右手。这是弓手的手，掌心粗糙，食指和中指前端结了茧子。他以弓箭为生。维林略一思忖，野贼不可能如此专业，衣着也不会这么考究。

他的脑中突然蹦出一个令人恶心的念头：这是不是试炼的一部分？

有那么一瞬，他几乎相信了。要筛除没用的废物，还有比这更好的办法吗？在森林里埋伏刺客，看哪些人能幸存。想想看，他们能省下多少金币。可不知为何，他无法说服自己相信。宗会是残酷，但不会滥杀无辜。

那究竟怎么回事？

他晃晃脑袋。留在这里也解不开这个谜。如果有一个，就会有更多。他要返回宗会，询问索利斯宗师……如果能活到那个时候。他晃晃悠悠地站起来，吐掉胃里仅余的残渣，看了死人最后一眼，琢磨是该拿走他的剑还是匕首，但最后认为还是不拿为好。不知为何，他觉得有必要隐瞒杀人的事实，因此一度考虑把箭矢从死人的喉咙里拔出来，但他实在无法正视从血肉中取箭的场面，于是退而求其次，用猎刀去切箭翎。海鸥羽毛是明白无误的标志，可证明凶手来自宗会。他一手抓住箭身，刀刃和湿腻的箭杆摩擦，发出令人头皮发麻的声音，令他胃里又一阵翻江倒海。箭杆很快被切断，但仿佛有一个世纪般漫长。

他把箭翎放进兜里，从尸体前退开，蹭蹭周围的泥土，抹去脚印和踪迹，这才转身继续赶路。他的腿像是灌了铅，几度踉跄欲倒，过了一会，身体又回忆起经过操场上数月的训练所熟悉的动作，步子也再次顺畅起来。尸体软绵绵的死状不断在他脑海中闪回，他拼命赶走记忆中的这一幕，不顾一切地压抑它。他想杀我。对于一个想要谋杀孩子的人，我不用为他难过。但他不能对母亲曾经向父亲大吼的话无动于衷：你的血腥味叫我作呕。

第一部

夜仿佛突然降临，也许是因为他对夜晚的恐惧。每片暗影里仿佛都埋伏着弓手，他不止一次朝隐蔽处猛扑，企图躲避刺客的袭击，结果靠近了才发觉不过是一丛灌木或一截树墩。杀死那名刺客后，他只休息了一次，躲在一根山毛榉粗大的树干后胡乱喝了几口水，两眼一刻不停地寻找敌人的踪迹。跑起来更安全，移动的目标更难命中。但当黑暗来临，这仅有的安全感也消失得无影无踪，他感觉自己在虚空中奔跑，每一步都如临深渊。他被绊倒两次，摔成了狗啃泥，身上的兵器乱成一团，恐惧在心中纠结。此后，他才接受现实，意识到必须改为走。

他透过树丛中少有的缝隙或爬上树干来定位北极星，借此稳稳地保持向南，但不知道走了多远，也不知道还剩多少路。他看着前方，心中越来越绝望，每时每刻都在希望能透过树木瞥见河面的粼光。当必须再次停下定位时，他看到了火光。在黑得发蓝的密林中，有个摇曳的橙色光点。

继续跑。他差点服从于本能的指令，换个方向，继续朝南方迈步，但他停下了。宗会的孩子不会在试炼中生火，他们没多余的时间。这可能是巧合，只是国王的守林人在宿营。但某些事令他起疑，潜意识中传来低语，告诉他有些地方不对劲。这是一种奇异的感觉，简直像是脑中传来的音乐。

他转过身，取弓搭箭，小心翼翼地靠近。他知道这么做有风险，不管是调查火光的真相，还是耽误行程的计划。试炼所剩的时间已经不多了，但他必须弄清楚。

光点渐渐变大，在无边的黑暗中闪烁红橙色的火焰。他停下脚步，再次倾听森林之歌，在静夜的交响中搜寻，直到捕捉到某种不和谐的杂音：交谈声。男性。成人。两人。争吵。

他悄悄抵近，使用的是胡提尔宗师教的猎人步法，脚底抬起细如发丝的高度，向侧前滑行，先试探地上有没有会立刻暴露自己的细枝，然后轻轻落脚。他来到营地边上，人声更加清晰，证实了他的怀疑。是两个人，正吵得不可开交。

"……止不了血！"是某人的哀嚎，此人依然在视线之外，"瞧这血喷得，像是给抹了脖子的猪……"

"那就别乱动伤口，猪脑子！"一声从牙缝里迸出的斥骂。维林能看到此人，是个矮矮的壮汉，坐在篝火右边，背上的剑和手边的弓让他打了个寒战。不是巧合。在他穿着靴子的两脚之间放着一口打开的麻袋，他正专心查看袋里的东西，间或不耐烦地冲同伴骂上几句。

"小杂种！"不见其人的牢骚声继续着，完全不理会矮个子同伴的劝告，"恶毒狡猾的小杂种，竟然装死。"

"我警告过你，他们是硬骨头。"矮个子说，"靠近之前，应该再往他头上来一箭。"

"我不是正中他脖子了吗？应该是足够的。受了这种伤的成年人都撑不住，死得就像一袋土豆。可那小畜生还有气！我倒还希望能让他稍微活久一点……"

"你个恶心的畜生。"矮个子的语气中并没有厌恶。他的注意力愈发被袋子里的东西吸引，宽大的额头挤出一条深沟。"我说，我还是吃不准到底是不是他。"

维林努力维持心跳的平稳，把视线转向麻袋，麻袋看起来鼓鼓的，底部湿得发黑。他突然明白了什么，被一阵排山倒海的恶寒所攫取，四周的林影开始摇晃。他害怕自己会晕倒，努力压下恐惧。如果弄出动静，无疑是自寻死路。

"让我瞧瞧。"牢骚男说罢，第一次走进维林的视野。他个子不高，体格精瘦，五官棱角分明，瘦骨嶙峋的下巴留着一小撮胡子。他用右手托着左臂，胳膊上裹着血淋淋的绷带，血从蜘蛛腿般的长指间不断往下淌。"应该是他，必须是。"他的语气带着绝望，"你都听见那个人怎么说了。"

那个人？维林努力让自己听下去，他依然感到头晕恶心，但越来越旺盛的怒火让心跳逐渐趋于平稳。

"他给了我们一堆碎肉。"矮个子耸耸肩，"就算他说天是蓝的，我也信不过。"他眯起眼睛又朝麻袋里看了看，伸手抓起某样东西，提到外面。是头发，滴血的头发。他把手中的脑袋一拧，查看死者扭曲的面容。如果胃里还有丁点残渣，维林一定会吐。米凯尔！他们杀了米凯尔。

"可能是他。"矮个子沉思道，"死人的脸总会有点不一样。就是没看出哪里和他爹长得像。"

"布拉克能认出来。他说他见过那孩子。"牢骚男再次离开篝火，"说起来，他到底在哪儿？也该到了。"

"是啊，"矮个子把他的猎物放回袋里，表示同意，"我想他来不了了。"

牢骚男沉默片刻，低声说："宗会的小杂种。"

布拉克……死掉的家伙还有个名字。有个疑问在他心中闪过，有没有人会为布拉克戴上悼念用的吊坠？他的遗孀、母亲或兄弟会不会感谢他的一生，感谢他所留下的善良和智慧？可布拉克是个杀手，是埋伏在林中暗杀孩子的刺客，他对此感到怀疑。无人会为布拉克哭泣……无人会为眼前的两人哭泣。他抬起弓，紧紧握住，瞄准矮壮男的咽喉。他要杀死这个人，然后弄伤另一个，往腿或腹部射一箭就行。然后，逼他招供，再杀了他。为了米凯尔。

林中传来一声咆哮，来自某种隐藏的、致命的东西。

维林在一瞬间回身引弓——还是太晚，他被一个肌肉精实的庞然大物狠狠撞倒，弓从手中飞脱。他急忙去摸匕首，同时本能地抬腿就踹，可什么也没踹到。当他重新站起，前方传来几声惨叫，饱含痛苦和恐惧，湿润的触感划过脸颊，刺痛他的双目。他一个趔趄，血流进嘴里，味同铁锈。他发疯似地抹眼，勉强睁开一条缝，看到了已然沉寂下来的营地。在火光中，有两只闪亮的黄眼睛，下方是一张鲜红的兽嘴。那双眼睛与他对视，眨了眨，狼便消失了。

各种思绪杂乱无章地涌入脑海。它跟踪了我……你真美……跟踪我到这里，来杀这两个人……好美的狼……他们杀了米凯尔……不像父亲……

别想了！

他强行掐断思维的奔流，把空气大口吸进肺里，逼自己冷静下来，然后靠近营地。矮个子仰面躺着，两手往已经不存在的咽喉伸去，恐惧凝固在他的脸上。牢骚男跑出几步才死，他的头被扭断，与肩膀形成夸张的夹角。周围的尿臊味表明，恐惧显然主宰了他的临终时刻。没有狼的踪迹，只有灌木在风中摇曳低语。

他犹豫不决地转身面对矮个子脚边的麻袋。我该为米凯尔做什么？

◆

"米凯尔死了。"维林告诉索利斯宗师，他的脸在滴水。还剩最后几里路时，天开始下雨，他艰难地爬上最后的山坡，走向宗会大门，浑身湿透。因为森林里受的刺激和劳顿，他麻木得说不出更复杂的词来。"森林里有刺客。"

他的双腿突然脱力，无法站直。见他摇摇晃晃，索利斯急忙伸手扶住他："几个？"

"三个。我见到三个。都死了。"他把割下的箭翎递给索利斯。

索利斯叫胡提尔宗师守门，把维林领进院里。他没有带维林去男孩们在北塔楼的宿舍，而是带他去了自己的住处，一个南侧棱堡下的小房间。他生起火，叫维林脱下湿衣服，给他一块毯子暖身。火苗开始舔舐壁炉中的木柴。

"好了,"他递给维林一大杯温过的牛奶,"告诉我经过,把你记得的事情都告诉我。不要遗漏任何细节。"

于是,他讲了那头狼、他杀的人、牢骚男和矮壮男……还有米凯尔。

"在哪里?"

"您问什么?"

"米凯尔的……遗体。"

"我埋了。"维林抑制住强烈的颤抖,又喝一口牛奶,这股热流在他体内灼烧,"用我的小刀挖的坑。想不出还能做什么。"

索利斯宗师点点头,盯着手中的箭翎,苍白的眼神无法捉摸。维林环顾屋内,发觉并没有他想象中那般缺乏生气。墙上挂着几把兵器:一柄战戟、一杆铁头长枪、某种镶了石块的棍棒,还有一些式样各异的小刀和匕首。架子上立着几本书,封面没有蒙灰,说明索利斯宗师放的书不是装饰品。远端的墙上有一面山羊皮做的挂毯,拉伸固定在木框里,皮上是简笔画和陌生符号,凑成了诡异的图案。

"罗纳人的战旗。"索利斯说。维林把视线转向别处,觉得自己活像偷窥狂。令他吃惊的是,索利斯没有停下话头:"罗纳人的男孩从小就加入战斗队伍。每个队伍都有自己的旗帜,所有队员都发血誓,会用生命来捍卫它。"

维林抹去鼻头的水珠:"这些符号是什么意思,宗师大人?"

"列出队伍参加过的战斗、砍下的人头数,还有大祭司授予的荣誉。罗纳人对历史有种狂热,不能背诵氏族传说的孩子会受罚。据说,他们拥有世上最大的图书馆,但外人从未见过。他们喜欢历史故事,会在篝火边坐上几个小时,听萨满讲这些故事。他们特别喜欢英雄故事,队伍在逆境下以少胜多、勇敢的战士独自深入地底寻找失落的神符……森林中的男孩在一头狼的帮助下杀死刺客。"

维林看着他,目光如炬:"这不是故事,宗师大人。"

索利斯往火里添了块木柴,壁炉里腾起一片火星。他用炉钳捅捅柴火,头也不回地说:"你知道吗?罗纳人的语言里没有秘密一词。对他们来说,一切都很重要,都要写成文字记录下来,代代相传。宗会不信这套。我们走上战场,那些留下上百具尸体的战斗没有留下一个字。宗会要战斗,但常常在暗中战斗,没有荣耀、没有回报。我们没有战旗。"他把维林的箭翎丢进火里,潮湿的羽毛在火中嘶嘶作响,翻卷,焦枯,然后消失。"米凯尔被熊袭击了,尤里希森林里很少出现熊的踪迹,但还有一些在密林深处出没。你发现了他的遗体,并向我汇报。明天,胡提尔宗师会取回他的尸身,我们为死去的兄弟火葬,感谢他献上自己的生命。"

维林没有意外,没有吃惊。显然有一些他不该知道的事情。"您为什么警告我,叫我别帮助其他人,宗师大人?"

索利斯盯着火光默不作声,在维林以为他不会回答时,他开口道:"当我们把自己献给宗会,就等于亲手切断了血脉的纽带。我们理解,但外人不明白。有时,宗会也无法抵挡高墙外的纷争和仇恨所掀起的风暴,我们没办法一直保护你们。其他孩子不太可能被追杀。"他握紧钳子通火,手捏得发白,两颊的肌肉因压抑的怒气而鼓起,"但我错了。米凯尔为我的错误付出了代价。"

是我父亲。维林心想。他们想用我的死来打击他。不管他们是谁,他们并不了解我父亲。

"宗师大人,那头狼是怎么回事?为什么一头狼会帮我?"

索利斯宗师把火钳放到一边,摸着下巴沉思:"这我倒不明白。我去过很多地方,见识也不少,但没见过狼只杀人而不吃肉。"他摇摇头,"这不合狼的习性。这件事定有蹊跷,是某种和黑巫术有关的力量。"

维林的战栗瞬间加剧。黑巫术。父亲家里的仆人有时会提到这个词,通常他们都压低了嗓门,以为没人听见。不该发生的事情发生时,人们就会提到这个词——新生儿脸色惨白、身带血符,狗生猫崽,空无一人的船在海上漂荡……都是黑巫术。

"有两个兄弟比你早到。"索利斯说,"你最好和他们说一下米凯尔的事。"

会谈显然结束了。索利斯不会再告诉他任何事情。这很显然,也令人沮丧。索利斯宗师的肚子里装着很多故事和智慧,除了正确的握剑手法、割眼的挥剑角度,他还知道很多东西,但维林怀疑他从未向别人透露分毫。他想多听听罗纳人和他们的战队、他们的大祭司,他想了解黑巫术,但索利斯死死凝视火光,沉浸在自己的思绪中,带着他父亲显露过无数次的表情。于是他起身道:"遵命,宗师大人。"随即喝光余下的温热牛奶,紧了紧身上的毯子,抓起湿衣服走向门边。

"不要告诉任何人,索纳。"索利斯的话带着命令的口吻,是他挥舞手杖前所使用的口吻,"不要相信任何人。这个秘密事关你的生死。"

"遵命,宗师大人。"维林又说了一遍。他走出房间,走进阴冷的走廊,走向北塔楼,缩着身子发抖,寒意钻心。他担心没走完台阶就会倒下,但索利斯宗师给的牛奶给予他堪堪够用的温暖,帮助他走完了这一程。

跌跌撞撞地跨进房门的时候,他见到邓透斯和巴库斯在屋里,两人都瘫倒在床铺上,脸上写满疲惫。不知为何,他的出现似乎给他们注入了活力。两人都起身来招呼他,拍他的背,勉强开起了玩笑。

"夜里找不着路了,嗯?"巴库斯笑道,"要不是碰上急流,我还可以完成得更轻松。"

"急流?"他们的热乎劲令维林有点不知所措。

"渡河早了点。"巴库斯解释,"那一段河道比较窄。当时我以为死定了,我可是说真的。水流把我直接冲到门前,可邓透斯已经到了。"

维林把衣服往床铺上一扔,到火边取暖:"邓透斯,你是第一个?"

"哎,还以为铁定是凯涅斯,可我们还没见着他。"

维林也很意外。凯涅斯对森林的了解让他们所有人自惭形秽。但他没有巴库斯的力量和邓透斯的速度。

"至少我们赢了其他队伍。"巴库斯说,他是指其他组里的孩子,"他们一个都没到呢。一群懒虫。"

"是啊。"邓透斯附和,"路上还撞见几个,跟没头苍蝇似的,就像逛窑子的闺女。"

维林皱眉道:"什么是窑子?"

另两人相视一笑,巴库斯赶紧转移话题:"我们从厨房顺了点苹果。"他掀开床单,展示战利品,"还有馅饼。等大家到齐了,我们就大吃一顿。"他把一只苹果拿到嘴边,有滋有味地啃了一口。他们都成了偷窃狂,在宗会里,人人都把偷东西当成家常便饭,只要藏得不是特别好,哪怕只有一丁点价值的东西都有可能不翼而飞。利用一切可以染指的布料或软皮,他们早就把被褥里的稻草换了个遍。偷窃的惩罚往往很严厉,但不带任何事关道德或诚实的说教,他们很快就明白,被罚是因为被抓,而非偷盗。成果最丰硕的人是巴库斯,他特别擅长偷吃的;米凯尔紧随其后,专长是偷布料……米凯尔。

维林瞪着炉火,咬紧嘴唇,默默编织谎言。这么做很糟,他知道。对朋友撒谎很难。"米凯尔死了。"他最后如此开口。他想不出更好的说法,然后在突如其来的沉默中低下头:"他……被熊袭击了。我……我发现了遗体。"他听见身后的巴库斯把满嘴的苹果喷了出来,邓透斯跌进床铺,压得嘎吱作响。维林咬牙继续道:"胡提尔宗师明天会取回他的尸体,我们一起为他火葬。"壁炉里,一截木柴啪的一声爆开。寒意几乎完全退去,热流令他皮肤发痒。"以感谢他献出的生命。"

没人发话。他觉得邓透斯在哭,但没勇气回头看。过了一会儿,他离开炉火,走到自己的床位,把衣服铺开晾干,卸下弓弦,收起箭筒。

门开了,诺塔走了进来,浑身透湿,但意气风发。"第四名!"他欢呼,"我还以为肯定是最后一个。"维林第一次见到他高兴的表情,觉得别扭。而诺塔无视他们一脸的悲伤,也同样令人尴尬。

"我还迷路两次,"他笑着把装备往床上一扔,"还见到一头狼。"他走到火边,张开双手获取热量,"吓得我动弹不了。"

"你见到狼了?"维林问。

"哦,是啊。好大一只。他应该已经吃饱了,嘴上有血迹。"

"是哪种熊?"邓透斯问。

"什么?"

"黑的还是棕的?棕熊更大只,也更凶。黑熊一般不会靠近人。"

"那不是熊,"诺塔迷惑不解地说,"我是说狼。"

"我不知道。"维林对邓透斯说,"没见到熊。"

"那你咋知道是熊?"

"米凯尔被熊袭击了。"巴库斯告诉诺塔。

"是爪痕。"维林意识到,欺骗比他想象中更难,"他……被撕碎了。"

"撕碎了!"诺塔惊得大叫起来,"米凯尔被撕碎了?!"

"俺叔叔说,尤里希森林里没有熊啊。"邓透斯语气呆滞,"只有在北方才会碰上。"

"我打赌,是我遇见的那头狼干的。"诺塔惊魂未定地说,"那头狼吃了米凯尔。如果它当时空着肚子,被吃掉的人就是我。"

"狼不吃人。"邓透斯说。

"大概是疯了。"他缩进被子里瑟瑟发抖,"我差点被一头疯狼给吃了!"

同样的场景不断反复。其他孩子陆续抵达,虽然又湿又累,但都挂着通过试炼后的快慰笑容。听到这条消息后,每个人的笑容都退去了。邓透斯和诺塔争论到底是狼还是熊,巴库斯给大伙分享他偷来的那点东西,大家一脸麻木地吃着,没有人说话。维林把自己裹在毯子里,试图忘掉米凯尔了无生气的五官,还有挖浅坑时隔着麻袋碰到死肉的触感……

几小时后,他在一阵抽搐中惊醒。两眼习惯黑暗后,最后一丝梦境的残余从意识中消散。他庆幸于这场梦的中断,弥留在脑海中的几幅图景让他知道还是忘掉为好。其他孩子都睡着了,巴库斯的呼噜声难得如此轻柔,壁炉中的木柴已经发黑,正在焖烧。他吃力地下床重新生火,屋里的黑暗突然显得如此可怕,比森林的幽暗更吓人。

"没柴火了,兄弟。"

他一转身,见凯涅斯坐在自己的床铺上。他还穿着衣服,昏暗的月光透过帘子,令潮湿的布料微微泛光。他的脸隐藏在黑影中。

"你什么时候进来的?"维林一边问,一边搓手驱走麻木。他从不知道身体可以冷成这样。

"有一阵了。"凯涅斯木然回答,声音低沉,毫无情感可言。

"你听说米凯尔的事了?"维林开始踱步,希望让躯体找回一些暖意。

"嗯。"凯涅斯答道,"诺塔说是狼。邓透斯说是熊。"

维林皱起眉,从兄弟的语调中听出一丝戏谑。他耸耸肩,不去多想。每个人都有不同的反应。叶尼斯是米凯尔最亲近的朋友,当他们告诉他时,叶尼斯真的笑出声来,是那种撕心裂肺的大笑,笑得没完没了。最后,他被巴库斯抽了一耳光才停住。

"是熊。"维林说。

"真的?"维林确信凯涅斯没动,但能想象出他歪头表示疑惑的样子,"邓透斯说是你发现他的。那一定很糟糕。"

米凯尔的血稠稠的,凝结在麻袋里,透过织布渗出来,沾到了他的手……"我以为你会比我早到。"维林把肩上的毯子裹得更紧,"我用去菜园干一下午活的机会和巴库斯打赌,你能赢我们所有人。"

"噢,本来可以的,但有事让我分心了。我在森林里碰到一桩神秘的怪事,也许你能帮我解谜——我见到一个喉咙里插着箭的死人。告诉我,你怎么看?那支箭没有翎尾。"

维林几乎无法控制身体的颤抖,抖得连毯子都滑落在地。"我听说,森林里有很多亡命之徒。"他结结巴巴地说。

"的确有很多,我还发现另外两个。但他们没有被箭射死,可能是被熊杀的,就像米凯尔。没准是同一头熊呢。"

"没、没准呢。"这是什么感觉?维林抬起手,盯着痉挛的手指。这不是寒冷。是某种更……他突然产生一股不可遏制的冲动,想对凯涅斯坦白一切,卸下包袱,从信赖中寻求慰藉。毕竟,凯涅斯是他的朋友。最好的朋友。还有更好的倾诉对象吗?在刺客的追杀下,他需要有个朋友照应,他们可以并肩战斗……

不要相信任何人……这个秘密事关你的生死。索利斯的话封住了他的嘴,坚定了他的意志。凯涅斯的确是朋友,但不能向他透露真相。这个秘密太大、太重要,不是孩子之间的悄悄话。

随着不断增强的决心,颤抖慢慢平息下来。其实这个夜晚并没有那么冷。那个森林之夜所经历的恐惧在他体内留下了印记,也许一生都不会消退,但他会直面它、战胜它。他别无选择。

他捡起地上的毯子,爬回床上。"尤里希的确是个危险的地方。"维林说,"你最好把衣服脱了,兄弟。要是冻坏了身子,明天不能好好训练,索利斯宗师抽不死你。"

凯涅斯一动不动、默不作声地坐着,唇间逸出一缕悠长的轻叹。

渡鸦之影 血歌

过了一秒，他起身脱衣，如惯常的那样把衣服方方正正地码好，谨慎地收好武器，钻进床铺。

维林仰面躺着，祈求睡意把他带走，也把梦和一切都带走。他渴望这一晚赶快过去，渴望早早感受到晨曦的暖意，驱走盘桓在他灵魂中的血腥和恐惧。这就是战士的命运吗？他感到不解。一生都在阴影下颤抖？

凯涅斯的声音就像耳边的悄悄话，但维林听得清清楚楚："很高兴你还活着，兄弟。很高兴你能走出森林。"

他意识到，这是同伴的情谊，这也是战士的命运——和能够为你而死的人同生共死。这种情谊并没有让他脏腑中的恐惧、恶心和痛苦消失，但确实抚慰了他的悲伤。"我也为你高兴，凯涅斯。"他悄声回答，"抱歉，不能帮你解开谜团。你应该找索利斯宗师谈谈。"

凯涅斯随即哼了一声，那是笑是叹，维林一辈子都没搞明白。许多年后，他依然会感慨，如果当时能听得更清楚，费尽心思弄清这一声的意义，他就能为许多人——包括他自己——免除敌人的痛苦。当时，他觉得那是叹息，而凯涅斯之后所说的话只是陈述明显的事实："哦，我想是弄不清了，未来的谜团还多着呢。"

◆

他们从林子里砍下木头，按索利斯宗师的指示，在操场上码出火葬的柴堆。一天的训练得以免除，但这份活也够累人的。维林把砍下的树木搬到货车上，为此忙活了几个小时，他浑身肌肉酸痛，但忍着没吭声。为了米凯尔，这一天的劳累不算什么。下午，胡提尔宗师早早就回来了，他牵着一匹矮种马向门走去，马背上紧紧系着一团东西。大家都停下手里的活，盯着裹布的尸体。

这种事还会发生。维林意识到。米凯尔只是第一个。谁会是下一个？邓透斯？凯涅斯？我？

"我们应该问他的。"当胡提尔宗师消失在门后,诺塔说。

"问啥啊?"邓透斯说。

"是狼还是……"他一猫腰,堪堪避开巴库斯扔来的一截圆木。

夜幕将临,宗师们把尸体放到柴堆上,孩子们整队走上操场,总计四百多人,按小组编队,于无声中默立。索利斯和胡提尔从柴堆前退下,宗老上前,用骨瘦如柴、满是伤疤的手高举着火把。他在葬堆旁站定,扫视全体学员,面容如往常一样漠然。"我们在此见证这具躯壳的终结,它曾负载我们倒下的兄弟,历尽其短暂的一生。"他再次展示出那种异乎寻常的能力,所有的人都能听见那令人昏昏欲睡的话音。

"我们在此感谢他的善良和勇敢,原谅他一时的软弱。他是我们的兄弟,为侍奉宗会而倒下,这是我们终将获得的荣耀。此刻,他已与逝者一道,他的魂魄与逝者为伍,指引我们为信仰事功。缅怀他,献上你们的感谢和宽恕;记住他,从现在直至永远。"

他放低火把,火舌舔到柴火间隙中用来助燃的苹果木,火焰和烟雾蓦地腾起,甜滋滋的苹果香湮没在血肉燃烧的恶臭中。

看着烈焰,维林努力回想米凯尔善良和勇敢的举止,希望能一辈子带着荣耀和怜悯的记忆,但挥之不去的,却是米凯尔和巴库斯往马厩的饲料袋里撒胡椒的恶作剧,壬希尔宗师把饲料袋递到一匹新来的种马嘴边,被喷了一身的马鼻涕,差点就被踢死。那算勇敢吗?惩罚当然很严厉,可米凯尔和巴库斯都信誓旦旦地说这顿打挨得值,壬希尔宗师的脑瓜也够糊涂,很快就把这场意外遗忘在云山雾罩的记忆泥沼之中。

他看着火焰升腾,吞噬这团残缺的、曾经是他朋友的肢体,心中默念:对不起,米凯尔。对不起,你因我而死。对不起,我没能救你。有朝一日,只要我能办到,一定会找出给刺客下令的幕后黑手,让他们血债血偿。我的感激与你同在。

他环顾四周,大部分孩子都散去吃晚饭了,可他们那一组都没动,连诺塔也在,尽管他表情中的不耐烦多过悲伤。叶尼斯在轻声哭泣,两手抱肩,泪水滚落脸颊。

凯涅斯伸出一只手,放到维林肩头:"该吃饭了。我们的兄弟已经走了。"

维林点点头:"我在想马厩里的那次,记得吗?饲料袋。"

凯涅斯咧开嘴微微一笑:"记得。竟然不是我的点子,我还耿耿于怀呢。"他们走向餐厅,叶尼斯被巴库斯拽着,哭声未央。其他人你一言我一语,彼此补充关于米凯尔的回忆。火焰在他们身后燃烧,带走他的躯体。早晨,他们发现火葬的残迹已被清理干净,只留下一圈黑灰,宛如草地的伤痕。而岁月,终会将这伤痕也一并带走。

第一部

第三章

日子一天天过去，他们不断训练、战斗、学习。夏天变成秋天，冬天又带着瓢泼的雨水和刺骨的寒风降临，随即演变成阿斯莱在奥拉纳苏月中常见的暴风雪。葬礼后，米凯尔的名字很少被提及，他们从未忘记他，但缄口不提。他已经走了。初冬时节，他们看着一批新学员走进大门，心中满是感慨，因为他们不再是最年幼的了。突然之间，最脏最差的杂活落到了别人头上。看着这些新人，维林不禁很想知道，他是否也曾显得如此幼小和孤独。他明白，他不再是孩子了，他们都不再是。他们已经不同了，改变了，和普通男孩不一样。而他的改变比其他人更深，他杀过人。

经过森林的那一晚后，他的睡眠一直都有问题，常常一身冷汗、颤抖着从噩梦中惊醒。他梦见米凯尔僵死的脸浮现在他面前，问为什么没能救他。有时，那头狼出现在梦中，无声地凝望他，舔舐嘴边的鲜血，眼中隐藏着维林无法参透的疑问。甚至连那三个刺客也会来搅扰他的梦境，扭曲的脸上满是血污，发出充满憎恨的控诉，气得他在睡梦中大声抗辩："杀人犯！人渣！烂掉才好！"

"维林？"被他吵醒的人通常是凯涅斯，有时也有其他人，但一般只有他。

维林会撒谎，说是梦见母亲了。利用对母亲的记忆隐瞒真相，这使他心怀愧疚。他们会聊上一会儿，直到维林被疲惫拖进睡乡。凯涅斯是一个装满故事的宝库，所有信徒故事都熟稔于心，也通晓其他很多故事，尤其是关于国王的传说。

"雅努斯王是一位伟人。"这是他的口头禅，"他用剑和信仰打造出我们的王国。"他一次又一次让维林讲述和雅努斯国王见面的经过，永远都听不厌。凯涅斯喜欢听维林讲这名高大的红发男子是如何摸着他的头、摩挲着他的头发说："希望你有父亲的臂腕，孩子。"随后发出低沉而浑厚的笑声。其实，维林几乎不记得国王了，他那时只有八岁，是被父亲拖到王宫觐见厅的。可他确实记得宫殿的富贵景象，还有如云的贵族所穿的华服。雅努斯国王有一子一女，男孩大约十七岁，神情严肃，女孩和维林一般大，躲在父亲长长的貂皮卷边披风后面，横眉冷眼地瞧他。那时的国王没有王后，她在前一年的夏天死了，人们都说国王的心碎了，再也不会续弦。维林记得那个女孩，母亲称呼她公主。国王移驾去招呼下一位来客时，公主还留在原地。她目光冰冷，把他从头到脚打量个遍。"我不嫁你。"她骄傲地说，"你脏脏的。"说罢，她蹦蹦跳跳地跟上父亲，没再回头看一眼。维林的父亲极为难得地笑了一回，说："孩子，别担心。我不会让你娶她，受她的罪。"

"他长什么样？"凯涅斯热切地问，"是不是和人们说的一样有六英尺高？"

维林耸耸肩："他挺高的，说不准有多高。他脖子上有古怪的红色痕迹，好像是烧伤。"

"他七岁时曾染上掐脖红。"凯涅斯的语调转入他特有的说书模式，"整整十天，他忍受着足以让成年人丧命的痛苦和汗血症，直到热病褪去，才再次恢复强健。就算是给这片大陆的每个家庭带来死亡的掐脖红，也对雅努斯无可奈何。还是个孩子的时候，他的灵魂已经十分强大，坚不可摧。"

维林猜测凯涅斯知道很多有关他父亲的故事，宗会里的生活让他明白了战争大臣的名头究竟有多响亮。但他从不要求凯涅斯为他讲。对凯涅斯而言，维林的父亲是传奇，是英雄，是国王在统一战争中的左膀右臂。可对维林而言，他只是个两年前骑马消失在雾中的陌

第一部

生人。

"他孩子叫什么?"维林问。出于某些原因,父母从不对他说太多宫中的事情。

"国王之子暨王位继承人是麦西乌斯王子,据称是位勤勉尽责的青年。陛下的女儿是莱娜公主,很多人相信,待她长大成人,就连她母亲的美貌也要相形见绌。"

当凯涅斯说起国王和王室家族,他眼中闪烁的光芒有时会令维林不安。只有在这种时候,他心事重重的眉头才会舒展,就好像完全放空,没有任何疑虑。他见过类似的表情,是在人们感谢逝者的时候,仿佛平常的自我一时出窍,心中只留下信仰。

❖

寒冬愈凛,白雪覆盖大地,为野外试炼设好了舞台。胡提尔宗师的课程越来越细致和紧张,跋涉的路程越来越远。他逼着他们在雪地一直跑到浑身酸痛,对懒散的表现施以严惩。但他们知道尽全力学习的重要性。他们在宗会里生活得够久了,大一些的孩子偶尔会给他们一些建议,通常是耸人听闻的警告,关于未来的危险,而很多这样的警告都和野外试炼有关:以为某人永远消失了,但来年发现他被冻在一棵树上……某人去吃火浆果,结果吐出了肝……某人误入野猫的巢穴,出来时两手挂着自己的肠子……这些故事无疑有所夸大,但隐藏着真实的本质:每次野外试炼都有人丧命。

那一刻终于来临。在长达一个月的时期内,他们被分批带到野外,以减少碰面和互助的机会。这是所有孩子都必须独自面对的试炼。他们先乘驳船往上游行进一小段距离,然后坐马车沿着一条白雪皑皑的荒道蜿蜒直上,穿过尤里希森林,来到一片草木稀疏的山野。每隔五英里,胡提尔宗师就停下马车,带上一个孩子进入山林,过一段时间后重新现身,抓起缰绳继续前进。轮到维林的时候,宗师领他沿着一条小溪进入一片四面环山的溪谷。

"带好燧石了？"胡提尔宗师问道。

"是的，宗师大人。"

"捻绳、新弓弦、备用毯子呢？"

"带上了，宗师大人。"

胡提尔点点头，停下脚步，吐息在彻骨的空气中化成白雾。"宗老让我给你带个口信。"过了一会儿，他说。维林心下奇怪，因为胡提尔在躲避他的目光。"他说，一离开宗会的庇护，你就有可能被人追杀，所以你可以跟我回去，直接通过这次试炼。"

维林一时哑然。宗老的这番好意，以及第一次有宗师提及他在森林中的可怕遭遇的事实，令他措手不及。宗会的试炼是以虐人为乐的宗师们经年累月想出来的鬼点子，但不仅仅是这样。它们是宗会的一部分，由四百年前的创始人制定，此后从未改过。这些试炼不仅是宗会的遗产，也是信仰的教条。他不禁觉得，逃过一次试炼却依然留在宗会里，这首先是对朋友的不敬，也是一种欺骗，更是对信仰的亵渎。再一细想，又一个念头浮出水面：这会不会是另一个考验？莫非宗老想看看，我会不会逃避兄弟们躲不过的磨难？但看着胡提尔宗师躲闪的眼神，他从中发现了一丝羞愧，证明宗老的提议是真心的。而胡提尔觉得这番好意是对学员的侮辱。

"我不敢忤逆宗老的想法，宗师大人。"他说，"但我觉得，刺客不太可能有胆量在冬天进这片山。"

胡提尔再次点头，如释重负地轻吁一声，嘴角难得地扬起一抹极淡的笑容："别走远，倾听山陵的声音，只追最新鲜的足迹。"说罢，他把弓往肩上一扛，踏上返回马车的漫长归途。

维林看着他远去，觉得很饿，虽然他们早上都吃得很撑。他庆幸在出发前瞅准机会从厨房偷了点面包。

按胡提尔课上的教导，维林立即动手搭建掩体。他找到一个合用的场所，两边有大石头可当墙壁，并开始收集用来搭屋顶的木头。周围有一些折落的树枝可以利用，但很快，他就不得不从附近的树上砍更多树枝来覆盖屋顶。他堆砌积雪挡住一侧，按教过的方式把雪压成密实的厚块。完工后，他拿出一个圆面包犒劳自己，尽管饥肠辘辘，还是强迫自己不要囫囵吞下，坚持小口小口地咬，完全嚼烂才下咽。

接下来，他得生火。他在掩体入口处用一些小石头围成一圈，掏空圈内的积雪，填入之前备好的细枝。他事先刮去了被雪浸湿的树皮，让干燥的木头裸露出来。燧石上迸出几颗火星，很快，他就在一团烧得挺旺的火上暖手了。食物、掩体和热量，这是胡提尔宗师对他们反复强调的，这是让一个人活命的要点，别的全都是额外的奢侈。

他在掩体里的第一夜辗转无眠，呼啸的风和刺骨的寒冷折磨着他，悬在入口处的毯子完全不顶用。他打定主意，明天要遮得更厚实些。为了打发漫长的夜晚，他开始倾听风声。据说风会吹向往生，逝者利用风向信徒传递消息，有些信徒会在山坡上伫立几个小时，捕捉风中的警言慧语，或是死去爱人的慰问。维林从未在风中听到人语，如果能听见，他很好奇传话的人会是谁。也许会是母亲，但自从宗会的第一晚之后，她就再未显灵。也许会是米凯尔，或是那些刺客，在风里大肆倾泻他们的恨意。但那一晚，他听不到任何人声，慢慢地睡了冰冷刺骨的一觉，醒了睡，睡了又醒。

第二天，他搜集一堆细枝，编出一扇门来。这份工作漫长而琐碎，令他已经麻木的手指疼痛不已。余下的时间用来打猎，他利箭在弦，扫视雪地，寻找猎物的踪迹。他看到一些痕迹，觉得昨晚应该有一头鹿穿过溪谷，但这些痕迹几乎完全被风雪掩盖，已无法跟踪。他倒是找到一些新鲜的山羊脚印，但这些脚印领他来到一道峭壁下，他在天黑以前无望登顶。最后，他只打到两只飞落在掩体附近的乌鸦，只好接受现实，另设下几个套索，用来捕捉警惕心不足，又必须冒雪觅食的兔子。

渡鸦之影 血歌

他清理掉乌鸦的内脏，留下可以引火的羽毛，串起鸟身，在火上翻烤。肉质又干又老，他算是明白为什么没人把乌鸦当作美味了。当夜晚降临，他无事可做，只能蜷缩在火边，待树枝烧尽后钻进掩体。他编的门比毯子管用，可寒意依旧能钻进骨髓。胃在咕咕地抱怨，但风声更大，只是依然听不见什么人声。

第二天早晨，他的运气稍有好转，逮到一只雪兔。他对这次猎杀颇为骄傲，箭矢在兔子扑向藏身洞穴的瞬间逮到了它。他用不到一个小时的时间剥下兔皮、完成清理，怀着极大的愉悦心情在火上翻烤，睁大眼睛盯着油光水滑的兔皮上滋滋漫溢的油水。应该叫饥饿试炼才对。当肚子再次发出不成体统的巨响时，他冒出这个念头。他吃掉半只兔子，把另一半藏进树洞，那是他事先挑选的贮藏点。这个树洞离地面够高，他得爬上去才能够到，树干也不粗，承不住一头觅食的熊。要忍住不一口气吃完确实很不容易，但他知道，如果不这么干，明天可能会饿一整天的肚子。

余下的时间在徒劳的打猎中度过，他的套索空空如也，只好挖雪底下的树根果腹。挖来的树根完全不管饱，煮了很久才嚼得动，但可以减轻饥饿感。挖出一截崖灵根是他仅有的运气，这种根不能吃，但奇臭的根汁可以用来保护他的贮藏点和掩体，不让外出觅食的狼或熊靠近。

又一次空手而归的狩猎后，他拖着沉重的步子返回掩体。雪开始变大，风抽打雪花，很快演变成一场暴风雪。他在雪势大到看不清方向之前赶回掩体，用树枝编成的门牢牢卡住入口，把冰冷的手塞进被他当作暖手焐的兔皮取暖。他无法在暴风雪中生火，也无计可施，只能颤抖着，不断活动兔皮里的双手，避免麻木感侵袭。

风依然在咆哮，从未如此洪亮，留下来自往生的讯息……那是什么？他坐起身，竖起耳朵，屏息倾听。是人说话的声音，风中有人在说话。很微弱，很悲伤。他纹丝不动，一声不吭，等待声音再次出现。风的尖啸持续不停，让人发疯，每一次变调仿佛都预告着又一声神秘的呼唤。他静候着，呼吸都小心翼翼，但什么也没等到。

他摇摇头，重新躺下，在毯子里努力缩成一团，越小越好……

"……诅咒你……"

他直挺挺地弹起身，瞬间就醒了。没有听错。风里确实有说话声。又来了，这次语速更快，透过风雪的呼啸，维林只听到几个词："……听见吗？诅咒你！……不后悔！我……不……"

声音细弱游丝，但其中的狂怒历历分明，这个灵魂穿越虚空送来了消息。是捎给他的？阴冷的恐惧就像一只巨手，攫住了他的心。是那些杀手，布拉克和另外两个。他抖得更加厉害，但不是因为寒冷。

"……没有！"狂暴的声音还在继续，"没有什么……已经……一切！你听见了吗？"

维林以为自己知道什么叫害怕，以为森林中的噩梦已经让他学会坚强，使他无视恐惧。他错了。宗师说，人在极度恐惧时会失禁。他以前不信，直到此时此刻。

"……我要把仇恨带去往生！如果你诅咒我的生，那就千倍万倍地诅咒我的死……"

维林瞬间不再发抖了。死？哪个逝者的灵魂会提到死亡？一个显而易见的答案跃入脑海，令他万分惭愧，庆幸无人见证自己的丑态——有人在外头，在暴风雪之中，而我却坐在这里畏首畏尾。

暴风雪在门前堆了三英尺高的积雪，他不得不挖出一条通路。他拼命挖了好一会儿，才手脚并用地进入暴风雪的狂暴世界。风如刀，割裂仿佛纸糊般的斗篷，雪片就像利爪，挠了他一脸，他几乎什么也看不见。

"嗨，这里！"他大喊，话一离开嘴唇，就消失在狂风中。他使劲吸气，连带吞了一口雪，又喊了一次："嗨！谁？"

有个东西在暴风雪中挪动，在白色的巨幕下，只能辨出一个模糊的影子。还没来得及看清,这个影子就消失了。他又吸一口气,挣扎着走向他认为人影所在的方向,在彻骨的风雪狂潮中艰难地挪动脚步。他跌了好几次,终于找到了,是两个抱在一起的人影,一大一小,已经被雪埋了半边。

"起来!"维林推推大个子,大喊。人影哀叫着,翻过身,雪从结了霜的脸上滚落,冰封的面具下射出两道淡蓝色的目光。维林退了半步,他从未见过如此锐利的眼神,就连索利斯宗师的注视也无法如此透彻地刺穿人的灵魂。他下意识地摸向斗篷下的小刀。"如果留在这里,几分钟内就会被冻死!"他喊道,"我有个庇护所。"他朝来路挥挥手,"你们能走路吗?"

那双眼睛依然死死盯着他,挂霜的脸毫无反应。我的运气果然不错,维林心下自嘲,只有我能在暴风雪中发现一个疯子。

"我能走!"对方咆哮道。他的头朝身边的小个子用力一摆:"这人需要帮助。"

维林走到小个子旁边,一边拉此人起身,一边痛苦地喘气。当眼前的人被他拉起,兜帽掉落一旁,露出一张苍白的、精灵般的脸庞,以及一头浓密的赭发。是个女孩。她只站住片刻工夫,便又倒在他身上。

"走。"男子呼喝一声,抬起她的一条手臂,环在自己肩上。维林扶起另一条胳膊,三人挣扎着返回掩体。这段路仿佛走不到头,难以置信的是,风暴还越来越猛。维林知道,只要停留一秒,死亡就将接踵而至。到了掩体跟前,他刨走入口处重新堆成的积雪,先把女孩推进去,示意男子跟上。男子摇摇头:"你先,孩子。"

维林从他的咆哮中听出几分固执,知道耗在外头互相推辞没有意义,还有可能送命。他爬进掩体,顺势把女孩往里推,让两人尽可能少占空间。男子很快跟进,硕大的身躯几乎占满余下的空间,紧紧挤上维林做的门。

他们一块儿躺着,呼出的气息混成一片浊云,在逼仄的掩体中弥漫。刚才在雪中拼死走的那一程令维林的肺火烧火燎地疼,双手无法控制地颤抖。他用斗篷把三人裹起来,希望能减缓冻伤。不可抗拒的疲惫感一寸寸地侵蚀他,模糊他的视野,让他的意识一丝丝溜走。他昏迷前最后一眼所看到的画面,是身边的男子透过门上的缝隙窥视风雪的模样。在被疲劳完全压倒之前,维林听见他喃喃自语:"稍微长了点,只是一点点。"

头痛欲裂,一丝阳光透过屋顶,直接钻进眼皮,令他痛苦地叫出声来。他醒了。身边的女孩变换了睡姿,一只穿鞋的脚在他胫骨上留下瘀青。男子不在掩体里。一股让人食指大动的浓香从入口飘了进来,维林真该待在外面。

那男子在他的篝火上用铁锅煎麦饼,香味诱起一阵汹涌澎湃的饥饿感。脱下冰霜面具后,他的五官显得清癯而线条分明。暴风雪中笼罩他双眼的狂暴已经褪去,明快的友善取而代之,反而令维林不太习惯。他推测此人有三十五六,但很难确定,深邃的面容和肃穆的眼神诉说着此人有极广的历练。维林保持距离,生怕走得太近会忍不住去抓煎饼。

"我去取装备了。"男子朝边上两个撒满雪末的背包扬了扬头,"昨晚只能把背包丢在几里开外的地方。负重太多。"他从火上拿起铁锅,递向维林。

维林含着一嘴的口水摇头:"不可以。"

"宗会的孩子?"

维林点点头,馋得不敢说话。

"否则一个孩子怎么会在这种地方过活?"他难过地摇摇头,"当然,要不是有你,瑟拉和我已经被雪活埋了。"他站起身,向维林伸出手掌,"感谢你,年轻的朋友。"

维林握住他的手,感觉到满手的硬茧。是战士?维林打量此人,觉得不像。宗师们的举止谈吐都有种特殊的气质,和普通人完全不同。这个男人不一样。他有战士的力量,但没有战士的外形。

"艾林·伊尼斯。"他自我介绍。

"维林·艾尔·索纳。"

男子扬扬眉毛:"战争大臣的家姓。"

"是,我有此耳闻。"

艾林·伊尼斯点点头,不再继续这个话题:"还有几天?"

"四天。如果没饿死的话。"

"抱歉打搅了你的试炼,请接受我的歉意。但愿不会影响你通过。"

"只要别帮我就没关系。"

男子往地下一蹲,吃起早餐,用薄刃小刀把煎饼切成几份,送进嘴里。维林再也无法忍受,冲向树洞去取他的储备粮。他必须挖穿厚厚一层积雪,但很快就拿着兔肉回到营地。

"有很多年没遇上这么猛的暴风雪了。"维林开始烤肉,艾林在一旁小声闲谈,"过去,我觉得天气变糟是某种征兆,战争、瘟疫,似乎总会接踵而至。现在,我看那只是天气不好罢了。"

维林觉得必须说点什么,肚子叫个不停,需要转移一下注意力:"瘟疫?是指掐脖红吧。以你的年龄,不可能亲眼见过。"

男子无力地笑了笑:"我……去过很多地方。瘟疫有很多种,出现在各个大陆。"

"有多少?"维林追问,"你见识过多少地方?"

艾林抚着满是灰胡楂的下巴,若有所思地说:"我真说不上来。我见识过阿尔比兰帝国的强盛,也见过黎安德伦神庙的废墟。我在北方大森林里摸黑赶过路,也踏上过俄尔赫部落曾经逐鹿的大草原。我见过许多城市、岛屿和山峦。但不管我去哪里，总会遇上风暴，无一例外。"

"你不是疆国出生？"维林感到迷惑。男子带着奇怪的口音，元音念得有些生硬，不过明显还是阿斯莱语。

"哦，我出生在这里。瓦林斯堡南边十几英里的地方有个村子，小得连名字都没有。你可以在那里找到我的亲戚。"

"那你为何离开？为何游历那么多地方？"

男子耸耸肩："我有大把时间，也想不出其他事情可做。"

"你当时为什么气成那样？"

艾林猛地抬起头："什么？"

"我听见了。我还以为是来自逝者的风语。你很生气，我听得出来。正因为喊叫声，我才发现了你们。"

艾林的脸上显露出深切的、可怖的悲哀神情。这份悲伤是如此之深，令维林再次怀疑是不是救了一个疯子。

"人面对死亡时会说很多蠢话。"艾林道，"等他们把你打造成真正的兄弟，你对垂死之人口中荒唐至极的胡话也不会陌生。"

女孩走出掩体，被阳光晃得使劲眨眼，一条披巾扣在她肩头。这是第一次清清楚楚地看到她，维林发现自己的视线难以从她身上挪开。在亮赭色的卷发下，是一张白玉无瑕的鹅蛋脸。她比他大上几岁，高出寸许。他意识到已经很久没见过哪怕一个女孩子了，内心深处突然感到一阵不自在。

"瑟拉，"艾林向她打招呼，"如果你饿了，我包里还有煎饼。"

她僵硬地笑笑，对维林投以戒备的目光。

"这是维林·艾尔·索纳，"艾林对她说，"第六宗会的学徒兄弟。我们欠他一声谢谢。"

她隐藏得很好，但维林还是能看出她在艾林提到宗会时的紧张。她转向维林，两手流畅地做出一连串复杂的手势，脸上凝固着空洞的笑容。哑巴,他明白了。

"她说,能在荒野中遇见如此勇敢的灵魂是我们的幸运。"艾林转述。

事实上,她的原话是:就说我谢过了,我们快走。维林觉得还是装作不懂手语为好。"不客气。"他说。她歪歪头,走向行囊。

维林开始进食,用脏手直接把兔肉往嘴里塞,浑不在意自己的吃相,如果胡提尔宗师看到,不知会吓成什么样。在他狼吞虎咽的时候,艾林和瑟拉用手语进行交流。他们的手型动作娴熟流畅,令他对斯蒙提宗师的模仿相形见绌。尽管如此,维林看得懂沟通的内容。一方是她紧张的手势,另一方是艾林更为克制、告诫女孩冷静的手势。

他知道我们是谁吗?她问。

不。艾林回答。他是个孩子。勇敢、聪明,但只是孩子。他们被教成了战斗的傀儡。宗会不让他们了解其他信仰。

她朝维林的方向投来一瞥,眼里满是戒备。他回以微笑,舔舔手指上的油水。

如果他知道真相,会不会杀了我们?她问艾林。

别忘了,是他救了我们。艾林停下手势,维林有种感觉,他正在抑制往这边看的冲动。他不一样。他的手势说。他和第六宗的其他兄弟不一样。

怎么不一样?

他有更多的内在,更会感受。你感觉不到吗?

她摇摇头。我只感觉到危险。这些天来,这是我唯一的感觉。她顿了顿,眉头皱紧,把光洁的前额拧出了沟壑。他有战争大臣的家姓。

对。我想就是大臣的儿子。听说他在妻子过世后把儿子奉献给了宗会。

她的手势变得狂乱而执拗。我们必须马上离开!

艾林朝维林这边勉强挤出一个笑容。冷静，否则他会起疑。

维林站起身，到溪边清洗手上的油腻。逃亡者。他想。为什么逃呢？他们所说的其他信仰又是什么意思？破天荒的，他希望有个宗师在这里指点他，索利斯或是胡提尔会知道该怎么做。他在想，是不是该设法把他们困在这里，制服两人，然后绑起来。他不能确定是否办得到。那女孩不成问题，但艾林是个成年人，还很强壮。而且维林怀疑，就算他不以战士为职，也懂得战斗的技巧。眼下，他能做的就是继续观察两人的对话，获取更多信息。

他是无意中发现的，是转向的风把它带到维林身前，很淡，但绝对没错：马的汗味。如果能闻到，那一定很近了。不止一匹。来自南面。

他急忙攀上溪谷南坡，扫视南方的山岭。他很快就发现了目标，是一队黑衣骑士，排成纵队从东南方奔来，距离还有一里多。总共有五六人，还有三只猎犬。他们停下了，从这么远的距离很难判断停下的理由，但维林估计是在等猎犬寻味指路。

他强迫自己慢慢走回营地，见那女孩阴着脸，捏着棍子捅火，艾林正在给自己的背包重新扎口。

"我们马上就走。"艾林让他宽心，"我们已经带给你够多麻烦了。"

"往北？"维林问。

"嗯。去仑法尔海岸。那里有瑟拉的家人。"

"你不是他的家人？"

"只是朋友，也是同路人。"

维林走进掩体，拿起弓，试了试弓弦，把箭筒甩到肩上，说道："我得打猎了。"他感觉到女孩的紧张感不断攀升。

"当然。真希望能分你点食物。"

"试炼中不允许接受他人的帮助。何况，我相信你们也没有余粮。"

女孩的双手急切地比划：对。

"我想我们该走了。"艾林说罢，欠身伸出手来，"再一次感谢你，年轻的朋友。如此高尚的灵魂可不常遇见。相信我，我知道……"

维林比划起手势，虽然和他们相比显得笨拙，但意思足够清楚：南面有骑手接近。带着狗。为什么？

瑟拉抬手捂嘴，恐惧让苍白的脸变得几近煞白。艾林的手慢慢摸向腰带上的弯刃匕首。

"别这样。"维林喝止他，"告诉我，你们为什么逃跑？追兵又是什么人？"

艾林和女孩惊恐地对视了几眼。她的双手不知所措地抽动着，想和艾林沟通，又知道必须克制。艾林抓住她的手。是想帮助她冷静下来，还是不让她表达？维林不能确定。

"看来他们教过你手语。"他波澜不惊地说。

"他们教我们很多东西。"

"有没有跟你们讲过绝信徒？"

维林皱起眉头，回忆起某个罕有的时刻，父亲为他解答了疑问。那时，他第一次见到城门和城墙上悬下的牢笼，还有笼子里腐烂的尸体。"绝信徒是亵渎者、异端。他们否认信仰的真实。"

"你知道绝信徒的下场吗，维林？"

"他们会被处决、放进笼子、挂在城墙外示众。"

"不，他们被活生生关进笼子，挂在那儿活活饿死。他们的舌头被割走，以免惨叫声打扰过路人。这仅仅是因为他们追随不同的信仰。"

"没有什么不同的信仰。"

"有的，维林！"艾林的口气不容辩驳，满怀激愤，"我告诉过你，我去过世界每个角落。世上有无数种信仰，无数个神明。敬神的方式多不胜数，浩如星海。"

维林摇摇头，觉得这场辩论与眼前的事情无关："这就是你们的真实身份？绝信徒？"

"不。我追随和你一样的信仰。"他一声苦笑，"毕竟没什么选择。可瑟拉走的路不一样。她的信仰不同，但就和你我的信仰一样真实。但如果被追捕者抓到，她会被折磨、被残杀。你觉得这对不对？你觉得所有绝信徒都活该如此下场？"

维林端详起瑟拉。她的面容被恐惧夺占，双唇颤抖，但眼中没有一丝惧意。这双眼睛与他对视，一眨不眨，直入心底，仿佛在探寻什么，让他想起索利斯宗师在第一堂剑术课上的眼神。"这种把戏对我没用。"他告诉她。

她深吸一口气，轻轻挣脱艾林的手，比划道：我没有对你耍把戏。我是在寻找某种东西。

"找什么？"

我以前没见过的东西。她转向艾林。他会帮我们。

维林张开嘴，想要反驳，但话都憋死在了心里。她说得对：他会帮他们。这个决定并不复杂。他知道，这是正确的决定。他会帮他们，因为艾林诚实而勇敢，因为瑟拉在维林身上找到了特别的东西，而且她很美。他会帮他们，因为他知道，这两人不该死。

他走进掩体，取出崖灵根。"接着。"他把根抛给艾林，"切成两段，把汁液涂到你的手脚上。他们追的是谁的气味？"

艾林面有疑色地闻了闻树根："这是什么？"

"可以掩盖你们的气味。他们在追谁？"

瑟拉拍拍胸口。维林注意到围在她脖颈上的丝巾。他指了指丝巾，示意瑟拉递过来。

是我母亲的。她抗议。

"能救你一命,她应该高兴。"

片刻犹豫后,她解下丝巾,递给维林。他把丝巾系在手腕上。

"太恶心了!"艾林一边往靴子上涂抹崖灵汁,一边抱怨,那味儿熏得他面容扭曲。

"狗也这么想。"维林告诉他。

待瑟拉也在手脚上涂好汁液,他带领二人钻进附近最密的林地。离营地几百码的地方有一个山洞,洞很深,足以让两人藏身,但躲不过行家的眼睛。不管追捕者是谁,维林希望他们别靠得太近。他们在洞里坐定后,他从瑟拉手中接过崖灵根,把能榨出的所有汁液都滴在周围的地面和植被上。

"待着,别出声。如果听见狗叫,躲着别动,不要跑。如果我一个小时后没有回来,往南走两天,转向西行,再沿着海边的路往北走,别靠近城镇。"

他准备离开,瑟拉探出身子,手悬在他身边。她似乎不敢碰他。两人再次四目相对,这一回,她的眼眸中没有探询,只有感激的光芒。他回以浅笑,然后全力朝追捕者的方向奔去。稀疏的林木在他风驰电掣般的身影旁闪过,疼痛蚕食着饥饿的躯体。他驱走痛楚,脚步不停,腕上的丝巾破空飞扬。

狂奔了无比漫长的五分钟后,他听到尖锐的狗叫声,由远及近,越来越刺耳,压迫感也越来越强。维林找到一株横倒的桦树干,决定在此迎敌,便迅速取下腕上的丝巾,围住脖子塞进衣服,确保丝巾不会被人发现。他拈上一支箭静静等待,大口吸气,努力抑制四肢的颤抖,吐出一团团白雾。

猎犬到得比他预想的更快,三条黑影从坡下向他飞速逼近,只有二十码了。它们咆哮着,呲着发黄的尖牙疾速冲来,搅得积雪纷飞。维林定睛一看,心下大骇。这些狗不是寻常品类,他从未见过体格如此硕大、筋骨如此壮实的猎犬。跟它们比,就连宗会圈养的仑法尔猎犬都只能算是宠物。最可怕的是它们的眼睛,像一团团注满仇恨的火焰。它们逼到维林身前,两眼发光,唾液从狂吠不止的喉咙里直往外淌。

领头的猎狗被他一箭正中咽喉,发出一声惊诧的呜咽,一头栽进雪里。他还想再来一发,但还未拔出箭杆,第二只狗已经欹到身前。它猛扑过来,利爪直拍胸口,头摆向一侧,闪着寒光的牙口正对维林的脖颈。他顺势一滚,把弓一扔,右手拔出腰带里的匕首,在背部着地的同时向上一送,刀刃借着冲力埋入它的胸口,劈开肋骨,扎入心脏,一团浓郁的黑血从狗嘴里喷射出来。维林忍住想吐的冲动,一脚把还在抽搐的狗尸蹬开,翻身而起,面朝第三只狗平举匕首,准备应付冲击。

可它没上来。

那只狗两腿一坐,耳朵一垂,头耷拉下来,眼神游移不定。它一边低声哀叫,一边把壮实的身子往前挪了挪,又乖乖坐下,朝维林瞄了一眼,眼神怪异,带着恐惧又期待的神色。

"小子,你最好是有钱人!"背后传来一声极度愤怒的暴喝,"你欠我三条狗!"

维林猛一转身,匕首严阵以待,一个穿得破破烂烂的矮男人从灌木里钻出来,胸膛剧烈起伏,看来是追狗追得够呛。他的后背绑着一把阿斯莱长剑,藏蓝色的斗篷满是泥尘。

"是两只狗。"维林反驳。

男子瞪了他一眼,朝地上啐了一口,驾轻就熟地拔出长剑。"这是倭獒,倭拉奴隶犬,你个小杂种。剩下的那只对我已经没用了。"他步步逼近,踏雪而行的步法宛如舞蹈,剑尖朝下,手肘微沉。维林觉得很眼熟。

狗发出阵阵低吼,像是威吓。在这间不容发的当口,维林还是忍不住瞟了它一眼,以为会看到狗再次逼近,可那双充满恨意的黄眼珠却对准了持剑的男子，嘴唇翕动，露出森森的牙齿。

"你瞧！"男子冲他大喊，"瞧瞧你干的好事。在狗圈里耗了整整四年，才训好这帮畜生。"

维林一个激灵。他应该一眼就认出来的。他抬起左手，慢慢摊开，表明手中空无一物，然后探进上衣，摸出吊坠，悬在身前，让男子能看个清楚。"抱歉，我的兄弟。"

男子的脸上闪过刹那的疑惑，维林知道，他的迟疑并非来自吊坠，而是在思量是否依然可以下杀手，哪怕对方是宗会的人。事态的发展替他做了决定。

"收起你的剑，马克里尔。"后方传来一声清啸。维林转过身，见林中跑出一人一马。马背上的男子五官分明，向他友善地点点头，同时策马上前。这是一匹灰色的阿斯莱马，来自南方，这种长腿马以耐力而非侵略性见长。男子在几步开外收住缰绳，俯身看着维林，带着似乎发自真心的善意。维林注意到他的斗篷是黑色的：第四宗。

"日安，小兄弟。"男子向他致意。

维林点头作答，匕首落鞘："日安，宗师大人。"

"宗师大人？"他淡淡一笑，"应该不算。"他看了看剩下的那条狗，现在正冲他狂吠。"小兄弟，恐怕这个不好相处的家伙以后就是你的跟班了。"

"跟班？"

"倭獒可不是普通的猎犬。它有时野蛮得超乎想象，但严格遵循等级法则。你杀了它的头领犬，还有头领替补，现在，它把你认作头领了。它还小，不能挑战你的地位，所以会对你忠心不贰，至少目前是这样。"

维林看向那只狗，那简直就是一堆嗷嗷乱叫、口水横流的精肉和利齿，大鼻头遍布伤疤，皮毛沾满粪土。"我不要。"他说。

"太晚了，小混账。"马克里尔从他身后哼道。

"噢,别啰唆啦,马克里尔。"马上的男子不温不火地数落,"不过是几条狗而已,我们再养就是了。"他俯身向维林伸出手:"我是滕吉斯·艾尔·佛尼,第四宗的兄弟,为异端缉罪庭效力。"

"维林·艾尔·索纳。"维林和他握了握手,"第六宗的新人,还未正身。"

"是,那是自然。"滕吉斯重新坐正,"野外试炼?"

"是的,兄弟。"

"我对贵宗的试炼是完全羡慕不来的。"滕吉斯报以同情的微笑,"还记得你的试炼吗,兄弟?"他问马克里尔。

"只有做噩梦的时候记得。"马克里尔绕着空地兜圈,视线紧盯地面,偶尔蹲下身,仔细观察雪中的某个痕迹。维林见过胡提尔宗师做同样的事,但动作要优雅得多。搜寻痕迹时,胡提尔会散发出一种冷静的气场。马克里尔则截然相反,躁动不休,片刻不停。

伴随咯吱作响的马蹄踏雪声,又有三个第四宗的兄弟现身了,都和滕吉斯一样骑着阿斯莱猎马,拥有大半生涯在追猎中度过的人特有的坚毅和沧桑。滕吉斯介绍维林时,他们挥了挥手算是招呼,然后下马搜索附近区域。"他们可能经过此地。"滕吉斯说,"狗一定嗅到了什么,就在这里,而且绝不只是这位年轻兄弟身上的肉味。"

"请问你们在找什么?"维林问道。

"疆国和信仰的祸害,维林。"滕吉斯悲叹,"那些背信者。这是我,还有与我同行的兄弟所负担的使命。我们追捕那些背弃信仰的人。竟然有那种人存在,也许你会吃惊,但请相信我,确实有。"

"这儿啥也没有。"马克里尔说,"没有痕迹,没有能吊起狗鼻子的东西。"他踩着厚厚的积雪,站到维林身前,"除了你,兄弟。"

维林皱眉道:"你的狗为什么要追我?"

"你在试炼时遇见过别人吗?"滕吉斯问,"一男一女?"

"他们叫艾林和瑟拉?"

马克里尔和滕吉斯对视一眼。"几时?"马克里尔追问。

"两天前。"谎言张口就来,维林不禁有些自得,他对欺骗是越来越驾轻就熟了,"雪很大,他们需要找个掩体。我就让他们进来了。"他看着滕吉斯,"兄弟,我是不是做错了?"

"善良和慷慨永远不是错,维林。"滕吉斯笑言。维林有些不安,因为那笑容似乎是真诚的。"他们还在你的宿营地吗?"

"不,第二天就走了。他们的话很少,女孩压根没开口。"

马克里尔阴沉地冷笑一声:"她说不了话,孩子。"

"她给了我这个。"维林从衣服里扯出瑟拉的丝巾,"那男人说是为了表示感谢。我觉得无伤大雅,就没拒绝。虽然也没法保暖。如果你们在追捕他们,狗闻到的可能就是这个。"

马克里尔凑上前,嗅了嗅丝巾,鼻孔大开,死死盯住维林。维林知道,他连一个字都不信。

"那人有没有说要去哪里?"滕吉斯问道。

"往北,去仑法尔。他说那边有女孩的家人。"

"他撒谎。"马克里尔说,"那女人没家。"狗在维林身旁发出低吼,马克里尔缓缓退开。维林颇为惊奇,天底下竟有能吓到自己主人的狗。

"维林,"滕吉斯在马鞍上压低身子,细细打量他,"那女孩有没有碰过你?此事关系重大。"

"碰我?"

"不错。哪怕只碰一丁点?"

维林记得瑟拉伸出手时那犹豫的神情,意识到两人确实没有任何接触。虽然她曾用深邃的目光看穿他,那凝视仿佛带着有形的触感,触摸着他的内心。"没。她没碰。"

滕吉斯恢复坐姿,满意地点点头:"那你相当幸运。"

"幸运?"

"小子,那女的是绝信徒当中的巫婆。"马克里尔说。他蹲在桦树干上,久经风霜的手中抓着一根不知从哪里冒出来的甘蔗,边说边嚼。"只要那双美手儿摸你一摸,你的心就变了。"

"这位兄弟的意思是,"滕吉斯解释,"那个女孩有一种异能,是属于黑巫术的能力。背信者的邪教里有些古怪的东西。"

"她有异能?"

"为了你好,还是别知道得太详细。"他紧了紧缰绳,驱使坐骑来到空地边缘,瞭望四周,寻找痕迹,"你说,他们是昨天早上走的?"

"是的,兄弟。"维林不去看马克里尔,也知道那个强壮的追踪者正用炙热而怀疑的眼神观察他的每一根汗毛,"往北走了。"

"唔。"滕吉斯瞧了瞧马克里尔,"没了狗,我们还能继续追吗?"

马克里尔耸耸肩膀:"也许吧,经过昨晚那场暴风雪,想追就不那么容易了。"他又咬了口甘蔗,把它丢到一旁。"我去山的北边看看。你最好是带上其他人去西面和东面查一查。他们可能会原路折返,好让我们跟丢。"他用敌视的目光给了维林最后一眼,全速奔进树丛,旋即失去踪影。

"我该走了,兄弟。"滕吉斯说,"等你通过所有的试炼,我们一定会再相见的。谁知道呢,也许我的队伍里正好需要一位眼明心善的小兄弟。"

维林看着两具狗尸,一团团污血染红了白雪铺成的素毯。它们会杀死他,而不仅仅是追捕,这是圈养它们的初衷。如果这些人找到瑟拉和艾林……"谁也不知道信仰之道会把我们引向何方,兄弟。"他向滕吉斯作答,平淡的语调就是他能装出的极限。

"不错。"滕吉斯点点头,认可他话中的哲理,"好,愿你与好运长伴。"

见自己的计划进行得如此顺利,维林不免有些吃惊,直到滕吉斯即将策马进入树林,这才想到一个非常要命的问题。

"兄弟!我该拿这狗怎么办?"

滕吉斯回过头,但没有停步,反倒一夹马腹,让马儿小跑起来。"如果你够聪明,就杀掉它。如果你够勇敢,就留下它。"他放声一笑,挥挥手,坐骑开始飞奔,扬起如云的雪花,在冬日的照耀下闪烁。

维林低头看狗。它昂起头,一脸虔敬地看他,粉红的长舌头搭在湿答答的嘴边。他又一次注意到狗脸上的伤疤。虽然还小,这畜生显然吃过很多苦。"小花脸。"他说,"你的名字叫小花脸。"

狗肉很难嚼,全是老肉,但维林早就没有挑肥拣瘦的余地了。他返回空地,把个头最大的那只狗宰杀彻底,从尸体上割下一大块后腿肉。整个过程中,小花脸一直低声呜咽。它始终和维林保持距离,远远跟着他回到营地,看着他把肉割成细条,放在火上烤。直到吃完这顿饭,把剩下的肉塞进树洞后,那条狗才试探着靠近,闻闻维林的脚,寻找一丝安心。看来不管倭獒的本性有多残忍,同类相食的事情它们还干不出来。

"如果你不愿吃自己的同类,我也不知道该拿什么喂你。"维林尴尬地拍拍小花脸的脑袋,喃喃自语。这狗显然不习惯亲昵的举动,维林第一次伸手时,它吓得缩起脖子。

返回营地已经有一个多小时了,他烤肉、生火、清理积雪,很想去石洞里看看艾林和瑟拉还在不在,但努力克制着。滕吉斯离去后,他一直觉得哪里不对劲,觉得那个男人太过轻易地接受了自己的谎言。当然,这份担心可能是多余的,滕吉斯给他的印象是一个信仰无比坚定、绝对忠实的兄弟。若是如此,他的兄弟竟然会撒谎,而且是为了保护绝信徒,这种念头他是绝对不会有的。但换一种角度来看,

第一部

一个终生在疆国各地追杀异端的男人会一点也没有疑心？

维林找不到这些问题的答案，所以不敢冒险查看逃犯的状况。寒风没有带来别的警告，丛林之声也没有变调，昭告潜伏的威胁，但他还是留在营地里，吃着狗肉，为怎么处理这份棘手的大礼犯愁。

作为一只生来就为追捕和杀人而活的狗，小花脸的欢快劲还挺不一般。它在营地周围蹦蹦跳跳，玩着从雪里扒出的树枝或骨头，然后送到维林跟前。维林试着跟它玩，但很快明白这种毫无意义的游戏能累死人。他不知道返回宗会后能不能留着这只狗，连一点头绪都没。让这样一只猛兽接近他心爱的猎犬，主管养狗场的齐克瑞宗师恐怕不会乐意，没准他刚到大门口，小花脸就被一刀割喉的可能性更大一些。

他们下午出去打猎，维林本以为又会空手而归，但小花脸很快就发现一串脚印。它吠了一声，撒腿就走，在雪里钻上蹦下，维林努力跟在后头。走了不远，他们找到了足迹的源头：一头冻死的小鹿，显然是在前一晚的暴风雪里丧命的。难得的是鹿尸完好无损，小花脸耐着性子坐在尸体旁，小心地瞅着慢慢走近的维林。维林切开鹿身，把内脏扔给小花脸，那条狗热烈的反应吓了他一跳。它欢快地嗷叫几声，用狂动不止的上下颌和尖牙大快朵颐起来。维林把鹿拖回营地，思索着这番离奇的变故。现在，他的境况完全不同了，不到一天前，他还在饿死的边缘，而现在，他有足够的食物，可以一直吃到胡提尔宗师接他回宗会。

黑暗很快降临，一个晴朗无云、明月高悬的夜晚，雪地被映照成一片蓝银相间的绢布，头顶是一望无垠的繁星。如果凯涅斯在这儿，他能报出所有星座的名称，可维林只认得几个显眼的：大剑座、雄鹿座、处女座。凯涅斯跟他讲过一则传说，声称第一批逝者的灵魂从往生界把星星投到我们的天空，用星星摆出各种图案，作为送给世世代代的礼物，指引生者的人生道路。很多人号称能够读懂天空之语，他们大多聚集在市场和集市上,用几个铜板的价格向人们兜售逝者的指引。

他凝视着指向南方的大剑座,猜测这个星座要传达的意义,心中的不安渐渐凝固成冰冷的确信。小花脸紧张起来,头微微上抬。没有气味,没有声音,没有任何警示,但有些不对劲。

维林一转身,盯着身后静如止水的林木。太安静了。他心下感慨,有些畏惧。任何杀手都不可能有这么好的身手。

"兄弟,如果你需要吃的,"他喊道,"我有很多肉可以分享。"他回身添了些柴,火头扬高了些。片刻后,一阵嘎吱作响的踏雪声传来,马克里尔从他身边走过,在篝火的另一头蹲下,摊开双手烤火。他没有看维林,但瞪着小花脸。

"真该杀了这个小畜生。"他喃喃道。

维林钻进掩体,取出一块肉来。"鹿肉。"他扔给马克里尔。

这个健壮的家伙把肉串在匕首上,垒起一个小石堆,将肉在火头上架稳,然后展开铺盖,一屁股坐了上去。

"今晚天气不错,兄弟。"维林说。

马克里尔哼了一声,脱下靴子揉脚。他的脚气令小花脸直起身子往后溜。

"看来滕吉斯兄弟不相信我的话,我很遗憾。"维林继续说。

"他信。"马克里尔从脚趾缝里抠出一团东西,扔进火堆,弄出一声爆响和一缕轻烟。"他是真正的信仰者。可我是个穷地方养大的杂种,疑心很重;所以他让我跟着他。别会错意,他很厉害,是我见过的最好的骑手,你擦把鼻涕的工夫,他就能从绝信徒嘴里挖出情报来。可在某些方面,他太天真了。他相信信徒。在他眼里,所有信徒的信仰都一样,和他一样。"

"可你的信仰不一样?"

马克里尔把靴子放到火边烤:"我是猎人。辙痕、脚印、痕迹、风里的气味、杀人时喷出的血,这是我的信仰。你呢,小子?"

维林耸耸肩。他怀疑马克里尔的坦诚是陷阱,引诱他抖露秘密,而他最好保持沉默。"我追随信仰。"他努力让自己的话听起来够坚决,"我是第六宗的兄弟。"

"宗会有很多兄弟,每个人都不一样,都在寻找自己的信仰之道。你以为宗会里全是善人,一得空就给逝者磕头?别傻了。我们是战士,小子。战士命苦,好日子短,苦日子长。"

"宗老说,战士和勇士是不一样的。战士为钱财或忠诚而战斗。我们为信仰而战,战争是我们向逝者致敬的方式。"

马克里尔结满须发的脸上仿佛蒙了一层阴郁的面具,在黄色的火光下棱线分明,眼神缥缈,他沉浸在不愉快的回忆当中。"战争?战争是血,是屎,是疼得发狂的人一边哭爹喊娘,一边流血流到死。这里头没啥荣誉可言,小子。"他转过目光,和维林对视,"等着瞧,可怜的小杂种。你就等着瞧吧。"

维林突然一阵不自在,又往火里添了块柴,问道:"你们为什么要抓那个女孩?"

"她是绝信徒,最最恶毒的绝信徒。她的异能可以扭曲正人君子的内心。"他迸出一声冷笑,"所以如果我遇到她,倒是没什么可担心的。"

"这种异能究竟是什么?"

用指头试过肉的熟度后,马克里尔吃了起来,小口小口地咬,彻底嚼烂才咽下。这是一种长年养成的下意识动作,食物对他来说不是美味,只是身体所需的燃料。"小子,这故事有点瘆人。"他在咀嚼的间隙说,"没准会让你做噩梦。"

"我已经在做了。"

马克里尔扬了扬浓眉,但不予置评。他吃完肉,从包里取出一口小皮囊。"这玩意儿叫兄弟之友。"说罢,他豪饮一口,"库姆布莱烧酒，加上一点红花。在北境的城墙上巡逻，等罗纳蛮子来割喉咙的倒霉蛋就靠这个暖肚子。"他把酒囊递向维林，后者摇摇头。宗会不禁酒，但信仰坚定的宗师都不待见。有人说，一切钝化意识的东西都是信仰的障碍，人对一生的记忆越少，能带到往生的东西也越少。显然，马克里尔兄弟不信这一套。

"那么，你想知道那个女巫的事情，"他放松下来，背靠岩石，时不时嘬上一口，"好，事情的开始是这样的。缉罪庭下令把她捉起来，因为有人上报，说她犯了背信的勾当。这类陈言多属胡说八道，什么听见往生的逝者说话，什么治好病人、通兽语，七七八八的。大多都是吓傻了的农民把自己的坏运气怪到别人头上，但隔三岔五，你会抓到一个像她那样的。

"她的村里出了点事。她和她爹都不是本地的，来自仑法尔。她爹靠抄书过活，两人都不太和外人打交道。因为一桩牧场继承权纠纷，一个当地地主叫他伪造几份地契。抄书匠不干，几天后，他的背上挨了一斧子。地主是当地治安官的表弟，所以这事就不了了之了。两天后，他走进村里的酒馆，当众认罪，把自己的脖子割成了开口笑。"

"然后他们就说是那女孩干的？"

"当天早些时候，他们好像见到那女的和地主在一起，在那畜生杀掉她爹之前两人就有仇，所以这事确实蹊跷。他们说她碰了他，拍了拍他的胳膊。她是哑巴也没用，外来人的身份也不能帮她脱罪。虽然有点小姿色、小聪明，这也不能让她讨得一点好。他们总是说这女人有点问题，不正常。一直都这么说。"

"所以你们抓了她？"

"噢，不是。滕吉斯和我只抓逃犯。第二宗的兄弟搜查她的屋子，发现了她是绝信徒的证据：禁书、神像、药草、蜡烛，不算稀奇的玩意儿。查下来，她和她爹都是日月教的教众，这是一个小宗派。这个教派基本无害,因为他们不劝别人改信异端。但绝信徒就是绝信徒,她被关进黑牢。第二天晚上,她就跑了。"

"她逃出了黑牢?"维林不知道马克里尔是不是在逗他。黑牢是一座丑陋的矮堡,位于首都中心,石头被附近铸坊的煤烟熏得乌黑。这座城堡最出名的一点是进去的人再也出不来,除非是去绞架。如果有人不见了,邻居听说他被关进黑牢,就再也不问他何时能回来,不,应该说压根再也不会提他。从未有人从那地方逃出来。

"这怎么可能?"维林惊呼。

马克里尔缓缓喝下一大口酒,接着往下讲:"你知道沙斯塔兄弟吗?"

维林想起一些大男孩讲过的战场故事,比较血腥的那种:"斧魔沙斯塔?"

"就是他。宗会里的传奇人物,是头残暴的野兽,胳膊有三根树干粗,拳头跟猪后腿一样大,据说他在被派到黑牢之前,手里已经有了一百多条人命。他是个不折不扣的英雄……也是我遇见过的最蠢的白痴。这绝不是夸大,特别是他喝高的时候。看守那女人的就是他。"

"听说他是一名伟大的勇士,为宗会立过汗马功劳。"维林说。

马克里尔嗤之以鼻:"那座城堡是宗会丢垃圾的地方,小子。熬过十五年没死,但脑筋太笨或疯得厉害,不能当宗师或宗将的兄弟,就被宗会送到黑牢来,一辈子看守异端,虽然他们压根就干不来。我见过太多像沙斯塔那样的人,都是又大又丑的野蛮蠢蛋,除了等下一场战斗或下一缸子啤酒,其余啥都不去想。这种人一般不会活太久,所以也不成问题,但如果够大够壮就死不掉,像狐臭一样烦人。沙斯塔一直活着,活到被送去黑牢,碰到这种事我们只能求信仰保佑了。"

"那,"维林小心翼翼地插嘴,"这个呆子打开牢门把她放走了?"

马克里尔笑得刺耳又难听:"还不止。他把大门的钥匙交给她,从宿舍的墙上取下自己的斧子,砍向其他看守的兄弟。他砍倒了十

渡鸦之影 血歌

个,弓箭手才在他身上扎了足够多的箭矢,延缓了他的行动。就算这样,他还杀了两人才被捅死。奇怪的是,他死时挂着微笑,还说:'她碰了我。'"

维林发觉自己的手指正下意识地抚弄着瑟拉丝巾上精细的织纹。"她碰了他?"他问,那赭色的卷发和精灵般的五官在他脑海中不断扩大。

马克里尔拿起皮囊,又灌下一大口:"他们是这么说的。不知道她的黑巫术到底是怎么伤人的。如果她碰到你,你就永远是她的人。"

维林拼命回忆他和瑟拉的每一次接触。他把她推进掩体,那时有没有碰到?不,她衣服穿得很严实……但她向我伸手了……我脑子里能感觉到她。那算触摸吗?所以我才帮她?他突然很想向马克里尔追问更多讯息,但知道这是蠢念头。这个追踪者的疑心已经够大了。看他现在醉醺醺的样子,再追问下去可不明智。

"后来,滕吉斯和我就一直在追她。"马克里尔继续说,"四个星期了。这次最接近成功。和她在一起的那个杂种,我发誓,我要让他吃够苦头再死。"他咯咯一笑,又喝了一口。

维林的手不自觉地摸向匕首。他对马克里尔兄弟的厌恶越来越深,这男人的气质实在太像他在森林里遇到的杀手。何况,谁知道他心里得出了什么结论。"他说他叫艾林。"维林道。

"艾林,雷利斯,赫梯尔,他有上百个名字。"

"那他究竟是谁?"

马克里尔的肩膀夸张地一耸:"谁知道啊?他帮绝信徒的忙。帮他们藏身,帮他们逃跑。他有没有谈到自己的旅行经历?从阿尔比兰帝国到黎安德伦神庙什么的。"

匕首的柄被维林紧紧攥在手里:"他说了。"

"唬住你了是不是?"马克里尔打了个嗝,长出一口酒气,"你知道么,我也去过很多地方。我他娘的到处跑,梅迪尼安的岛屿,库姆布莱，仑法尔。我在这片大陆的每个地方都杀过叛军、异端和罪犯，有男人，有女人，有孩子……"

维林的匕首已经拔出一半。他醉了，不会太困难。

"有一回，我和滕吉斯在马蒂舍森林里抓到一整个宗派，有好几户人家，在一座粮仓里拜他们的神。滕吉斯很生气，当他那个样子的时候，最好别跟他争。他命令我们锁住仓门，泼上灯油，点火……真没想到，小孩叫起来嗓门也那么大。"

当匕首几乎完全出鞘，维林突然停止了动作：他看到马克里尔的胡子上有闪闪发光的东西。他哭了。

"他们叫了老半天。"他拿起酒囊，发现空了。"该死！"他一边抱怨，一边晃悠悠地站起身，一步一趔趄地走进黑暗，片刻后，滋尿声从雪地里传来。

维林知道，如果要下手，现在正是时机。趁那个混蛋撒尿时割断他的喉咙。这种恶人就适合这种死法。如果让他活下去，还有多少孩子会死在他手里？可那些泪光让他犯难，让他知道马克里尔憎恨自己的所作所为。而且他是宗会的兄弟。杀一个以后可能会同生共死的人，似乎并不好。他突然产生一个强烈的、不可遏制的想法：我可以战斗，但绝不谋杀。我会杀掉在战场上面对我的敌人，但不会向无辜者挥剑。我不会杀孩子。

"胡提尔还在吗？"马克里尔跌跌撞撞地倒向铺盖，一边含糊不清地说，"还在给你们这些小崽子上追踪课？"

"他还在。我们都很感谢他的智慧点拨。"

"狗屁的智慧点拨。那本来是我的活儿，你知道么。宗将李尔邓说我是宗会里最好的追踪者。他说如果他当上宗老，就让我回宗会当野外宗师。然后那个蠢货被一把梅迪尼安弯刀划开了肚皮，阿尔林当上了宗老，那个假正经从来就看我不顺眼，他选了胡提尔，那个在马蒂舍森林里成为传说的沉默猎手，然后打发我去陪滕吉斯抓捕异端。"

渡鸦之影 血歌

他往后一躺,眼睛半睁半闭,声音越来越轻,渐成低语,"我又不想过这种日子,只想学怎么追踪……像我那个老头子一样……只想去追……"

维林看着他睡去,又添了些木柴。小花脸溜回营地,警惕地瞄了马克里尔几眼,这才在维林身边趴下。维林挠挠它的耳朵,不愿入眠,知道这场梦会被熊熊燃烧的粮仓和孩子的惨叫所充斥。虽然对马克里尔的杀心已经消散,但和这个男人共宿一个营地依然令他不舒服。

在小花脸的陪伴下,他又盯着星空琢磨了一个钟头。篝火另一侧,喝醉了的马克里尔睡得寂静无声。这名追踪者睡起觉来也是悄无声息,令人叹为观止。不打鼾、没有梦呓,就连呼吸都很轻柔。维林心下称奇,不知这是后天习得的技能,还是所有兄弟经年历练出的本能——毫无疑问,这种无声而眠的本事肯定能让人多活一些时日。睡意袭来,令他眼皮打战。维林返回掩体钻进睡毯,让小花脸睡在他和入口之间。他认为马克里尔不会起杀心,但安全第一,只要有这条狗挡着,对方就几乎不可能冒险行刺。

维林紧紧挨着小花脸,借它的身子取暖,庆幸把它留在身边。对于一个孩子来说,和倭獒做伴算不上最糟糕的事情……

次日早晨,马克里尔不见了。维林把四周搜了个彻底,但找不出任何痕迹表明那位追踪者还在附近。不出所料,那个让瑟拉和艾林藏身的山洞已空无一人。他从脖子上取下瑟拉的丝巾,细细端详上面精致的纹路,丝巾上的金线织成各式各样的符文,有一些很好辨认,新月、太阳、鸟儿,另一些则有些陌生,也许是绝信徒信仰中的圣像吧。若是如此,他最好还是扔掉丝巾,否则一旦被宗师发现,必会招来严惩,恐怕不是打一顿就能了结。可这条丝巾是如此精美,织工如

此精巧，金线光彩如新。他知道瑟拉会因失去它而伤心不已，这毕竟是她母亲的遗物。

他叹着气，把丝巾塞进袖子，默默祈求逝者，保佑那两人平安抵达想去的所在。他走回营地，迷失在思绪当中。他必须拿定主意，该告诉胡提尔宗师哪些事，又该瞒住哪些事，需要慢慢编织谎言。小花脸在他身前雀跃，兴高采烈地扑打积雪。

◆

伴着沉默，维林坐上马车随胡提尔宗师返程，车里只有他们两人。出发前，他询问其他人的情况，只换来一句含糊其辞的回答："今年运气不好，暴风雪。"维林浑身一颤，爬上马车，压下心中可怕的联想。胡提尔催促马儿上路，小花脸蹦蹦跳跳地跟在后头，沿着深深的辙印而行。维林磕磕巴巴地讲述自己真假参半的经历，胡提尔默不作声地听着，面无表情地盯着小花脸。他基本上重复了对滕吉斯所讲的那一套说辞，但略去了马克里尔的夜访。胡提尔唯一的反应是扬扬眉毛，就在维林提到追踪者姓名的时候。待维林讲完，他没吐一个字，任沉默滋长。

"呃，我觉得可以把这狗带回宗会，宗师大人。"维林说，"耶克林宗师兴许用得着它。"

"宗老会定夺的。"胡提尔说，"进来吧。"

起先，宗老看起来甚至比胡提尔宗师更不想开口，只是坐在宽大的橡木桌后面，十指交叉，投来无言的目光，看着维林重复那番叙述，且在拼命避免自己的说辞前后不一。索利斯宗师坐在屋子一隅，他的存在也不会让维林好受半分。维林以前只来过宗老的房间一次，是送羊皮纸的跑腿差事。他发现当时屋里堆积如山的书本和卷宗如今垒得更高了，堆在这里的书一定有好几百本，层层叠叠，从地板一直垒到天花板，余下的空间也被数不清的卷轴和成捆成捆的档案占据。

相比之下，他母亲书房中的收藏简直不值一提。

没人对小花脸感兴趣，维林很是意外。宗师们看起来心事重重，而他们本是些泰山崩于前而神色不改之人。他下车时，索利斯在庭院里等着，用厌恶但无动于衷的眼神瞥了瞥小花脸，说道："奈萨和邓透斯已经回来了，其他人应该是明天。把装备放下，随我去宗老的房间。他想见你。"

维林以为宗老想知道为何他回来时还拖着头野蛮的大畜生，于是，当宗老让他汇报试炼的经过时，便重复了之前的那套说辞。

"看来你吃得不错。"宗老作评，"回来的孩子一般会变瘦、变虚弱。"

"回宗老大人，是我比较幸运。小花……这条狗帮我找到一头死于暴风雪的鹿。我觉得这没有违反试炼的规定，我们可以使用在野外找到的一切工具。"

"不错。"宗老扣紧修长的十指，搁到桌上，"你很善于因地制宜。可惜你不能帮助滕吉斯兄弟搜捕绝信徒，他是信仰的坚实支柱。"

维林想起被活活烧死的孩子，强迫自己发自内心地点头称是："是的，宗老大人。他的虔诚令我动容。"

维林听见身后的索利斯轻哼一声，但拿不准是笑声还是嗤声。

宗老微微一笑，在这张如此枯瘦的脸上显得很古怪，但笑中带着悔意："你们的试炼开始后，宗会的高墙之外发生了一些……事情。"他说，"所以我把你叫来。战争大臣辞去职务，不再为国王效力。战争大臣深孚民望，此事在国内造成了不小的波澜。有鉴于此，也为了表彰他的功绩，国王赐给他一份恩赏。你知道是什么吗？"

"一份礼物，宗老大人。"

"不错，国王的礼物。国王有权给予的任何东西。战争大臣选了想要的恩赏，国王要我们来实现。宗会不听命于国王。我们守护疆国不假，但投身于信仰，且信仰高于疆国。不过，国王要我们帮忙，他的要求不好拒绝。"

维林局促不安起来。宗老似乎有求于他，可他完全没有头绪。最终，他因无法忍耐沉默而开口："我明白了，宗老大人。"

宗老和索利斯宗师飞快地对视一眼："维林，你当真明白？你知道这意味着什么？"

我已经不是战争大臣的儿子了。维林心想。他还不清楚对这一事实该作何想，其实，他似乎对此完全没有感觉。"我是宗会的兄弟，宗老大人。"他说，"在通过剑术试炼、受命前去捍卫信仰之前，墙外的事务都与我无关。"

"你身在此地，就是战争大臣忠于信仰和疆国的标志。"宗老解释道，"但他不再担当此职，且希望儿子回到身边。"

维林没有丝毫喜悦或惊讶，没有心跳到嗓子眼、胃部抽紧似的激动。他也觉得不可思议，不过只有麻木和困惑。战争大臣希望儿子回到身边。他记得马蹄敲打湿土的鼓点声在晨雾中渐行渐远，父亲的严词诫命犹在耳畔：忠诚即我们的力量。

他鼓起勇气直视宗老的眼睛："您会赶我走吗，宗老大人？"

"我的意愿无关紧要。索利斯宗师的想法也一样，不过你放心，他已经表露得很明显了。此事由你决定，维林。国王无权命令我们，而且宗会有一条金科玉律：不强迫任何学徒离开，除非在试炼中失败，或是违背信仰。因此，国王把选择权交给你。"

维林想要苦笑，但还是克制住了。选择？父亲已经做了一次选择，现在轮到我了。"战争大臣没有儿子。"他对宗老说，"我没有父亲。我是第六宗的兄弟。我属于这里。"

宗老低头对着桌台，维林突然觉得他一下子苍老了许多。他究竟有多老？很难说。他的动作和其他宗师一样灵活，但狭长的面容清癯而沧桑，眼眸中沉淀着经年的历练和凝重。他思索着维林的话，这双眼睛里又泛起一丝悲伤、一丝后悔。

"宗老大人，"索利斯宗师道，"这孩子需要休息。"

宗老抬起头，用那双疲惫的老眼迎接维林的注视："你可想清楚了？"

"是的，宗老大人。"

宗老一笑，维林看不出这笑容是真是假："你令我欣慰，年轻的兄弟。带着你的狗去见齐克瑞宗师，我觉得，他的态度会比你预想中更好。"

"谢谢您，宗老大人。"

"谢谢，维林，你可以走了。"

"这是倭拉奴隶犬。"齐克瑞宗师倒吸一口凉气，语气中满是敬畏。小花脸歪着满是伤痕的脑袋盯着他发蒙。"大概有二十年没见过了。"

齐克瑞宗师刚步入中年，性情开朗，筋骨结实，举手投足有点抽风，不似其他宗师那般沉稳，倒和他掏心掏肺照料的猎犬有几分相似。维林从未见过那么脏的袍子，满是泥土、草梗和狗的屎尿。那股气味着实不同凡响，可宗师仿佛浑然不觉，对其他人的反应也不当回事。

"你是说，你杀了它的同伴？"他问维林。

"是的，宗师大人。马克里尔兄弟说，现在它把我当作头领了。"

"哦，没错。他说得对。狗本来就是狼，也结群生活，但这种本能已经淡化，它们的群聚是暂时性的，很快就会忘掉谁是头领、谁不是。但倭獒不一样，体内还残存着很多狼的习性，所以能维持群体纪律，但又比任何狼都凶残。它们的饲养方法持续了几百年都没变，只有最凶最坏的狗崽能抢到吃的，有人说这种饲养法带有黑巫术的色彩。它们被改变了，不是单纯的狗，但也不算是狼，和两者都不同。

你杀了它的头领，它就认定你，觉得你更强，有资格当领袖。但这种事也不是必然发生的，小伙子，你的运气真是不错。"

齐克瑞宗师从腰间的袋子里摸出一块牛肉干，蹲下身去递给小花脸，维林看得出他动作中的迟疑和小心。他意识到，宗师害怕了，恐惧了。他怕小花脸。

小花脸慎重地嗅了嗅，看看维林，似乎拿不定主意。

"瞧，"齐克瑞说，"它不接受我给的食物。拿着。"他把肉块抛给维林，"你试试。"

维林伸出手，小花脸立即弹起身子，一口把肉吞下。

"宗师大人，为什么它叫奴隶犬？"维林问。

"倭拉人蓄奴，很多很多。如果奴隶逃跑，会被抓回来，切掉两根小指头。如果再跑，就会被奴隶犬追杀。狗不会把人带回去，除了肚子里的那部分。狗要杀人可不容易，人的强壮超乎想象，还比所有的狐狸都更狡猾。狗如果要杀人，就必须强壮、敏捷、狡诈，而且要凶残，极度凶残。"

小花脸趴在维林脚边，枕着他的靴子，尾巴缓缓地拍打石地。

"它很友好啊。"

"嗯，对你是这样。但绝不能忘记，它是杀手。它是为杀人而生的。"

齐克瑞宗师走到这间当作狗舍使用的大石屋尽头，打开一扇笼栏。"我把它放这儿。"他回头说，"还是你送它进去吧，不然它不肯待。"

小花脸乖乖地跟着维林来到笼前，爬了进去，绕着一堆稻草转了几圈，往上一躺。

"你还得喂它。"齐克瑞说，"带它出去拉屎，一天两次。"

"一定，宗师大人。"

"它需要锻炼，大量的锻炼。不能带它和其他猎犬一起出去，会被它杀掉。"

"谨遵师训。"他走进狗笼,拍拍小花脸的脑袋,旋即被舔了一头的口水,还被扑倒在地。维林笑着把口水抹掉。"我一直担心您见到它会不会生气,宗师大人。"他告诉齐克瑞,"也许您会把它杀掉。"

"杀掉?这简直是违背信仰!铁匠会扔掉一把好剑吗?它可以做种,生出很多后代,但愿那些小狗和它一样强壮,而且更容易管束。"

维林又在狗舍里逗留了一个钟头,给小花脸喂食,等确信新的环境能让它舒服,这才离开。离别时,小花脸的呜咽叫人心肝乱颤,但齐克瑞宗师告诉他,必须让狗习惯独处,于是他关上笼门,头也不回地走了。当他走出视野,小花脸的呜咽化为咆哮。

◆

夜幕悄然降临,没有人把心中的担忧说出口,但这份紧张仿佛要把屋子吞没。他和同伴谈论着试炼中的困苦和饥饿。凯涅斯和维林一样,回来时显得更加滋润了,他在一株古橡树的空树干里藏身,却惹毛了树洞里的雪鸮。邓透斯平时吃得再好也不显油水,现在是更加憔悴,他这一周过得很惨,靠树根和为数不多的鸟雀松鼠与饥饿死磕。就像宗师们一样,他们对维林的故事没有什么明显的兴趣。似乎艰苦的生活能生出冷漠之心。

"奴隶犬是什么?"凯涅斯不咸不淡地问。

"倭拉人养的畜生,"邓透斯咬牙切齿地说,"杂种狗。不能拿去干架,会反咬主人。"他转向维林,突然两眼放光,"你有没有带啥吃的回来?"

这一晚,他们在某种筋疲力尽后的恍惚中度过,凯涅斯拿磨刀石打磨猎刀,邓透斯小口小口地啃食维林藏在斗篷里夹带回来的鹿肉——他们都知道,这是饥肠辘辘时最好的进食方法,狼吞虎咽只会让人想吐。

"我还当那日子没个头了,"邓透斯终于开口,"真以为会死在外头。"

"和我坐一车的兄弟都没回来。"维林接口道,"胡提尔宗师说是那场暴风雪的缘故。"

"难怪宗会里兄弟这么少,我算是明白了。"

次日也许是他们入宗会以来苦头吃得最少的一天。维林本以为会回归艰苦的日常生活,但整个上午,索利斯宗师都在教他们如何使用手语。经过与瑟拉和艾林的短暂相处,见识了他们流畅的手势,维林发觉自己的手语有所提高,但依然比凯涅斯略逊一筹。下午是剑术练习,索利斯宗师想出一种新法子,用烂瓜烂果子砸他们,让他们用木剑招架这些快如电光火石的臭弹。练习场上腐汁四溅、臭气熏天,可大家都乐在其中。比起总会留下几块瘀青或一摊鼻血的大部分练习,这种游戏更有意思。

练习结束后,他们在难堪的沉默中吃晚饭。餐厅比平时安静许多,一个个空出的座位仿佛能扼杀人的谈兴。大男孩们或同情、或幸灾乐祸地看了他们几眼,但没人提及人数变少的事实,就和米凯尔死后的情形一样,只是规模更大。有些孩子已死,有些生死未卜,但他们或许不会再次出现的担忧和紧张就像一张有形的网,笼罩在众人的头顶。维林等人小声交谈了几句,抱怨身上的烂臭味儿,但言语间并没有打趣的意思。在斗篷底下藏了几只苹果、几块圆面包后,他们返回塔楼。

天色已暗,还是没人回来。维林心一沉,意识到他们恐怕是这一组仅存的学徒。再不会有巴库斯把他们逗笑,也不会有诺塔用他父亲的格言来烦人。这种预想着实让他不寒而栗。

他们翻上床铺的当口,门外的石阶上传来脚步声,令他们定格在当场,燃起不敢奢望的期许。

"赌俩苹果,是巴库斯。"邓透斯说。

"跟了。"凯涅斯接受这一赌局。

"嘿,伙计们!"诺塔兴高采烈地打着招呼,把装备往自己床上一扔。他比凯涅斯和维林回来时瘦得更厉害,但不像邓透斯那么形销骨立。他两眼通红,显然相当疲惫。尽管如此,他看起来很高兴,简直像是得胜回朝。

"巴库斯回来没?"他边脱衣服边问。

"没。"凯涅斯边说边冲邓透斯笑,后者厌恶地撇撇嘴。

诺塔把衬衣兜过头顶时,维林发现了一个新玩意儿,是他脖子上的一串项链,穿在其间的似是椭圆的珠子。"这是你找到的?"他指着项链问。

诺塔的脸上闪过一丝红光,混杂着胜利者的骄傲和期待已久的满足。"熊爪而已。"他说。维林叹服于他那轻描淡写的作态。准是练了几个钟头,他想。他决定死不开口,看诺塔怎么找台阶上,可邓透斯搞砸了他的盘算。

"你找到一串熊爪项链,"他说,"那又咋了?是从死在暴风雪里的哪个倒霉蛋身上扒下来的吧?"

"不,我杀了一头熊,用它的爪子做的。"

他继续脱衣服,假装不在意众人的反应,但维林一眼就看出来,他非常享受这一刻。

"了不得,杀了头熊啊!"邓透斯出言相讥。

诺塔耸耸肩:"信不信随你,我无所谓。"

众人陷入沉默。邓透斯和凯涅斯显然很好奇,但都不想开口——尽管那是免不了的事。时间一分一秒地过去,维林忍不住了,他已经很累,不想一直耗下去。

"兄弟,"他说,"说来听听,你是怎么杀掉一头熊的?"

"我一箭射中熊眼。它是被一头我猎杀的鹿引出来的。我可不能让它抢走猎物。如果有人告诉你熊要睡过整个冬天，他就是骗子。"

"胡提尔宗师说，它们只有被逼急的时候才会醒。你一定遇上了一头很特别的熊，兄弟。"

诺塔用古怪的眼神盯着他，冷漠而高傲，他经常用这种眼神看人，但维林知道这次不一样。"不得不说，我很意外能在这里看到你，兄弟。我在野外遇到一个陷阱捕手，一个粗人，还是个酒鬼。如果我没看走眼，他知道很多有关外部世界的消息。"

维林一言不发。他已下定决心，不把国王给父亲的恩惠说出口，但诺塔让他别无选择。

"战争大臣不再为国王效力。"凯涅斯说，"我们听说了。"

"有人说，他要求国王开恩，让孩儿离开宗会，回到他身边。"邓透斯插嘴，"可战争大臣又没儿子，哪来的儿子还他？"

他们都知道。维林意识到。我回来的时候他们就知道，所以他们才如此安静。他们在猜测我什么时候走。索利斯宗师一定已经告诉他们，我今天会留下。他不知道是不是能在宗会里守住任何秘密。

"我在想，"诺塔说，"如果战争大臣真的有个儿子，那个人应该谢天谢地，因为他有机会逃离这地方，舒舒服服地回到家里。而我们永远不会有这种机会。"

沉默压顶。邓透斯和诺塔彼此怒视，凯涅斯坐卧不安。维林终于开口打破沉默："兄弟，那一箭一定很高明，竟然正中熊眼。它正在朝你猛冲？"

诺塔一咬牙，压制自己的怒气："嗯。"

"那你还沉得住气，真是厉害。"

"谢谢夸奖，兄弟。你有什么故事能说来听听吗？"

"我遇见两个异端的逃犯，其中一个能扭曲人的心智。我还杀了两只倭拉奴隶犬，收服了一只。哦，还有，我遇到了抓捕绝信徒的滕吉斯兄弟和马克里尔兄弟。"

渡鸦之影 血歌

诺塔把上衣扔到床上，肌肉虬结的胳膊往腰上一插，不咸不淡地皱起眉头。他的自控力值得称道，几乎没有显出失望之情，但维林看得出来，这本该是他得意的时刻，他杀了一头熊。而维林要离开宗会，这本该是他年轻的生命中最最甜美的时刻之一。维林拒绝了诺塔求之不得的机会，可他的经历又让诺塔黯然失色。他看着诺塔，为对方的体格所震惊，虽然才十三岁，可他未来的形貌已经显而易见：雕塑般的肌肉、修长而俊朗的面容。一个能让身为国王重臣的父亲骄傲的儿子。如果在宗会外长大，他将在宫廷的瞩目和敬仰下，演绎出浪漫而跌宕的人生。可现在，他注定要为信仰奉献一生，与战争、贫贱和艰难为伴。这不是他选择的人生。

"你有没有剥它的皮？"维林问。

诺塔不悦地蹙起眉头，表示不解："什么？"

"那头熊，你有没有剥下它的皮？"

"没。暴风雪快来了，我没法把尸体拖回去，所以砍下熊掌，取了爪子。"

"聪明的选择，兄弟，了不起的成就。"

"其实吧，"邓透斯说，"我觉得凯涅斯惹雪鸮的事儿也挺厉害的。"

"鸮？"维林说，"我可带回一只奴隶犬。"

他们互相嘲笑取乐，连诺塔都掺和进来，挖苦邓透斯瘦得不像样的身材。家庭般的氛围又回来了，只是依然不那么完整。这一天，他们比平时睡得更晚，生怕错过下一次重逢，但最终被疲劳压倒。这一觉，维林难得地没有做梦。他伴着一声惊叫醒来，双手本能地摸向猎刀。视线在隔壁床铺上定格，他看到一个魁梧的身影，随即停下手上的动作。

"巴库斯？"他晕晕乎乎地问。

那个身影轻轻地答应了一声，在幽暗中一动不动。

"你什么时候进来的?"

没有回答。巴库斯端坐不动,沉默得令人不安。维林坐起身,努力与深入骨髓的睡意斗争,不让自己钻回毯子里。"你没事吧?"他问。

还是沉默,维林正犹豫是不是该把索利斯宗师请来,巴库斯终于开口了:"叶尼斯死了。"他的语调不带一丝感情,让人不寒而栗。巴库斯总是不缺情绪,不管是欢乐、愤怒还是惊讶,总有情绪陪伴着他,大刺刺地写在他的表情和声调中。可现在什么也没有,只有冰冷的事实。"我发现他的时候,他和一棵树冻在一起。身上没有斗篷。我觉得是他有心求死。米凯尔死后,他就变了。"

米凯尔、叶尼斯……还会有多少?当这一切结束,还能剩下多少人?我应该生气。他想。我们只是孩子,这些试炼要了我们的命。可他没有怒气,只有疲倦和哀伤。我为什么对他们恨不起来?为什么对宗会恨不起来?

"上床吧,巴库斯。"他对这位朋友说,"明早还要感谢我们的兄弟所献出的生命。"

巴库斯颤抖着缩成一团:"我怕睡着了会看到些什么。"

"我也怕,可我们是宗会的兄弟,也就是信仰的门徒。逝者不愿意让我们受苦。他们送来的梦境会指引我们,而不会伤害我们。"

"我饿啊,维林。"巴库斯的眼里闪着泪光,"我那时太饿了,什么可怜的叶尼斯死了、我们会想念他,这样的念头、那样的念头,我都没有。我只顾在他的衣服里找吃的。可他身上没吃的,于是我诅咒他,诅咒我死去的兄弟。"

维林茫然地坐在床上,看着巴库斯在黑暗中哭泣。他心想,野外试炼更像是心和灵魂的试炼,饥饿通过很多种方式考验我们。"叶尼斯不是你杀的。"他终于开口,"对于一个与逝者同行的人,你的诅咒是不管用的。就算你的兄弟听见了,他也会理解,明白这场试炼的

渡鸦之影 血歌

艰难。"

他劝慰良久，但巴库斯还是折腾了一个多小时才睡下，毕竟倦意太浓，无法抵挡。维林钻进被窝，知道睡意已离他而去，明天会在浑浑噩噩的疲惫中度过。明天，索利斯宗师会继续拿杖子抽我们。他意识到。他躺在床上，想着试炼，想着死去的朋友，想着瑟拉和艾林，想着马克里尔，哭得和刚才的巴库斯一样。宗会里有没有容纳这种想法的地方？突然，有个念头冒了出来，响彻他的脑海，令他为之震惊：回到父亲身边吧，你爱怎么想就怎么想。

他在床上蜷成一团。回父亲身边？这念头是哪儿来的？"我没有父亲！"他不知不觉把这句话大声说出口，直到巴库斯咕哝着翻了个身才回过神。屋子另一侧的凯涅斯也被吵到了，他沉沉地叹了口气，拉起毯子蒙住头。

维林使劲把身子缩进床铺，寻找舒适的姿势，强迫自己入眠。他心中紧执着一个念头不放：我没有父亲。

第一部

第四章

春天来了，覆盖练习场的积雪化成深绿，他们在索利斯宗师的指导下用功，技艺日益精进，皮外伤也越来越多。奥纳索月下旬，他们的日程中多了一个新项目：接受格瑞林宗师的教导，为知识试炼做准备。

每天，他们都会列队走进洞窟般的地窖，坐下来听他讲述宗会历史中的传说。格瑞林宗师是天生的说书人，能用语言把种种伟大、英勇和正义的事迹转化成栩栩如生的图像，让大部分孩子听得专心致志、一声不吭。维林也喜欢这些故事，但有一点令他略感无趣，因为这些故事只讲述勇敢的冒险或恢宏的战役，从不提及被赶进荒山、关进黑堡的绝信徒。每堂课的结尾，格瑞林会就课上的内容向他们提问，回答正确的孩子能得到糖果，如果答不出来，宗师会难过地摇摇头，附上几句伤心的评语。格瑞林是所有宗师当中最客气的，他的惩罚是言辞或肢体动作，从不杖责，也从不骂人。其他宗师都会骂人，就连哑巴宗师斯蒙提也能非常准确地用手势表达脏话。

"维林，"讲完第一次统一战争中的巴司棱要塞守卫战后，格瑞林开口提问，"是谁守住桥头，好让他身后的兄弟关闭城门？"

"是诺宁兄弟，宗师大人。"

"很好，维林，这块大麦糖是给你的。"

维林还注意到，格瑞林宗师每次奖励糖果都会给自己也来一份。"下一题，"他边说边嚼，硕大的颌骨抖个不停，"这场战役中，库姆布莱人的将军叫什么？"他巡视片刻，寻找下一个倒霉蛋，"邓透斯？"

"呃，佛力格，宗师大人。"

"哎呀，"格瑞林宗师举起一块太妃糖，大脑袋难过地晃晃，"邓透斯不能得到奖励。说起来，这位小兄弟，能不能提醒我一下，本周你一共得到多少奖励？"

"没有。"邓透斯嗫嚅道。

"能再说一遍吗？邓透斯，我没听见。"

"没有，宗师大人。"邓透斯大声说道，声音在洞窟中回荡。

"没有。对，没有。我记得你上周好像也没有奖励，对不对啊？"

看邓透斯的表情，他宁可在索利斯宗师手底下挨杖子。"是的，宗师大人。"

"唔……"格瑞林把太妃糖抛进嘴里，兴致勃勃地嚼起来，腮帮子一鼓一鼓，"可惜了。这太妃糖可好吃了。凯涅斯，也许你能给我们答案。"

"巴司棱要塞守卫战中，库姆布莱军队的将军是佛鲁林，宗师大人。"凯涅斯的回答总是又快又准。有时，维林会怀疑，他的宗会历史知识恐怕不亚于格瑞林宗师，甚至犹有过之。

"非常正确。这块糖核桃仁给你。"

"混球！"他们在大厅吃晚饭时，邓透斯怒气冲冲地喊道，"自以为聪明的胖混球！那些两百年前的叫花子干了些啥，关我们鸟事啊？这些东西有个屁用？"

"前事不忘，后事之师。"凯涅斯引经据典，"了解比我们先去的人，可以巩固我们的信仰。"

邓透斯隔着桌子瞪他："放屁，还不是因为那堆大肥肉把你当个宝。'是的，格瑞林宗师。'"他模仿凯涅斯细声细气的语调，居然还学得挺像，"'粪坑之战持续了两天两夜，几千个像我们这样的可怜虫死在了里头。给我一根甘蔗，我还会为您擦屁股。'"

邓透斯身旁的诺塔发出下流的笑声。

"管住你的嘴,邓透斯。"凯涅斯厉声道。

"不然咧?是不是要再讲一个故事把我烦死,比如国王和他的小跟屁虫……"

凯涅斯化作一团光影,以完美的体操动作跃过桌子,靴底正中邓透斯的面门。对方的头往后一仰,鲜血喷薄而出,两人双双滚落在地。这一架过程很短但相当血腥,苦练成的硬功夫令打架变得相当危险,平时哪怕吵得不可开交,他们也会尽量避免。当众人把他们拉开时,凯涅斯已断了一颗牙,还折了一根手指。邓透斯好不到哪里去,鼻子破了,肋骨也瘀了一大片。

大伙把两人送到亨萨尔宗师那里,他是宗会的医师。两人各坐一张床铺,彼此相对,怒目而视,让宗师为他们处理和包扎。

"怎么回事?"在外头等候时,索利斯宗师问维林。

"兄弟之间有点分歧,宗师大人。"诺塔告诉他,这是此类状况下的标准应答。

"我没问你,森达尔!"索利斯咆哮,"你和耶书亚,都回大厅去!"

巴库斯和诺塔不明所以地瞥了维林一眼,马上离开。宗师一般对孩子们的争吵都不怎么上心。孩子毕竟是孩子,男孩子都会打架。这次很反常。

"说,究竟怎么回事?"两人走后,索利斯开口道。

维林一时有撒谎的冲动,但索利斯宗师眼中的怒气是动真格的,撒谎恐怕是个非常糟糕的点子。"是因为试炼,宗师大人。凯涅斯肯定能过,邓透斯不行。"

"那么,你打算怎么做?"

"我?"

"所有人在宗会中都承担不同的职责。大部分人战斗,一部分人在王国各地追捕异端,还有人隐入黑暗、执行秘密任务,有些人当宗师，还有极少数的人，是领导者。"

"您……想让我去领导？"

"宗老认为这将是你的职责，他很少犯错。"他回头看了看亨萨尔宗师的房间，"要学习领袖的才能，就不能看着兄弟们打架打出一身血，也不能任由他们通不过试炼。想想办法。"

他转身离去，没有再说一个字。维林把头靠在石墙上，重重地叹了口气。领导。我的负担还不够重？

"你们这些小子，今年是越来越能造孽了。"亨萨尔欢快地对走进房间的维林说，"想当年学到第三年的孩子也只能互相弄出点瘀伤。我们显然是把你们教得太好了。"

"那要感谢你们传授的智慧，宗师大人。"维林附和道，"我可以和兄弟们说几句吗？"

"随意。"他把一团棉花往邓透斯鼻子上一按，"按到止血为止。别把血咽下去，都吐出来。记得用痰盂接，如果地板沾上一点，你会后悔没让你兄弟给杀掉。"他离开房间，留下一片难堪的沉默。

"伤势如何？"维林问邓透斯。

邓透斯只能口齿不清地嘟囔："断了。"

维林转头去看凯涅斯，他的手缠了绷带，架在胸前："你呢？"

凯涅斯低头看着裹了绷带的手指："亨萨尔宗师把关节接回去了。说是会痛上一阵子，大概一个礼拜不能握剑。"他顿了顿，一提嗓子，朝床铺边的痰盂里吐了一口浓血。"还得把半颗断牙拔掉。塞了棉花，还给我红花止疼。"

"管用吗？"

凯涅斯眉头微蹙："不太管用。"

"很好，你活该。"

凯涅斯气得脸色涨红："你听见他说了什么……"

"我听见了，也听见你之前说了什么。你知道他学习有困难，却还用大道理气他。"维林转头对邓透斯说:"还有你,你应该知道刺激他不是个好主意。想教训人,练习场上有的是机会。如果你们非打不可,就在练习场上打。"

"特看五服顺丫(他看我不顺眼),"邓透斯瓮声瓮气地说,"粗米及拉不起啊(聪明就了不起啊)。"

"那么你也许应该向他学学。他有知识,你需要知识,找他帮忙不是再好不过了吗?"他往邓透斯身旁一坐,"你知道,如果通不过试炼,你就得走人。这是你希望的结果吗?回尼塞尔,帮你叔叔斗狗,跟酒馆里的醉鬼吹牛,说你差一点就能加入第六宗?他们一定会觉得你很牛,我敢打赌。"

"维林,闭嘴。"邓透斯身子往前一倾,鼻孔里滚出一大团血,掉进脚边的痰盂。

"你们都知道,我不必留在这里。"维林说,"知道我为什么留下吗?"

"你恨你父亲。"凯涅斯脱口而出,把惯常的约定抛到脑后。

维林没想到自己反应如此激烈,他想反驳,但又把话咽了回去:"我不能一走了之。如果我离开宗会,到外面生活,就会成天提心吊胆,担心哪天听到你们的结局。我会后悔,假如我没走呢?也许就可以改变这一切。我们失去了米凯尔,失去了叶尼斯,我们不能再失去任何人了。"他起身走向房门,"我们不再是小孩子了。我不能强迫你们做任何事。这取决于你们自己。"

"对不起。"凯涅斯叫住他,"关于你父亲的话,我很抱歉。"

"我没有父亲。"维林提醒他。

凯涅斯笑了笑,浓郁的鲜血渗出嘴唇。"我也没有。"他转过身,把沾了血的衣服扔向邓透斯,"你呢,兄弟?你有爹吗?"

邓透斯笑了很久,笑得很辛苦,脸都憋成了紫色:"就算那杂种送我一锭金子也不认他!"

他们一起笑了很久。好了伤疤也就忘了疼。笑过之后,没人再提那次的伤有多痛。

———◆———

他们把教导邓透斯当成了自己的责任。在格瑞林宗师的课上,他依然什么也学不到,所以在每天练习结束后的夜晚,他们都会为他讲一则宗会的故事,让他复述,一遍又一遍,直到熟记于心为止。这是一件很累人且枯燥的工作,何况经过一整天的操练,大伙都想早点睡觉,但他们不懈地坚持了下来。作为知识最渊博的人,凯涅斯身上的担子最重,他当起老师来也着实不辞辛苦,只是耐性稍差。他素来沉稳的性子被邓透斯的榆木脑瓜逼到了极限,后者一次最多只能记住几个要点。巴库斯对宗会历史并非无所不知,但也懂得不少。他总喜欢讲那些最滑稽的故事,比如耶尔纳兄弟的一桩轶事:此人失去兵器后,靠自己的臭屁把敌人熏倒。

"他们不会在试炼时考他放屁兄弟的故事的。"凯涅斯一脸嫌恶地说。

"没准会。"巴库斯回答,"这不算历史吗?"

意外的是,诺塔最擅长当老师,他讲起故事来简单直接,但效果很好。他仿佛有一种天生的才能,可以让邓透斯记住更多内容。他不是单纯地讲述,指望邓透斯一字不差地背下来,而会时不时停下来提几个问题,启发邓透斯思考故事的含义。他收敛起平日里嘴贱的脾性,还放过了无数个嘲笑学生无知的机会。维林平时总觉得诺塔有很多毛病,可他不得不承认,诺塔和大伙一样,铁了心要让这个群体延续下去。宗会里的生活已经够艰难了,如果没有朋友,他恐怕无法承受。虽然诺塔的方法很有效,但故事选择面很窄。巴库斯专挑好玩的讲,凯涅斯偏爱能展现信仰美德的寓言,而诺塔喜欢悲剧。他兴致勃勃地讲述宗会的惨败,讲述乌尔那城堡的陷落,还有莱山德的死——

此人被很多人视为宗会有史以来最伟大的勇士，但对一名女子产生了禁忌之爱，这份爱成为他的致命伤，最终被那女人出卖给敌人。诺塔仿佛有说不完的悲惨故事，有一些连维林都没听过，他有时甚至怀疑是不是这个金发兄弟编出来的。

维林每晚还要到狗舍去照料小花脸，于是负责在每周末给邓透斯做小考，以越来越快的速度向他抛出问题，帮助他巩固所学的知识。这往往是一件丧气的活儿，邓透斯确实在进步，可他生来就蠢得没心没肺，努力了几个星期也是杯水车薪。尽管如此，他还是从格瑞林宗师那儿赢得了一些奖励，宗师显然很吃惊，但没有过多表露，只是抬了抬眉毛。

普伦索月还剩下几天的时候，格瑞林宗师告诉大家，这项课程已经结束。

"年轻的兄弟们，知识可以塑造我们，"他罕见地没带笑容，语气也十分严肃，"决定我们是什么样的人。我们的一切行动、一切决定，都取决于我们的知识。在接下来的几天里，好好思考你们在课上学到的东西，不只是名字和日期，要思考前因后果，思考其中的意义。我所讲述的，是宗会的一切过往、一切行迹，以及意义。对你们当中的很多人而言，知识试炼将是最艰难的试炼，没有其他试炼能剥出一个男孩的灵魂。"他又露出笑容，起先很凝重，然后大嘴一咧，恢复成平时爽朗的表情！"好了，给我的小勇士发最后的奖赏。"他取出一大袋糖果，沿着座席挨个走过，往一双双高举的手里发糖。"好好享受，小大人。兄弟的人生中罕有甜蜜。"他转过身，沉沉地叹了口气，缓缓走回储藏室，轻轻关上了门。

"这算哪一出？"诺塔被弄糊涂了。

"格瑞林兄弟是个非常奇怪的人。"凯涅斯耸耸肩，"拿水果糖换你的糖豆。"

诺塔轻哼一口："一颗糖豆至少抵三块水果糖……"

维林克制住和别人换糖的欲望,带着糖果来到狗舍,扔给小花脸吃,乐得它满地打滚,嗷嗷直叫。他把糖果扔到半空,让小花脸跳起来叼住。它没让一颗糖落地。

———◆———

试炼在一个费迪安日的早晨开始,比夏令集市早两天。通过试炼的孩子不仅可以继续留在宗会,还能参加瓦林斯堡的夏令集市。自从入会以来,这将是他们第一次获准走出大门自由行动。失败者将拿到遣散的金币,被勒令离开。这一次,大男孩们没有拿瘆人的话来吓唬他们,也没有取笑他们。维林发现,和周围的孩子谈论知识试炼只会换来阴沉的脸色,甚至惹对方动手。他想不通他们究竟为何如此愤怒,这场试炼只是一些提问罢了。

"唯一只身穿越北大森的兄弟是谁?"他在走向饭厅的路上朝邓透斯发问。

"莱山德。"邓透斯一脸得意,"简单得不像话。"

"宗会第三任宗老呢?"

邓透斯一愣,眉头紧皱,在记忆中搜索答案:"金利埃?"

"这算提问还是回答?"

"回答。"

"很好,你答对了。"维林拍拍他的背,两人继续向院子另一头走去,"邓透斯,我的好兄弟,我觉得你可以通过今天的试炼。"

宗会让他们下午到城堡南墙下的一间屋子外排好队,依次接受试炼。索利斯宗师严词告诫众人不许胡闹,然后叫巴库斯第一个进去。巴库斯似乎想开个玩笑,但索利斯死沉死沉的脸色打消了他的念头,他向众人略一躬身,随即进入房间。索利斯在他身后关上了房门。

"在这里等着。"他向众人下令,"结束试炼后返回食堂。"说罢,他大步离去,留下众人冲着厚实的橡木大门干瞪眼。

"我以为考官是他。"邓透斯整个人都有点发虚。

"看起来不像，是吧？"诺塔说。他走到门边，把耳朵贴在木板上。

"听到些啥？"邓透斯悄声问。

诺塔摇摇头，直起身子："含含糊糊的，门板太厚了。"他从斗篷下摸出一块大约一英尺见方的松木板，表面全是刻痕，正中还有一个直径一英寸左右的黑墨圈。"谁想玩刀？"

最近几个月，飞刀成了他们主要的娱乐项目。这是一种非常单纯的斗技，他们要轮流投掷小刀，看谁最接近靶心。胜者可以卷走木板上所有的小刀。除了把木板固定在墙上的基本玩法之外，这种游戏还有很多变体，有时用一根绳子把木板吊在屋檐下，在木板前后晃动时出刀，有时则把木板抛到空中，偶尔还会让木板旋转。飞刀在宗会里类似于硬通货，可以换取帮助、收买人情，如果某个兄弟积攒了很多飞刀，他必然会大受欢迎。这种武器本身是平平无奇的廉价货，刀刃比箭头略大，长六英寸，呈三角形，刀柄粗短。从入会第三年开始，格瑞林宗师向众人分发飞刀，每个孩子一次可得十把，每六个月发放一批。宗会里没有明文规定这些飞刀的用途，他们只是学着大孩子，边玩边长技术。不难想见，最好的弓手成了最厉害的玩家，邓透斯和诺塔兜里的飞刀是最多的，凯涅斯紧随其后。维林只能在十场里赢下一场，但知道自己一直在长进。巴库斯就不一样，似乎赢一场都没指望，所以跟守财奴似的藏着飞刀。不过他讨价还价的本事倒是越来越好，靠着偷来的赃物换到的飞刀也越来越多。

"操，什么破玩意！"邓透斯破口大骂，他投出的飞刀在木板后的墙上磕出点点火星。他显然很紧张，紧张得胳膊有点不听使唤。

"你出局了。"诺塔提醒他。脱靶意味着出局，玩家的飞刀会被收走。

维林是下一个，他的飞刀刺进圆环边缘，比平时的准头更好些。

凯涅斯投得更准，但诺塔的刀锋离圆心只有一指，一举拿下这局比赛。

"我实在太强了。"他拔出刀子，自言自语，"我真不该继续玩下去，对别人不公平。"

"屁！"邓透斯反驳，"我赢过你很多次。"

"我让你的。"诺塔不温不火地回答，"不然你就不肯玩了。"

"行啊。"邓透斯从腰带里抽出一把飞刀，手臂一扬，动作一气呵成。这也许是维林见过的最漂亮的一掷，正中靶心，直没到刀柄。"赢给我看看，大少爷。"邓透斯对诺塔说。

诺塔扬扬眉毛："今天运气不错啊，兄弟。"

"运气个屁。你比还是不比？"

诺塔耸耸肩，拿起飞刀，仔细瞄准。他慢慢往后张臂，出手，快如闪电。空中掠过一道银光，笔直刺向目标。一声尖锐的金属撞击声传来，他的刀被邓透斯的刀柄弹开，落在几尺开外。

"哦，好吧。"诺塔走过去拾起飞刀，刀尖已经弯了。"看来这把归你了。"他把飞刀递给邓透斯。

"应该算平手。要不是被我的刀挡住，你本来可以射中靶心的。"

"可就是挡住啦，兄弟。我也没射中靶心。"他一直伸着手，直到邓透斯接下。

"我不会拿这把刀换别的。"他说，"我会把它当护身符，你知道吗？会带来好运气的。就像维林的丝巾，他还以为我们都没注意。"

维林厌恶地哼了一声："什么都瞒不过你们这些跟屁虫啊！"

他们玩起飞板，打发余下的时间，维林负责抛起木板，其余人往板子上扔飞刀。凯涅斯最擅长这个，到巴库斯出来时，他的飞刀已经多了五把。

"还以为你再也不出来了。"邓透斯说。

巴库斯仿佛蔫了一般，只回以浅浅一笑，笑得很假，随即转身迅速走开。

"该死的。"邓透斯倒吸一口气。看得出来,重新建立起的信心正在从他身上溜走。

"撑着点,兄弟。"维林拍拍他的肩膀,"我会很快结束的。"他用轻松的语气隐藏心中的不安。巴库斯的模样令他担心,使他想起大孩子面对这一话题时显出的阴郁和沉默。为何大家都对这场试炼三缄其口?他思索着,格瑞林宗师说过的话在耳畔响起:没有其他试炼能剥出一个男孩的灵魂。

来到门边,他定了定神,各种可能出现的问题在脑海中翻涌。记住,卡利斯特是宗会历史上的第三任宗老,不是第二任。他使劲提醒自己。这是个常犯的错误,因为第二任宗老上任两天后就被暗杀。他深吸一口气,强迫自己抬起颤抖的手,转动厚重的黄铜把手,走进屋里。

屋子很小,没多少空间,拱形的天花板开得很低,只有一扇小窗。屋子四周放了蜡烛,但让人喘不过气的阴沉气氛并没有多少缓解。一张板实的橡木桌后坐着三个人,穿着袍子,但不是他身上的深蓝色。他们不是第六宗的人。维林的惊恐再次升级,抑制不住地发起抖来。这到底是什么试炼?

"维林。"一名陌生人向他开口,是个身穿灰袍的金发女人。她和善地笑笑,指了指桌前的一张空椅子说:"请坐。"

他稳住身形,挪向那把椅子。三个陌生人一言不发地打量他,他也借此机会打量眼前的三人。绿袍男子又胖又秃,下巴有一圈稀疏的胡子,虽然胖得跟格瑞林有一拼,但没有后者强壮的体魄。他胖嘟嘟的粉脸上闪着汗光,不知在嚼什么,下颌扭个不停,左手边的桌上放着一碗樱桃,嘴唇红彤彤的,诉说着此人从不节制的生活。他打量维林的神情中既有好奇,也有不加掩饰的嫌弃。黑袍男和他反差明显,瘦得近乎憔悴,不过也是秃顶。他的表情比胖男子更令人担忧,维林

渡鸦之影 血歌

在滕吉斯的脸上见过同样的神情，那是盲信者狂热的面具。

但最引他关注的是灰袍女子。她看起来三十出头，容貌标致，似乎有点眼熟，一头披肩的金发衬托出清瘦的脸庞。但吸引他的是那双眼睛，眼中闪着温暖和同情的光芒。他想起瑟拉苍白的脸，还有她忍着不碰他时的温柔。但瑟拉当时吓坏了，而这个女人，维林很难想象她有过哪怕片刻的柔弱。她有一种强大的气场。他在宗老和索利斯宗师身上看到的也是这种气场。他不觉看得入了神。

"维林，"她开口，"你知道我们是谁吗？"

他知道瞎猜没有意义："不知道，女士。"

胖男子嘟囔一声，往嘴里抛了颗樱桃。"又是个无知的小崽子。"他一边说，一边嚼得嘎吱作响，"除了打打杀杀，他们就没教别的？你们这些小禽兽。"

"他们教导我们守卫信仰和疆国，大人。"

胖子停止咀嚼，鄙夷的神情突然被愤怒取代。"我们会看看你对信仰有多少了解，年轻人。"他淡淡地说。

"我是埃雷拉·艾尔·蒙达。"金发女子说，"第五宗的宗老。这两位是我的同侪，第三宗宗老邓得里什·亨德拉尔，"她指指穿绿袍的胖男子，"和第四宗宗老考林·艾尔·森迪斯。"穿黑袍的瘦男人凝重地点点头。

维林被如此高规格的阵容吓了一跳。三位宗老，挤在一间屋子里，只和他一个人交谈。他知道应该感到荣幸，但只有不知所措的战栗。三位其他宗会的宗老，来考他关于第六宗的历史？

"你好不容易才把第六宗的有趣历史和无数次浴血奋战的经过记在脑子里，现在担心是不是白学了。"胖胖的邓得里什·亨德拉尔往一块绣花精致的手绢里吐出一粒樱桃核，"你们都被宗师给耍了，孩子。对于那些早就死透的英雄，还有最好被遗忘的战斗，我们什么也不会问。我们不想考问你这种知识。"

埃雷拉·艾尔·蒙达扭头冲这位同僚笑笑:"敬爱的兄弟,我们该好好说明这场试炼的内容了。"

邓得里什·亨德拉尔微微眯起了眼睛,但没有回答,伸手又摸了颗樱桃。

"知识试炼,"埃雷拉回过头对维林说,"是所有宗会的兄弟姊妹都必须通过的试炼,是每个人的必经之路。这不是力量、技巧或记忆力的考验。这是知识的考验,关于自我的知识。为了服务宗会,除了武艺之外,你还必须拥有其他东西,正如在我的宗会,姊妹们需要了解的不只是治疗术而已。你的灵魂决定你是谁,你的灵魂指引你为信仰事功。这场试炼会告诉我们,也告诉你,你是否了解自己的灵魂。"

"别撒谎,那是白费工夫。"邓得里什·亨德拉尔告诫,"你骗不了我们,这么做也不能通过试炼。"

维林更为不安了。他的安危系于那些谎言,撒谎是他生存的必要手段。艾林和瑟拉,森林里的狼,还有他杀死的刺客……所有的秘密都靠谎言遮掩。他一边与恐惧做斗争,一边强迫自己点头道:"我明白,各位宗老大人。"

"不,你不明白,孩子。你都要尿裤子了。我快闻到尿味了。"

埃雷拉宗老的笑容有些尴尬,但目光还是不离维林:"维林,你害怕吗?"

"这就是试炼吗,宗老大人?"

"试炼从你踏进屋子的那一刻就开始了。请回答。"

你不能撒谎。"我……我担心。我不知道会发生什么。我不想被赶出宗会。"

邓得里什·亨德拉尔不屑道:"我看是怕见到你父亲。你觉得他看到你会高兴吗?"

"不知道。"维林诚实作答。

"你父亲想让你回去。"埃雷拉说,"这不是说明他关心你吗?"

维林局促地扭动起来。他长年累月地逃避和压抑有关父亲的记忆，已经难以忍受这样的拷问。"我不知道这说明什么。我……我一点都不了解他，在来到这里之前，他常年在外为国王作战，在家时也很少对我说话。"

"所以你恨他？"邓得里什·亨德拉尔追问，"我完全能理解。"

"我不恨他，也不了解他。他不是我的家人。这里是我的家。"

那个瘦子考林·艾尔·森迪斯终于开口了，声音尖利刺耳："你在跋涉试炼中杀了一个人。"他目光如炬，死死盯住维林的眼睛，"你享受杀人的过程吗？"

维林惊呆了。他们知道！他们还知道多少？

"宗老之间会互通有无，孩子。"邓得里什·亨德拉尔告诉他，"这是我们的信仰存续的方式。一致的目标，完全的信任。疆国以此为名，这一点，你要好好记住。别担心，我们会替你保守那见不得人的秘密。回答森迪斯宗老的问题。"

维林深吸一口气，努力平复胸腔中如雷的鼓点。他回想跋涉试炼的经过，弓弦脆响，让他从杀手的箭尖下活命，杀手松垮而死寂的面庞，他用小刀去割箭羽，胃里翻江倒海……"不。我不觉得享受。"

"你后悔吗？"考林·艾尔·森迪斯继续追问。

"那个人想要我的命。我没有选择。我不能为求生感到后悔。"

"那你只在乎这个？"邓得里什·亨德拉尔问道，"只想着活命？"

"我在乎兄弟，在乎信仰和疆国……"也在乎绝信徒瑟拉和帮那个巫女逃跑的艾林。但对于你们，我不能说我很在乎，宗老大人们。

他紧张起来，准备承受责罚，但三名宗老不发一言，彼此交换着难以看穿的眼神。他明白过来，他们听得出谎言，但看不穿人心。他可以隐瞒，没必要撒谎。沉默就是他的护盾。

接下来开口的人是埃雷拉宗老，她的问题比前几个更糟："你还记得你母亲吗？"

维林的局促瞬间被愤怒取代:"从踏进宗会大门的那一刻起,我们就抛弃了家族的……"

"别不耐烦,小子!"亨德拉尔宗老断喝,"我们提问,你回答,这就是规矩。"

维林死命咽下反驳的狠话,咬得牙床生疼。他努力控制着怒气,咬着牙说:"我当然记得母亲。"

"我也记得她。"埃雷拉宗老道,"她是一位优秀的女子,为了嫁给你父亲、把你带到这个世上,她牺牲了很多。和你一样,她选择将一生献给信仰。她曾经是第五宗的姊妹,精通治疗术,因此很受尊敬,本可以成为宗会的宗师,还有机会担任宗老。奉国王之命,她随平定第一次库姆布莱叛乱的军队一同出征。你父亲在尊圣之战中负伤,他们就是在战斗后相遇的。疗伤的过程中,两人萌生爱意,于是她离开宗会,和他结婚。你知道这些事吗?"

维林惊得无法动弹,除了摇头什么也做不了。因为时光流逝,以及刻意的压制,他儿时的记忆已经模糊,只剩下和宗会有关的回忆。但回想起来,他幼时偶尔也对父母出身的差异感到不解:他们的口音不一样,父亲说话不讲究文法,元音短促,而母亲则总是那么字正腔圆;父亲对餐桌礼仪也所知甚少,常常不顾盘边的刀叉,直接用手抓吃的。此时,母亲会轻叹一声,温柔地责备他:"别这样,亲爱的,这里不是兵营。"对此,父亲总是一脸发自内心的困惑。可维林做梦都没想过,她也曾为信仰献身。

"如果她还在人世,"埃雷拉宗老的声音把他拉回现实,"她会让你把一生献给宗会吗?"

说谎的诱惑几乎无法抗拒。他知道,如果看到他身穿修袍,脸庞和双手因苦修而伤痕累累、粗糙不堪,母亲会说什么、会有什么感受、会有多么伤心。但如果说出口,这份感受就会真正吞噬他,他将再也无法逃避。可他知道这是陷阱。他们想让他撒谎,他明白了。他们想让我通不过试炼。

"不,"他说,"她厌恶战争。"终于说出口了。他过着母亲绝不希望的人生,他在糟蹋关于母亲的回忆。

"这是她告诉你的?"

"不,她是这么对我父亲说的。她不让父亲去征讨梅迪尼安人,为此离家远行。她说血腥味令她作呕。她不会希望让我过这种生活。"

"你对此有何感受?"埃雷拉继续追问。

他不假思索地回答:"问心有愧。"

"可你还是留下了,尽管有机会离开。"

"我觉得需要留在这里。我需要留在兄弟身边。我需要学习宗会的教导。"

"为何?"

"我……我觉得这就是我该做的。这是信仰的召唤。我熟悉刀棍,就像铁匠熟悉锤子和铁砧。我拥有力量、速度和机敏,而且……"他顿了顿,知道必须把这句话说出来,不管自己有多厌恶,"而且我能够杀人。"说罢,他直视她的眼眸,"我能够毫不犹豫地杀人。我是为战斗而生的。"

屋里一片沉寂,只听得见邓得里什·亨德拉尔嚼樱桃的口水声。维林来回凝视三人,惊讶地发现他们居然都不敢回应他的视线。埃雷拉·艾尔·蒙达的反应更令人震惊,她十指紧扣在身前,低头瞪着指节,仿佛快要哭出来。

最后,邓得里什·亨德拉尔打破了沉默:"行了,孩子,你可以走了。暂时别和你的伙伴交谈。"

维林忐忑不安地站起身:"试炼结束了,宗老大人?"

"嗯。你通过了。祝贺你。我相信你一定会成为第六宗的骄傲。"他的话里有不加掩饰的尖酸,显然不是赞美。

维林朝门口走去,庆幸终于能够解脱——屋里的气氛太过沉重,三名宗老能看穿一切，实在令人难以承受。

"维林兄弟。"当他伸向门把手时，考林·艾尔·森迪斯尖利、冰冷的声音传来，把他叫住。

维林把一声懊恼的叹息硬生生咽下，不情不愿地转身。考林·艾尔·森迪斯死死盯着他，眼中全是狂信徒的炙热。埃雷拉宗老没有抬头，邓得里什·艾尔·亨德拉尔事不关己地瞟了他一眼。

"有何吩咐？宗老大人。"

"她有没有碰你？"

维林知道他指的是什么。他还以为可以逃过这个问题，真是太蠢了。"您是指瑟拉吗，宗老大人？"

"不错，正是那个杀人犯、绝信徒和黑巫女，瑟拉。你在野外试炼中帮了她，还有那个叛徒，不是吗？"

"我后来才得知他们的身份，宗老大人。"这是事实，但隐藏着谎言。他觉得身上开始冒汗，暗暗祈祷不要在脸上表露出令人起疑的神情。"当时，他们在我眼里只是被暴风雪困住的陌生人。仁爱教理教导我们，要像对待兄弟一般对待陌生人。"

考林·艾尔·森迪斯微微抬起头，坚冷的目光中掠过一丝疑虑："我倒是不知道这里还教仁爱教理。"

"这里不教，宗老大人。我……我母亲教过我所有的教理。"

"嗯。她是一位很有爱心的女士。你还没回答我的问题。"

他没必要说谎："她没有碰我，宗老大人。"

"你知道她的触碰具有什么力量吗？知道这对男人的灵魂会造成什么后果吗？"

"马克里尔兄弟告诉我了。可以免于这种厄运，我真的非常幸运。"

"确实。"宗老的目光稍稍缓和，但只是些许，"你也许觉得这场试炼过于严厉，但你要明白，以后的考验会更加艰难。在你的宗会里，活着从不轻松。在蒙逝者的召唤之前，你的很多兄弟会发疯，或残废。你知道吗？"

维林点点头："我明白，宗老大人。"

"你本可以离开，而且品格不受任何玷污，可你决定留下，这值得赞扬。你对信仰的虔诚将被铭记。"

维林毫无理由地觉得这些话是一种威胁，连宗老本人都没有意识到的威胁。但他还是勉强回答："谢谢您，宗老大人。"

他走出房间，轻轻关上门，靠着门长出一口气。其他人盯着他看了好几秒，他都没有发觉。他们一脸担心，尤其是邓透斯。

"信仰保佑。"邓透斯显然被维林的脸色吓到了，大气都不敢喘。

维林直起身子，尽力挤出虚弱的笑容，然后努力抑制撒腿就跑的冲动，迈步离去。

知识试炼给所有人都笼上一层愁云，只有邓透斯例外。凯涅斯死活不开口，巴库斯少言寡语，诺塔极其暴躁，维林则沉浸于母亲的回忆中不可自拔，他朝小花脸丢垃圾、拒绝陪它玩耍，就这么恍恍惚惚、自怨自艾地度过了那天余下的时间，最后和其他人一起，在操场上玩了一场无人上心的飞刀游戏。

"那算什么屁炼啊。"邓透斯是唯一能保留一点好心情的人，他投出的飞刀正中巴库斯抛起的木板。他显然不了解同伴的心情，于是这份欢快就更令人恼火了。"他们竟然没问宗会的事儿，倒是一个劲地打听我娘和我小时候的事。那个女宗老，埃雷拉什么的，问我想不想家。想家？谁他妈想回那口屎坛子。"

他取回木板，拔出自己的飞刀，然后抛上半空让诺塔投。诺塔投偏了，偏得很离谱，差点打到邓透斯的脑袋。

"你不长眼吗！"

"不要再提试炼。"诺塔的言辞中满是阴沉的恐吓。

"咋啦?"邓透斯笑了,他真心觉得莫名其妙,"我们不是都通过了吗?大伙都留下了,也都能去夏令集市。多好。"

他们都通过试炼了。维林这才明白过来,为什么?因为没有成功的感觉,他意识到。

"我们只是不想谈论这件事,邓透斯。"他说,"对我们来说,这场试炼没那么轻松。最好是不要再提了。"

其他各组中,共有六个孩子没有通过,必须走人。次日早晨,他们看着这六个在迷雾中垂头丧气的暗影悄无声息地走出大门,身上只有少得可怜的随身物品。那是允许入会时他们可以保留的全部。啜泣声在庭院中回荡,传到他们耳中。没法听清究竟是谁在哭,是一个还是全部。哭声仿佛持续了很久,甚至在他们消失不见后依然萦绕。

"如果是我,我肯定不会哭。"诺塔说。他们来到墙顶,裹紧斗篷,等待日出驱散雾气,等待食堂的早餐。

"不知道他们会去哪里。"巴库斯说,"不知道他们到底有没有地方去。"

"疆国禁卫军。"诺塔答道,"那里全是宗会的淘汰货。也许这就是他们如此恨我们的原因。"

"他娘的,"邓透斯嘀咕道,"我知道我可以去哪里。直接去码头,找个去西边的拉货大船,要个铺位。我叔叔凡提斯坐船去过西边的旮旯,回来时富得流油,丝绸啦,药材啦,俺们村古往今来就出过这一个有钱人。但他下场也不好,回来一年就死了,一身黑疹子,在港口玩女人沾上的。"

"我听说船上的日子不是人过的。"巴库斯道,"吃得差,挨鞭子,从早干到晚。大概和宗会里差不多,除了吃的。我可能会去当个绿林好汉,扬名立万。我会有一群杀人不眨眼的手下,但我们一个人也不会去杀。我们就偷点黄金珠宝,只偷富人的。穷人也没啥可偷的。"

"看来你们都想得挺远的，兄弟。"诺塔不无讥讽地说。

"人这辈子需要打算。你呢？你打算去哪里？"

诺塔转身面对依然被晨雾所笼罩的大门，一脸深切的渴望，维林从未见他有过那种表情。"回家。"他轻声道，"我只想回家。"

第一部

第五章

知识试炼后一周左右，索利斯宗师带他们来到庭院外的一间屋子，屋里热得要命，满是烟雾和金属的臭气。等在屋里的是耶斯廷宗师，很少露面的宗会首席铁匠。他身材高大，浑身散发出力量和自信，肌肉虬结的双臂叉在胸口，一身体毛，还有很多被铁水溅出的泛红伤疤。这扑面而来的力量镇住了维林，他似乎以前从未有过这种感觉。

"耶斯廷宗师会给你们打剑。"索利斯告诉他们，"今后两周，你们要听他指示，给他打下手。离开这间锻造场时，你们都会有一把剑，这辈子都要和它在一起。记住，耶斯廷宗师可没我这么心慈手软，别惹毛他。"

索利斯宗师走后，他们默默伫立，让这个大铁匠用蓝得发亮的眼睛挨个扫视。

"你，"他冲巴库斯伸出一根又黑又粗的指头，后者正盯着一堆刚完工的斧子，"你在铁匠铺干过。"

巴库斯支吾起来："我的父……我小时候住在尼塞尔的一家铁匠铺附近，宗师大人。"

维林冲凯涅斯抬抬眉毛。巴库斯严守规矩，对儿时经历几乎绝口不提，突然得知他的父亲曾是匠人，众人颇为吃惊。他父亲是有正经行当的，这样的孩子不太可能沦落到宗会里来，拥有未来的孩子没必要寻求不一样的人生。

"见过剑是怎么锻造的吗？"耶斯廷宗师问道。

"没有，宗师大人。只见过小刀、犁刀、很多马掌，还有一两个风向标。"他轻轻一笑。耶斯廷宗师没笑。

"风向标不好打。"他说,"很多铁匠做不了,只有行家才有资格锻这种东西。这是行会的规矩,打出能读懂风之歌的金属,这种技术很少见。你是知道的,对不对?"

巴库斯别过头去,维林意识到,他有些后悔,他觉得丢脸。他和宗师之间传递着某种讯息,那是其他人无法理解的东西。这必然和锻造场及锻造有关,但维林知道巴库斯不会说出口。巴库斯的秘密也和其他人一样多。"不知道,宗师大人。"他只说了这几个字。

"这里,"耶斯廷宗师展开双臂,比划四周,"这里是宗会的一部分,但属于我。在这里,我是国王、宗老、将军、领主、主人。这里不准玩耍,这里不准胡闹,在这里只能工作和学习。宗会要求你们掌握锻造金属的技艺。要真正熟练地使用武器,就要了解武器制造的方式,亲身参与武器创造的过程。在未来的许多年里,你们在这里做出的剑会保住你们的性命,守护信仰。好好干,你们就能获得一把靠得住的好剑,剑身坚固,剑刃锋利,足以切开铁甲。干得不好,你们的剑会在第一次战斗中折断,让你们送命。"

他的视线再次落在巴库斯身上,冰冷的目光仿佛是在询问着什么:"信仰是我们所有人的力量之源,但为信仰事功需要钢铁。钢铁是我们为信仰增添荣耀的工具。钢铁和鲜血,这就是你们未来的全部。明白没有?"

众人纷纷低声附和,但维林知道,这段话其实是说给巴库斯一个人听的。

这天余下的时间里,他们往熔炉里铲煤,把院子里的铁条搬进锻造场。这些铁条放在一辆大车上,装得满满当当。耶斯特宗师则一直待在铁砧旁,挥舞锤子,敲出横亘不变的节奏,就像金属与金属的合唱。他偶尔会抬头看一眼,在喷泉般飞溅的火星雨中发出几句指示。维林看懂了,这是一份枯燥而严酷的工作,他的嗓子被烟熏得生疼,耳朵被无休止的捶打声震得发麻。

一天结束，当他们拖着沉重的步子返程时，他对巴库斯说："难怪你不想在铁匠铺过一辈子，巴库斯。"

"可不是。"邓透斯揉着酸疼的胳膊表示赞同，"宁可练一天弓箭。"

巴库斯一言不发，在众人疲倦的抱怨声中整晚保持沉默。维林知道他根本没听他们讲话，他的思绪依然被耶斯廷宗师的疑问所占据——那疑问不只在言语中，还在眼神中。

——◆——

第二天，他们回到锻造场，继续扛铁条，把一袋袋煤搬进一间当作储煤室的大屋子。耶斯廷宗师几乎不说话，专心检查他们昨天扛进来的每一根铁条，把它们举到亮处，用指腹摩挲。他有时满意地哼几声，把铁条放回原处，有时恼火地咂咂嘴，把它放到一小堆不断增加的废料里。

"他在看什么？"维林扛着一袋煤走进储藏室，发出吃力的闷哼。耶斯廷宗师的举动让他好奇。"每根铁条不是都一样吗？"

"杂质。"巴库斯瞥了耶斯廷宗师一眼，"这些铁条是其他铁匠炼制的，然后再送到这里来，手艺很可能不如我们的宗师。他在检查炼制时有没有混入劣质的铁料。"

"他怎么分辨？"

"主要靠摸。铁条的锻造方法是把一层层的铁打到一起，然后扭转、敲平。这个过程会让金属产生某种纹理。好铁匠可以根据纹理判断铁条的品质。据说，有人甚至能靠鼻子闻出好坏。"

"你行吗？我是说靠摸，不是闻。"

巴库斯笑了，维林从他的笑声中品出苦涩的调子："给我一千年也学不会。"

中午，索利斯宗师现身，命令他们到操场去练习剑术，告诫他们不能让技艺生疏。锻造场里的重活让大家无精打采，挨的棍子比平时更多，不过维林觉得也没平时那么疼。他一时怀疑索利斯宗师下手是不是变轻了，但很快否定了这个想法。不是索利斯宗师手软，而是他们更耐揍了。他在把我们捶打成材。他悟到。我们是剑，他是铁匠。

◆

"该给炉子生火了，"耶斯廷宗师对匆匆吃完午饭、返回锻造场的孩子们说，"对于这口炉子，你们只要记住一点。"他举起手臂，展示壮实的肌肉上密密麻麻的伤疤，"它是热的。"

他让众人把几袋煤炭倒进熔炉的砖窑，然后叫凯涅斯生火，这需要钻进炉底，点燃煤堆下用来引火的橡木柴片。要是维林肯定会皱眉头，可凯涅斯二话不说，拿起点燃的蜡烛就钻进窑口。片刻后，他重新现身，身上黑乎乎的，但没受伤。"火头很旺，宗师大人。"他报告道。

耶斯廷宗师没有理会他，蹲下身检查炉内越烧越旺的火苗。"你。"他点头示意维林。他从不喊他们的名字，似乎回想这些人的名字只是费力而无用的举动。"负责风箱。你也去。"他伸出手指点了诺塔。巴库斯、邓透斯和凯涅斯接到的命令则是原地不动，等待指示。

耶斯廷宗师举起沉甸甸的钝头锤子，又从铁砧旁的铁条堆里拿出一根来。"一把阿斯莱式样的剑由三根铁条制成，"他说道，"一根厚的作为剑身，两根薄的作为双刃。这个样子的，"他举起手中的铁条，"就是用来制作剑刃的铁条。必须先将其敲打塑形，再与另外的部件熔合。剑刃是铸剑过程中最难处理的部分，既要精良又要坚固，既能切割又能抵挡另一把剑的挥砍。看看这根铁条，仔细看清楚了。"他举着铁条，挨个递到众人面前。他的嗓音粗哑而顿挫，有种怪异的催眠效果。"看到上面的黑色斑点了吗？"

维林目不转睛地盯着铁条，发现暗灰色当中有小小的黑纹。

"这叫做星银，因为将其置于火中煅烧时，能放射出无与伦比的光亮，"耶斯廷接着说道，"但这不是银，而是一种铁，从地下采掘出来的稀有铁种，跟黑巫术没有关系。正是因为有了它，宗会的剑较之别家更为坚固。你们的刀剑有了它，就能经得住猛烈的劈砍，而别家的刀剑可能早就断裂了。只要你使得好，我们的剑可以轻而易举地劈盔断甲。这是我们的秘密，千万别泄露出去。"

他打手势让维林和诺塔开始鼓动风箱，然后静观其效。在两人的努力下，黑炭堆中逐渐泛出了橙红色的灼热光芒。"行了，"他说着，举起手中的锤子，"看清楚了，好好学。"

维林和诺塔握着沉重的木制手柄，用力拉动风箱，汗如雨下。随着两人一次又一次把空气灌进熔炉，锻造场内的温度持续上升。房间里的空气似乎愈加浓重，每一次吸气都相当费力。

看在信仰的分上，就坚持下去吧，维林暗自抱怨。汗水流满了他酸疼的胳膊，而耶斯廷宗师仍没有动手……他还在等待。

终于，铁匠满意了。他用铁钳夹起那根铁条送进熔炉，等到橙红的热火窜进其中，贯通首尾，这才取出来放到铁砧上。第一次敲击极轻，好似轻轻拍打，只迸出小小一簇火星。接下来，他开始正经干活了，锤子起起落落，如鼓点声声铿锵，与此同时，他周身火花激射，犹如泉涌。由于挥锤过快，有时只见那锤子残影重重。奇怪的是，刚开始这根通红的铁条外形改变不大，等到它略有变长的时候，耶斯廷宗师将其再次投进熔炉，然后烦躁地示意维林和诺塔再加把劲。

时间过得异常缓慢，只过了十分钟，却仿佛熬了一个小时。耶斯廷宗师不断地敲打铁条，丢回熔炉，然后再次敲打。维林怀念起在操场上受过的磨难，踩着冷冰冰的地面肉搏也比现在好受得多。等耶斯廷宗师示意他们可以放手了，两人便摇摇晃晃地离开风箱，脑袋伸出门去，大口大口地呼吸甜丝丝的空气。

"那混蛋想整死我们。"诺塔喘着气说。

"赶快过来！"耶斯廷宗师吼道，他俩赶紧钻了进来。"你们必须适应，这才是真正的活儿。看吧，"他举起铁条，最初的圆柱形态变成了约一码长的三棱铁片，"这是一片剑刃。现在看起来还很粗糙，但等它与兄弟材料熔合，就能改头换面，焕发生机。"

邓透斯和凯涅斯受命去接管风箱，耶斯廷宗师开始敲打另一片剑刃。他们干活的时候，锤子的敲击声和他们沉重的呼吸声此起彼伏。等第二片剑刃完成，他开始加工用来制作剑身的厚铁条，敲打的节奏越发急促有力。铁条逐渐伸展到剑刃的长度，然后剑身回火，中间形成了一道隆起的剑脊。等他完成了剑身，凯涅斯和邓透斯已经累得半死，巴库斯与维林到风箱旁待命。铁匠拿出一个固定架，把三根铁条的底部绑在一起，准备将其熔合。

"熔合是对铸剑师的考验，"他教导说，"也是最难掌握的技巧。敲打太猛会损坏剑刃，太轻则不能合三为一。"他扫了一眼维林和巴库斯，"用力拉，炉火要旺。不准偷懒。"

维林一边干活，一边祈祷这事儿早点结束，却发现巴库斯的注意力完全集中在耶斯廷宗师身上——他的胳膊一刻不停地抬起又放下，似乎不觉得酸痛，两眼死死盯着铁砧上所起的变化。起先，维林不明白哪儿来的吸引力，不过是铁匠拿锤子打铁罢了，既不壮观，也不神秘。可当他顺着巴库斯的目光望过去，就渐渐地被眼前的景象所吸引——在铁锤的敲击下，三根铁条慢慢熔合，剑正在成形。当耶斯廷宗师从熔炉中取出剑时，刃上的星银斑纹不时闪闪发亮，那光芒如此耀眼，令他不能直视。他相信铁匠所说的，星银只是一种金属，但这玩意儿仍令人感到不安。

"你，"耶斯廷宗师打完了剑尖后，对着诺塔一点头，"把桶拿近一点。"

诺塔顺从地把沉重的木桶拖到铁砧旁边。桶里的水装得很满,当他拖到了指定的地方时,水泼溅到了他脚上。"这是盐水,"耶斯廷告诉他们,"在盐水里淬火的剑,从来就比在淡水里淬火的剑要来得坚固。往后退,水会沸腾。"

他牢牢抓住剑的柄部,伸剑进桶。水遇高温,立时蒸汽腾腾,喧哗四起。他持握不动,直到沸水平息,才抽出云汽蒸腾的剑来,举起细看。剑身乌黑,沾有烟灰之色,但耶斯廷宗师似乎很满意。剑刃两边平直,剑尖匀称至极。

"好了,"他说,"真正的活儿要开始了。你,"他转身对凯涅斯说,"之前是你生的火,活儿就由你来干。"

"唔,"凯涅斯应道,他搞不清楚这算是荣誉还是惩罚,"多谢宗师大人。"

耶斯廷拿着剑走到锻造场的另一端,将其放在那边的台子上,台子旁是一块由踏板驱动的巨大磨石。"刚刚铸出来的剑只是半成品,"他教导说,"必须磨利、擦亮、抛光。"耶斯廷让凯涅斯站在磨石前,踩动踏板使之旋转,教他如何依靠"一二一二"地喊号子来保持节奏,接着要求他加快速度,然后持剑靠向磨石。一时间火花四溅,吓得凯涅斯直往后退,但耶斯廷命令他稳住不动,引导他摆正双手的角度,接着教他如何持剑在磨石上横移,使得整个剑身都能被磨到。"就是这样,"片刻过后,看到凯涅斯有信心自行磨剑了,他满意地说道,"每边剑刃各磨十分钟,然后给我看你的成果。其他人到熔炉那边去。你,还有你,去拉风箱……"

他们就这样在熔炉旁辛勤劳作,挥汗如雨,在七个漫长的日日夜夜里,拉风箱,打剑刃,磨剑身,直到烟色尽去,闪亮如银。所有人都没能避免受伤,维林的手背上多了一处青灰色伤疤,是因为有一点炽热的铁水溅了上去,那种疼痛和灼烧皮肉的气味着实是独特的体验。其他人受的伤也都大同小异。邓透斯最惨,打磨时一个不留神,迸射的火星飞进了他的眼睛，在他左眼周围留下一串焦黑的疤痕，所幸没有伤及视力。

尽管每每干得精疲力竭，还有受伤破相的危险，而且过程极为沉闷乏味，但维林依然一发不可收拾地迷上了打铁的活儿。这一切真是妙不可言，在耶斯廷宗师的锤下浴火而生的利剑，在砥石上来回打磨剑刃的手感，还有在抛光剑身时渐渐显出的图案，那是从灰蓝色钢铁内里浮现的黑色漩纹，似是熔炉里的火焰凝固其中。

"这是因铁条相互熔合而产生的，"巴库斯解释道，"将不同种类的金属熔合，自会留下痕迹。宗会的剑因为有星银的存在更加不同寻常。"

"我喜欢，"维林说着，举起还没抛完光的剑，映着天光欣赏，"这……实在有趣。"

"只是打铁罢了。"巴库斯叹道，他转身继续打磨一边的剑刃，"加热，敲打，塑形。毫无神秘可言。"

维林望向这位正在操作转轮的朋友，他的手熟练地移动着，分毫不差地研磨剑刃。当巴库斯干活的时候，耶斯廷宗师便不太费心教他，直接递给他一把剑就走开了。铁匠似乎很清楚巴库斯的技术，他们很少说话，只是偶尔咕哝两句，或是赞同地哼哼几声，仿佛他俩已有多年的默契。不过，巴库斯干活儿时并不愉快——他没有成就感。他干起来毫不费力，展现出的技术令众人自愧不如，可是只要大家进了锻造场，他的脸就像是戴上了冰冷的面具，不动声色，只有去操场或是餐厅的时候，他的脸色才好起来。

第二天是安装剑柄。剑柄是现成的，几乎一模一样。耶斯廷宗师把剑柄安在剑尾，又往楔进剑柄的脚木里敲了三只铁钉，确保稳妥牢靠。然后他们的任务是锉磨钉头，保持橡木剑柄的平整。

"你们在这里的任务完成了，"那天结束时耶斯廷对他们说，"剑归你们了。善加使用。"这是他头一次说话像其他宗师。他不再多言，回到了熔炉旁边。大伙儿握着剑，犹豫不决地站在四周，不知道要不要说两句什么。

"呃，"凯涅斯说，"多谢您的智慧点拨，宗师大人。"

耶斯廷拿起一个没有完成的矛头，放到铁砧上，开始鼓动风箱。

"我们觉得这段日子非常……"凯涅斯刚开口说话，维林用肘子顶他，然后指了指门。

正当他们离开时，耶斯廷又说话了："巴库斯·耶书亚。"

他们停下脚步，巴库斯转过身，神情有些紧张："宗师大人。"

"这里的大门永远为你敞开，"耶斯廷头也不回地说，"我用得着帮手。"

"很抱歉，宗师大人，"巴库斯闷闷地说，"怕是训练留给我的时间也不多了。"

耶斯廷放开风箱，拿起矛头放进熔炉："有朝一日你厌倦了打打杀杀，熔炉在，我也在。我们在这里相见。"

◆

巴库斯没来吃晚餐，在他们的印象里还是头一遭。夜幕降临，维林例行去过小花脸的狗舍后，在城墙上找到了他。"给你带了些剩菜。"维林递给他一包东西，里面有一块馅饼和几个苹果。

巴库斯点头致谢。他的目光落在河面，那儿有艘驳船正逆流驶向瓦林斯堡。

"你想知道。"片刻的沉默后，他说道。他的语调里没了往日的戏谑和讽刺，而维林没能察觉到隐藏其中的一丝恐惧，因为天气太冷了。

"如果你想说出来，"他说，"我们就算交换秘密了，兄弟。"

"比如你为何保留那条丝巾。"他指了指维林脖子上那条瑟拉的丝巾。维林将其塞进衣服，拍拍他的肩膀，准备离开。

渡鸦之影 血歌

"那时候我十岁。"巴库斯说道。

维林停住脚步,等他说下去。巴库斯可以跟大伙一样守口如瓶,说不说全由自己,激将法和劝说都没有用。

"我很小的时候,父亲就带我去铁匠铺干活。"巴库斯沉默了片刻,又接着说道:"我很喜欢这活计,爱看他敲打塑形,爱看铁在熔炉里通红发亮的样子。有人说铁匠的活计很玄乎,但在我看来,太显而易见,太简单了。我理解得透透彻彻。我父亲几乎没教过我什么,但我心里跟明镜似的。锤子没落,我就知道那块铁要变成什么样子,知道一把犁刀是能切泥破土还是卡得无法动弹,知道装好的蹄铁是否很快就会脱落。我父亲为此很骄傲,我心里清楚。他虽然不怎么说话,不像我继承了母亲话多的性子,但我知道他很骄傲。我希望他能更加骄傲。我头脑中有很多式样,各种小刀、剑和斧头,只等我锻造出来。我很清楚怎样造出来,要使用什么比例的合金,我心里都有数。于是,有天晚上,我溜进了铁匠铺,打算一试身手。我想的是做个小物件,比如猎刀,作为送给父亲的冬季好礼。"

他闭嘴不言,盯着夜色中的驳船驶远,甲板上人影幢幢,在船首提灯的微弱光亮中犹如鬼魅。

"这么说你做了一把小刀,"维林接过话头,"可你父亲……生气了?"

"噢,他没生气。"巴库斯痛苦地说,"他吓坏了。刀身经反复折叠,异常强韧,刀刃则锋利无比,割绸断金轻而易举,而且光亮如镜。"他唇边露出一抹微笑,但转瞬即逝,"他把小刀扔进河里,要我永远不向任何人提起,守口如瓶。"

维林糊涂了:"他应该很骄傲才对,毕竟儿子锻造了那么出色的小刀。为什么他反而感到害怕呢?"

"我父亲这辈子见过很多世面。他跟着王公大臣出过门,还在东方大海的商船上干过活,但他从没见过有哪个铁匠铺能不点炉子就煅出小刀来。"

维林更糊涂了:"那你是怎么……"但他看到了巴库斯脸上的某种神情,便生生把后面的话咽了回去。

"尼塞尔人在很多方面堪称伟大,"巴库斯继续说道,"他们坚强、友善、热情。但他们最害怕的就是黑巫术。我们村子曾经有个老女人,轻轻一碰就可以治病疗伤,他们都是这样传说的。她因为拥有这样的能力而广受尊敬,不过大家也很怕她。当掐脖红袭来时,她却无能为力,几十人丧命,每家都有人死掉,但她没有感染。村民们把她堵在家里,放了一把火。废墟至今还在,没人敢在那里建房。"

"你是怎么做出那把小刀的,巴库斯?"

"我也不清楚。我只记得我握着锤子,在铁砧上敲打。我还记得装刀柄的场景,可无论如何也想不起点过炉子。似乎我一开始干活儿,我就不是我了,我变成了工具,就像一把锤子……有种神秘的力量通过我干铁匠的活儿。"他摇摇头,显然回忆过去令他感到不安,"从那之后,我父亲就不让我踏足铁匠铺。他带我去见一个养马的老头卡鲁斯,要那人尽全力教我做马匹买卖,因为我不打算当铁匠。为此,父亲每月给他五个铜板。"

"他是想保护你。"维林说。

"我知道,可孩子不会这么想。我当时想的是……他被我做的东西吓坏了,担心我给他丢脸。我甚至想过他可能是嫉妒我。所以我决定向父亲炫耀一下我的能耐。我趁着他去夏季集市打货的机会,回到了铁匠铺。没有什么材料好用,只有几块老旧的马蹄铁和一些钉子,他把大部分的货都带到集市去了。我就用剩下来的那点材料开工,结果……做出了很特别的东西。"

"是什么?"维林问,心想无非是削铁如泥的宝剑或者寒光闪闪的斧头。

"日向标。"

维林的眉头皱了起来:"什么玩意儿?"

"类似风向标,只不过所指的并非风的方向,而是太阳的方位。不管太阳挂在哪儿,即便阴云密布,你都能知道当天的时辰。就算太阳落了山,日向标也能指向地面,透过大地辨明它的方位。而且我把这物件做得很漂亮,转轴还能喷火。"

如此神奇的发明,维林估摸不出它的价值,也不敢想象会在害怕黑巫术的村庄里引发怎样的恐慌。他问:"这东西后来怎么了?"

"不知道。可能被我父亲熔掉了吧。他从集市回来时,我站在那里等,然后得意洋洋地展示我做的东西。他叫我收拾行李。当时我母亲去了姨妈家,所以父亲没跟她说什么,天知道等母亲回家父亲会作何解释。我们在路上走了三天,然后坐船去瓦林斯堡,最后到了这里。他和宗老说了一会儿话,把我丢在门口,走了。他说如果我把我的本事告诉了别人,就肯定没命,还说我在这里很安全。"他的笑容倏忽即逝,"很难相信他这是为我好。有时候我觉得他是在往第五宗走的时候迷了路。"

维林想起了晨雾中的蹄声,想起瑟拉的故事。他驱散这些回忆,说道:"他说得对,巴库斯。你不能告诉别人,也许连我都不该知道。"

"怎么,你要杀了我吗?"

维林冷冷一笑:"今天不杀。"

他们站在城墙前,相伴无言,望着驳船转过河上的弯道,消失在视野里。

"其实,我觉得他知道,"巴库斯说,"我是说耶斯廷宗师。他可以感觉到我的能力。"

"他怎么可能感觉到这种东西?"

"因为我在他身上也感觉到了同样的东西。"

第一部

第六章

第二天的课程是与各自的新剑磨合。维林感觉半节课的时间都用来绑剑带了——如何系在背后，方便伸手拔剑。

"再绑紧些，奈萨。"索利斯拉住凯涅斯的剑带一使劲，后者疼得哼出声来，"这家伙要是打仗时松了，你们立马就会知道后果。自个儿的剑带都给你使绊子，你连一个敌人也休想干掉。"

接下来的一个小时，他们学的是如何流畅且迅速地拔剑。看索利斯宗师演示的动作不难，实际操作起来完全是两样。皮带将剑牢牢地束缚在鞘中，必须用拇指推开，然后干净利落地抽出剑来，才能避免划到甚至割伤自己。他们第一次拔剑的动作太过笨拙，索利斯命令大家全速在操场上跑两圈。由于不习惯背着剑跑步，大家行动格外缓慢。

"跑快点，索纳！"索利斯挥杖便抽，维林一个踉跄，"你也一样，森达尔，脚步跟上！"

他命令大家再次拔剑："姿势要对。越快拔剑在手，准备应战，面前那帮混蛋给你开膛破肚的可能性就越低。"

等他们又跑了几圈，挨了几次杖责后，索利斯才对他们的进步感到满意。不知为何，今天维林和诺塔特别容易惹恼他，杖子落在他俩身上的次数比其他人都多。维林估摸着这是在清算不知道多久以前的陈年旧账。索利斯有时候就是这样，常常等过了几周甚至几个月，才想起他们犯过的事儿。

课程快结束时，他要大家列好队，然后训话："明天，你们这帮混小子可以去参加夏令集市了。可能会有城里的小伙子找你们麻烦，借机逗英雄。下手注意轻重，别伤了他们的性命。还有些当地的姑娘，没准拿你们寻开心，就为图个新鲜。别理会她们。森达尔、索纳，你俩留下。这就是偷懒的下场。"

维林惊呆了，他感到很不公平，失望到了极点，但也只是张着嘴，一句话都说不出来。诺塔可不一样，把满腔的怨愤一股脑宣泄出来了。

"您开什么玩笑呢！"他大喊道，"他们也不比我们好到哪里去，怎么就要我们留下来？"

过了一会儿，他坐在床上揉着青肿的下巴，疼得龇牙咧嘴，却依然怒气不减："那混蛋从来就最讨厌我。"

"他谁都讨厌，"巴库斯说，"你和维林今天只是太倒霉。"

"不对，是因为我父亲是国王的第一大臣。我敢肯定，就是这样。"

"既然你老爹是这么厉害的大人物，他怎么不把你从宗会弄出去呢？"邓透斯问，"你不是讨厌待在这里嘛。"

"我怎么知道？"诺塔气炸了，"又不是我要求他送我来这破地方的，又不是我愿意挨冻，好多次都快冻死了，又不是我愿意每天挨打，跟乡巴佬一起挤在破屋子里……"他的哀声渐渐降低，身体蜷缩在床上，头也埋进枕头里，"我以为知识试炼的时候他们会让我走。"他似乎是在自言自语，说话声含糊不清，"他们看穿了我的心思。但那个该死的女人说，信仰需要我留在这里。我没办法，什么谎都撒出来了，可他们就是不肯放我走。那头蠢猪亨德拉尔说什么，有我这样的人在，对第六宗大有好处。"

他陷入沉默，埋着脸不作声。巴库斯走过去，想拍拍诺塔的肩膀，但维林摇摇头制止了他。维林从床底下拉出一个小橡木箱子，这是他趁某个经过大门的商人不注意，从装货的马车后面偷来的。箱子里存放着他最值钱的物件，还有瑟拉的丝巾。他打开箱子，拿出一只皮袋，里面装着他所有的钱，都是这些年捡到的、赢来的或是偷的。他把皮袋扔给凯涅斯："给我带点糖果。要是碰到我能穿的软皮靴子，就给我带双新的。"

※

黎明时分，大雾弥漫，浓重而柔软的蓝色雾气笼罩四周，等待夏日热烈的阳光将其驱散。早餐时，维林和诺塔默不作声，可怜兮兮地坐在桌边，其他人已经迫不及待地要去集市了，正努力克制着不表现出那股兴奋劲儿。

"那儿会有熊吗？"邓透斯突然问。

"应该有吧，"凯涅斯说，"夏令集市从来都有熊，酒鬼靠跟它们摔跤挣钱。这类把戏可多了，我在集市上见过一个阿尔比兰帝国的魔术师，他可以吹奏笛子让蛇跳舞。"

维林被送到宗会之前，父亲每年都带他参加集市。他还清晰地记得那些舞者、小贩、变戏法的、玩杂耍的和成百上千种新奇的玩意儿，还有各种声音和气味汇聚的海洋。而在此之前，他从来没意识到，他是多么想再去一次，再回味一次童年，是否真如他记忆中那样缤纷多彩，无忧无虑。

"国王也会到场。"维林对凯涅斯说。他想起了远远看见的行宫，雅努斯王及其王室贵族在那儿居高临下地俯视竞技场上的各色表演。那里举行的有赛马、摔跤、格斗和箭术，获胜者将有幸从国王手中接过一条红丝带。尽管这种奖励与竞技的辛苦过程相比可谓相当寒碜，但获奖者无一例外地兴奋不已。

"说不定你能凑到前面去，让他拿你当脚凳，"诺塔说道，"你情愿这么干，对吧？"

凯涅斯不为所动。"你不能去不是我的错，兄弟。"他和气地回应道。

诺塔似乎还打算说什么侮辱的话,但他只是推开了面前的餐盘,站起身来,怒容满面地走出餐厅。

"他实在接受不了。"巴库斯说道。

用餐完毕,维林在院子里跟他们道别,他们依依不舍的样子令维林心情舒畅了些。

"我愿意……"凯涅斯费劲地说,"……留下来,只要你说一声。"

维林听到这话,深为感动,他知道凯涅斯是多么渴望见到国王。"你要是不去,我哪儿来的新靴子呢?"他挨个跟他们握手,等大伙走到大门时,又向他们挥手告别。

他去看小花脸,惊讶地发现奴隶犬交到了新朋友———一只雌性阿斯莱猎狼犬,差不多有它肩膀高,但远远没有它强壮。

"几天前的晚上,母狗进了它的栏,"耶克林宗师说,"信仰才知道怎么回事,它居然没有当场咬死母狗。它也许需要个伴儿。看来我也只能听之任之,兴许几个月后就能有一窝小崽子了。"

小花脸跟往常一样高兴,一看见维林就跳了起来,母狗却显得格外警惕,不过看到小花脸那么热情,便也安心了。维林扔给它们一些剩菜,等小花脸吃完后,母狗才敢吃。

"母狗怕它。"他看出来了。

"情理之中,"耶克林笑呵呵地说,"但也离不开它。母狗有时候就是这样,一旦认准了配偶,无论对方做什么都不走。典型的娘们,对吧?"他说着大笑起来。维林完全不懂他在说什么,只好礼貌地跟着笑了笑。

"没去集市吗?"耶克林一边说着,一边走到狗舍尽头,给养在那儿的三只尼塞尔梗犬扔了些吃的。它们的外貌极具欺骗性,有短短的鼻子和棕色的大眼睛,实际上谁要是胆敢伸手进去,非给它们咬断不可。耶克林宗师养它们是为了猎兔子,它们擅长此道。

"索利斯宗师觉得我在练剑时偷懒了。"维林解释。

耶克林啧啧几声,显得颇为不满:"不用功永远也成不了宗会的兄弟。想当年我受训的时候,稍有松懈他们就拿马鞭抽你,第一次便是十鞭,之后每次加十鞭。就因为鞭子打得太厉害,我们每年都会少十到十二个兄弟。"他叹息一声,满是浓浓的恋旧之情,"不能去集市真是可惜。那儿可以买到好狗,办完了这边的事务我就赶过去。就是太拥挤,毕竟当场还要行刑。好好吃,你们这些小畜生。"他往梗犬的笼子里又扔了些肉,激起了一场抢食大战,咆哮声和尖叫声瞬间炸开。耶克林宗师瞧着,咯咯笑个不停。

"行什么刑,宗师大人?"维林问。

"什么?噢,国王要吊死他的第一大臣。叛国啦,腐败啦,逃不脱这几样罪名。不然怎么有那么多人看热闹去?王国里的人都恨那个混蛋。苛捐杂税嘛。"

维林感到口干舌燥,心一下子沉到了底。诺塔的父亲。他们要杀死诺塔的父亲,这才是索利斯把我们留下来的原因。为了不引起怀疑,便让我也留下来了……等消息传来时,至少我在这儿。他抬起头,认认真真地望着耶克林宗师。

"索利斯宗师今早来过这里吗?"他问。

耶克林没有看他,依然低头对着几只狗微笑:"索利斯宗师可是很精明的人。你应该好好谢谢他才对。"

"我还要当面表达不成?"维林怒了。

耶克林不置一词,隔着笼子的格栏晃荡火腿肉,勾得几只梗犬纷纷跃起。它们每次跳起来,耶克林就含糊不清地笑一声。

"呃,"维林一时找不到话,便清了清嗓子,往门口退去,"失陪了,宗师大人。"

耶克林没有转身,只挥了挥手,瞧着那几只吵成一团的梗犬,笑骂道:"小畜生。"

维林走过庭园里的鹅卵石小径时,感觉肩上的重担快将他压倒在地了。忽然之间,一股对索利斯和宗老的怨恨油然而生。领导力?他苦涩地想着,我不要,你们留给自个儿吧。

但还有另一种想法滋生出来,当他不情愿地迈开双腿,踩着台阶往塔楼上爬的时候,疑心愈来愈重,诺塔愤愤然走出餐厅时的表情,在他脑海里挥之不去。当时维林只注意到他的怒气,现在回想起来,似乎还有其他的情绪,那种决心,那种果断……

他恍然大悟,立时站住不动。信仰保佑,千万不要!

他三步并作两步,登上台阶,冲进房间,慌张地大喊道:"诺塔!"

房间里没人。也许他在马厩。他喜欢马……

这时他注意到窗户大开,所有人铺位上的毯子和床单都不翼而飞。他从窗口探出身,发现窗户底下悬着一根结结相扣的绳子,足有二十多英尺长,而从绳子尾端到北门屋顶还有十五英尺高,再到地面又有十英尺距离。对于包括诺塔在内的宗会兄弟而言,这根本不算什么难事。尽管城墙上有兄弟巡逻,但迟迟不消的晨雾能够帮助他神不知鬼不觉地溜走,毕竟那些兄弟满脑子惦记着早餐,未必有那么机警。

维林第一个念头就是去找索利斯宗师或是宗老,但很快又否定了这个想法。如果告密,诺塔将受到严厉的惩罚,而且他至少已经走了半个小时。此外,维林根本不知道索利斯和宗老在不在这里,他们可能也去了集市。还有一个想法在他脑海中显现,清晰得可怕:如果他抢先到达那里呢?会有什么发现?

维林迅速拿上一个水壶和几把小刀,然后把剑绑在背后。他翻过窗户,抓紧诺塔做的绳子,往下降落。果不其然,他只用了片刻工夫,便轻而易举地落地。此时浓雾即将散尽,他必须万分小心。维林紧靠着城墙,等在城墙上巡逻的那位兄弟走开——此人约莫十七岁,看他的表情无趣得紧——然后全速往树林冲去。从这儿到树林不到两百码，在训练场上算不上多长，但背后就是城墙的那种紧迫感，让维林觉得跑了不止一英里，每时每刻他都在提防突然响起的警报，甚至是箭矢破空而来的呼啸。如此短的距离，宗会的兄弟少有射不中的。当他冲进阴凉的树影中，不由松了口气，速度放慢了一半，不过依然比他习惯的步伐要快，因为他一点时间都不敢浪费。他借着树林的掩护跑了约莫半英里路，便上了大道。

他从来没见过如此熙攘的场面，路上满是驾着马车、拖家带口的农民，车上装满要在集市上出售的货物。全家人每年热热闹闹地出来一回，看看比赛，开开眼界。当然了，第一大臣公开受刑这事儿更是增添了别样的风味。没有一个旅人表露出哪怕丝毫对刑场杀人的畏惧，维林所见之处，人人脸上挂着愉快的笑容。他经过了一辆坐满人的马车，从那些斧头推断可能是一帮樵夫，他们正操着沙哑的嗓门唱着一首小调，歌词讲的正是即将发生的事：

阿提斯·森达尔是他的名字

这头老山羊只知道贪吃

雅努斯王要他数他荷包里的子儿

扯断喉咙叫他再也不能吃

"慢点跑，宗会小子！"他经过时，一个樵夫大声喊着，晃晃悠悠地举起手中的瓷瓶子，"我们不到场，他们是不会勒死那混蛋的。要有人砍好柴生火。"其余的樵夫哄然大笑，维林飞奔而过，压抑着动手的冲动，他倒想知道一个醉醺醺的樵夫折了手指还怎么砍柴。

他是未见其景，先闻其声。前面的山头传来一阵低沉的咆哮，那是千万张嘴同时发出的声音。当他年幼时，还以为有怪物出现，便害怕地钻进母亲的怀里。"别怕。"她抚着维林的头发说。当那些声音愈来愈高亢，母亲温柔地扭头说道："瞧啊，维林。你看他们。"

眼前人山人海，足足占了好几亩地，在孩子眼中，似乎全国的人都来到了瓦林斯堡城墙前的辽阔平原上,同享夏季带来的福祉。而如今,他惊讶地发现这里的人比记忆中那次还要多,密密麻麻挤满了西城墙的外围,呼出的白气和柴火的青烟混成一团蒸腾的云雾,笼罩在人群头顶,各种各样的帐篷和色彩亮丽的华盖缀在人海之中。对于一个过去四年都待在宗会那座狭小城堡里的年轻人来说,眼前的盛况着实超乎想象。

这么多人,我怎么找他呢?他思索着。那帮醉樵夫坐的马车赶了上来,歌唱御前大臣之死的调子又在身后响起。维林恍然大悟:不用找诺塔,找到绞刑架即可,他肯定在那里。

◆

挤进人群的感觉很古怪,四周全是涌动的人流、陌生的气味,既好玩,又让他害怕。小贩随处可见,他们的吆喝声刚刚能盖过各种噪音,卖的东西从甜肉到陶器,应有尽有。到处是一堆一堆的人,围着那些卖艺的、变戏法的、玩杂耍的和魔术师,阵阵掌声欢呼声时而响起,也有喝倒彩的。维林尽力不去分心,但当他看见惊人的场面时,还是会情不自禁地停下脚步。有个肌肉发达、体态魁梧的人能从嘴里喷火,还有一个身着丝绸袍子、肤色暗沉的人,能从周围观众的耳朵里取出各种各样的小玩意儿。维林驻足片刻后,才惊觉有重任在身,于是满脸羞愧地往前走。当他又停下脚步,呆呆地看一个半裸女人玩杂耍时,忽然感到有一只手伸进了自己的斗篷。那只手的动作相当灵巧,不易为人察觉地正摸索着什么。他左手一伸,捏住了那人的手腕,再猛地一拉,扒手重重地跌倒在他的左脚边,疼得哼了一声。那是一个男孩,又瘦又小,衣衫褴褛。他抬头瞪着维林,含糊不清地吼叫着,另一只手胡乱挥舞,拼命想要挣脱出去。

"哈,小贼!"人群里有个男人幸灾乐祸地笑起来,"聪明点就知道不该找宗会的人下手。"

一提到宗会，那男孩挣扎得更凶了，对着维林的手又抓又咬。

"杀了他，兄弟。"另一个人提议，"城里少个小贼，终归算件好事。"

维林不作理会，他轻而易举将扒手凌空提起，这个男孩几乎是皮包骨头。"你技术不到家。"他说。

"去你的，"小男孩啐了一口，拼命地挣扎，"你不是真正的兄弟。你只是他们的小学徒。你不比我强。"

"这小鬼欠揍。"一个男人说着，从人群里挤出来，抬起手就要打男孩的脑袋。

"走开。"维林喝道。那个胖胖的男人刚刚喝醉了酒，一脸大胡子湿乎乎的，沾满了麦酒，眼神涣散，看不清人。他说了一句什么话，很快就走开了。十四岁的维林已经比大多数人个子高，宗会的修行令他体形健硕而精悍。他挨个瞪着几个驻足看戏的观众，他们赶紧走了。他们不光是怕我，维林心想，他们怕宗会。

"放开我，你这个混蛋。"男孩说道，声音里有一半是恐惧，另一半是愤怒。他悬在维林的铁手下，挣扎到筋疲力尽，脏兮兮的脸上虽然怒气腾腾，却明显底气不足。"我有朋友，我告诉你，要是撞见他们你肯定后悔……"

"我也有朋友，"维林说，"我正在找其中一个。绞刑架在哪里？"

那男孩皱着眉头，茫然问道："啥？"

"就是要吊死御前大臣的绞刑架，在哪儿？"

男孩的眉头皱得更紧了，明显在算计："说了有啥好处？"

维林手心用力："不捏断你的手腕。"

"不要脸的宗会混蛋，"男孩生气地嘀咕道，"要捏断我的手腕就来吧，不如把我胳膊也拧断算了，有什么区别？"

维林望着他的眼睛，发现那里不光有恐惧和愤怒，还有另一种东西——蔑视。他手上的力道稍有放松。这个男孩很骄傲，绝不屈服于内心的恐惧。维林看清了他的衣衫是多么破烂不堪,光脚上满是淤泥。骄傲,或许是他仅有的财富。

"我放你下来,"他对男孩说,"但如果你敢跑,我就抓住你。"他一弯胳膊,凑近了说道:"你信不信我说到做到?"

男孩往后缩了缩,连连点头:"嗯嗯。"

维林放他下来,松开了手。男孩想跑又不敢跑,一边揉着手腕,一边往后退了几步。"你叫什么名字?"维林问他。

"弗伦提斯,"男孩有些警惕地答道,"你呢?"

"维林·艾尔·索纳。"他说完,男孩目光一闪,显然听过这个姓氏。即便是城里最底层的人,也听说过战争大臣的威名。"拿着,"维林从口袋里掏出一把飞刀,扔给男孩,"我只有这个拿来交换。你告诉我绞刑架在哪儿,我就再给你两把。"

男孩好奇地盯着小刀看:"这是啥?"

"小刀,可以飞出去。"

"能杀人吗?"

"勤加练习才行。"

男孩摸了摸刀尖,疼得吸了口气,立刻把流血的手指放进嘴里吮吸,他终于明白这把刀看似不起眼,实则锋利非凡。"你教我,"他吮着手指,含糊不清地说,"教我飞刀,我就带你去找绞刑架。"

"找到后教你,"维林说,他看出男孩不相信,又说道,"我发誓。"

宗会中人的誓言似乎有点分量,弗伦提斯的疑虑有所减轻,但并没有完全相信。"这边,"他说着转身钻进人群,"跟上。"

维林跟着男孩穿过熙熙攘攘的人群,偶尔因为太过拥挤而跟丢,结果发现男孩就站在几步开外,正不耐烦地等他,嘴里嘀嘀咕咕地埋怨他没跟紧。

"他们没教你怎么跟人吗?"男孩问道。他们此时正奋力挤过人群，围观大熊跳舞的人实在太多了。

"他们只教如何战斗，"维林回答，"我……不习惯应付这么多人。我四年没进城了。"

"真走运。只要再也不看见这破烂地方，我当残废都乐意。"

"你没去过别的地方吗？"

弗伦提斯瞟了他一眼，明显是嫌他太笨："那是，给我一艘船，我想去哪儿就去哪儿。"

他们仿佛在无穷无尽的人海中穿梭，终于，弗伦提斯站住了，指着几百码外高高耸立的一副木头架子说："到了。他们等会儿就在那里扯断那倒霉蛋的脖子。为什么要杀他？"

"我不知道。"维林老实回答。他兑现承诺，递给男孩两把小刀："埃特里安日晚上到宗会来，我教你用飞刀。就在北门等，我去找你。"

弗伦提斯点点头，小刀转眼消失在他的破衣服里："你打算看？我是说绞刑。"

维林一边走开，一边扫视人群："但愿不用看。"

他足足找了一刻钟，每张脸都仔细瞧过，搜寻诺塔的踪迹，却一无所获。这并不稀奇，他们都懂得如何避人耳目，如何不露声色地隐于市井之间。维林驻足观看一场木偶戏，心中的恐惧却迅速滋长。他到底在哪里呢？

"噢，逝者圣灵在上，"木偶艺人以悲痛的语气说道，他熟练地扯线，让舞台上的木偶摆出绝望的姿势，"我虽是无信者，却也不该遭受如此厄运。"

无信者科尔李斯。维林知道这个故事，是他母亲最喜欢讲的故事之一。科尔李斯拒绝接受信仰，受到永生不死的惩罚，除非逝者容许他进入往生。据说他仍在这片土地上游荡，寻找着他永远找不到的信仰。

"你的命运是你自找的,无信之人,"木偶艺人吟诵道,一手扯动代表逝者的多颗木偶脑袋,"我们不评断你,你自行评断罢。找到你的信仰,我们再迎接你……"

一时间,木偶艺人的技法和木偶精湛的工艺吸引了维林的注意力,他强迫自己观察周围的人。瞧仔细了。维林心中默念,集中精神。他就在这里,不可能不在。

当人群中的一张面孔跃入他的眼帘时,维林不禁一怔。这是一个三十多岁的男人,身材精干且健壮,神色哀伤。多么熟悉的目光!是艾林!维林大为震惊,盯着他不放。他竟然回来,莫不是疯了?

艾林看木偶戏似乎入了迷,他那忧伤的目光丝毫没有挪开。维林苦苦思索着该怎么做,过去说话?不作理会?……还是杀了他?他脑海里闪过一个阴暗的念头,源于内心深处的恐惧:我帮助过他和那个女孩,如果他被抓住……记忆中那女孩的容颜,还有脖子上那条丝巾的触感,都在提醒维林恢复理智。他最后决定走开。你没看见他,就会更安全几分……

这时,艾林抬起头,两人四目相对,他登时惊恐地睁大眼睛。艾林的目光往木偶戏的方向一瞟,脸上露出难以解读的复杂表情,然后转身便走,消失在人群中。维林一时冲动,想跟上去看看瑟拉在不在,但正要迈步,身后传来呼喊声,紧接着是一阵金铁交鸣。那声音来自于五十码开外,绞刑架旁。

见有骚乱的场面,人潮迅速淹了过去,他顾不得文雅,只好拼命往前挤,周围的人痛得迭声叫唤,不停骂骂咧咧。

"他要干什么?"有人说。

"是想冲过警戒线吧,"另一个人说,"太奇怪了,宗会的兄弟可不干这种事。"

"会不会把他也吊死呢?"

最终他挤出人群,抵达打斗现场。对方有五个人,看装束均为二十七骑兵团的士兵,因为他们的外衣上绣有漆黑的尾羽,为此常被唤作黑鹰。由于他们在统一战争中表现出色,深受国王的青睐,黑鹰们经常奉旨维持盛大活动和仪式的现场治安。其中个子最大的那个黑鹰,正用强壮的胳膊箍住诺塔的脖子,还有两个黑鹰打算上前制服他。第四个离得稍远一些,举剑摆出挥砍的姿势,嘴里吼道:"信仰在上,给我把这小混蛋按住了!"他们身上都有瘀伤和割伤,显然是好不容易才抓住诺塔。第五个黑鹰跪在旁边,抱着流血不止的胳膊,疼痛和愤怒导致面色极其灰暗。"杀了这小畜生!"他咆哮着,"他把我弄残了!"

看到持剑那人往后一甩胳膊,维林不假思索地行动了。他下意识地拔出仅剩的一把飞刀,这是他发挥最好的一次,刀尖正中剑士的腕下。黑鹰手中的剑旋即掉落,他见手腕上倏地多了一枚亮闪闪的刀片,惊得张大嘴巴。

维林动若闪电,唰拉一声从背后的剑鞘中抽出长剑,奔上前去。抓住诺塔的黑鹰慌忙松手,摸索腰带上的佩剑。诺塔瞅准机会,抡圆胳膊,一肘子捶在士兵的脸上,黑鹰的身子晃了晃,又挨了维林的一记飞踢。他踉跄了几步,鼻子和嘴里鲜血喷涌,然后重重地摔倒在地。

一个人影忽然勒住诺塔的脖子,诺塔从腰间抽出一把飞刀,往后一刺,深深地扎进了那人的大腿,迫使对方松手。维林上前一步,剑柄狠狠打中那人的太阳穴,将对方击翻在地。余下的那个黑鹰不敢与诺塔对峙,往后退了几步,剑尖抖个不停,在他俩之间来回晃动。

"你们⋯⋯"他结结巴巴地说,"你们竟敢在国王治下闹事,你们被⋯⋯"

诺塔以迅雷不及掩耳的速度从他剑下钻过去,一拳打中那人的脸,接着又是疾如奔雷的两拳,黑鹰轰然倒地。

"这也算鹰?"诺塔对着不省人事的士兵啐了一口,"羊还差不多。"他望着维林，目光中闪耀着歇斯底里的狂热。"谢了，兄弟。我们走，"他疯了一样地转过身，"我们去救我父……"

维林一拳打在他耳朵下方，这是他们在因特里斯宗师的棍棒下学会的技巧，能让对手瞬间失去意识，但不会造成很大伤害。

维林跪在一边，伸手搭在他颈部试了试脉搏。"得罪了，兄弟。"他低声说道，然后收剑回鞘，吃力地把软绵绵的诺塔扛到肩上。他的个头虽然比诺塔大，但这位兄弟的体重是实打实的沉。他往警戒线走去，摆了摆手，示意目瞪口呆的围观群众让开一条道。没人说话。

"站住！"一声号令突如其来，犹如晴空霹雳，众人顿时回过神来，开始窃窃私语，言语中充满讶异。

"两个小家伙，竟然干翻了五个黑鹰……"

"见所未见……"

"袭击士兵是叛国行为。国王颁布的法令上明确规定……"

"站住！"那声音压过嗡嗡的私语，再度破空而至。维林环顾四周，见一人催马上前，挤过人群，时不时手执短马鞭四下挥打。"闪开！"他命令，"我有国王要务在身，全都闪开！"

待那人完全现身，维林才将他看清楚。那人的坐骑为黑色战马，乃是仑法尔纯种良驹。他个子高大，身着仪服，外衣绣有黑羽，头戴短羽装饰的军官头盔，面甲底下的那张脸清癯冷峻，光洁无须，满是怒容。在他的胸甲上有一颗四芒星，彰显出他的权位——疆国禁卫军的领军将军。一队黑鹰步兵出现在骑马者身后，呈扇形列开，剑已出鞘，同时拳打脚踢地推搡着围观的人。有人跑去照料倒地不起的同伴，同时恶狠狠地瞪着维林。手腕中了飞刀的那人竟然疼得哭出声来。

维林发现无处可逃，便轻轻放下诺塔，往前踏上几步，小心翼翼地站在兄弟和骑马者之间。

"怎么回事？"领军发问。

"我只服从宗会的命令。"维林应道。

"命你立刻禀报,宗会的小崽子,否则我就近找棵树把你吊起来开膛破肚。"

几个黑鹰步步趋近,维林按捺住拔剑的冲动。他知道仅凭一己之力不可能打过这么多人,除非动手杀掉几个,但这显然帮不了诺塔。

"这位大人,可否请教您尊姓大名?"他尽力保持镇定,希望能拖延时间。

"先报上你的名字,兔崽子。"

"维林·艾尔·索纳,第六宗的兄弟,尚未正身。"

这个名字一报出来,仿佛往平静的水面投入一颗石子。人群骚动起来:"索纳……"

"战争大臣的儿子……"

"早该看出来,简直是一个模子刻出来的……"

骑马者听到这名字,眯起眼睛,但怒容仍未消减:"拉科希尔·艾尔·海斯提安,二十七骑兵团的领军将军,疆国之剑。"他策马走近,低头看着一动不动的诺塔:"他呢?"

"诺塔兄弟。"维林说。

"我听说他企图营救叛国贼。不知道宗会的兄弟为何做出此等逆行?"

他很清楚,维林心想,领军知道诺塔的身份。"我不知道,领军大人。"他回道,"我只是看见有人企图谋杀我兄弟,便出手阻止。"

"狗屁的谋杀!"有个黑鹰啐了一口,气得满脸通红,"是他公然拒捕。"

"他是宗会的人,"维林对艾尔·海斯提安说,"我也是。我们只对宗会负责。如果您认为我们有罪,那只能找我们宗老交涉。"

"小子,听好了,普天之下,莫非王土。"艾尔·海斯提安沉声说道,"不管是兄弟、士兵,还是战争大臣,统统受王法所制。"他

渡鸦之影 血歌

死死地盯着维林的眼睛,"你和你的兄弟必须对此负责。"他一抬手,示意黑鹰上前,"切莫有动剑的念头,小子,否则就把你交给逝者。"

看着黑鹰们走上前来,维林伸手准备拔剑。再打伤几个人,趁着场面愈发混乱,或许可以带着诺塔借机逃走。但这么做的后果就是再也不能回宗会,从此只能亡命天涯。宗会不欢迎与疆国禁卫军作对的人。维林盘算着,这样的后果委实难以承受。

"别紧张,小子。"领头的黑鹰警告他,此人面孔饱经风霜,一望便知其服役多年。说话的黑鹰左手执匕首,剑尖低垂,慢慢走上前。见他步伐流畅,姿态稳健,维林断定此人是最危险的对手。"不要拿剑,"领头的黑鹰接着说道,"这儿的血流得够多了。乖乖束手就擒,问题便解决了,体体面面,不伤和气。"

维林四下一望,发现其余的黑鹰脸色晦暗,显然压抑着怒火,他估摸着若是束手就擒,他和诺塔所受到的待遇绝对谈不上体面。

"我不希望流血,"他对领头的黑鹰说道,然后抽出剑来,"但如果你们逼我,我也别无选择。"

"别再耽搁了,军士。"艾尔·海斯提安探过身去,慢吞吞地说,"赶紧解决掉……"

"这景色好美啊!"人群中忽然有人大喊。在此起彼伏的抗议声中,有三个人劈开人海,闯进了现场。

维林只觉心里一沉。是巴库斯,左右二人是凯涅斯和邓透斯。面对眼前这群"乌鸦",巴库斯露出亲切的微笑,凯涅斯和邓透斯却是凝目而视,气势汹汹,这是经年的苦训所练就的本能。他们的剑都执在手中。

"景色确实美!"巴库斯说着,三人走到维林身边,"一群列好队等着拔毛的鹰。"

"小子们,给我滚出去!"艾尔·海斯提安朝着巴库斯啐了一口,"不要多管闲事。"

"我们听说这边有骚乱。"巴库斯不理会艾尔·海斯提安,只顾跟维林说话。他回头看了看一动不动的诺塔:"他溜出来了?"

"是的。他们要处决他父亲。"

"我们听说了,"凯涅斯说。"遗憾得很。大家都说他是好人。不过,国王执法公正,判他死刑肯定有其道理。"

"这话拿去对诺塔说吧。"邓透斯说,"可怜的家伙,是被他们打晕了吗?"

"不是,"维林说,"我想不到别的办法阻拦他了。"

"我们这一周都要吃索利斯宗师的杖子了。"邓透斯嘟囔道。

他们说完了话,发现黑鹰们怒目相对,神情凶恶,却没有动手的意思。

"他们害怕了。"凯涅斯说。

"正常。"巴库斯说。

维林瞅个空儿,瞟了一眼艾尔·海斯提安。领军气得浑身发抖,显然是没遇到过这样尴尬的场面。"你!"他指着一名骑兵命令道,"去找辛提尔队长,叫他带队过来。"

"整整一队人马!"巴库斯欢呼起来,"大人,您真是抬举我们!"

周围有几个人笑出声来,艾尔·海斯提安的怒气更是难以遏制。"非剥了你们的皮不可!"他吼得太用力,几乎失了声,"休要指望国王陛下法外开恩,死太便宜你们了!"

"又替我父亲做决定了吗,领军大人?"

人群中走出一个高个子、红头发的年轻人,衣装极为朴实,但缝制精良。人们自觉在他前方辟开一条道,民众纷纷低眉顺眼,垂首致意,有人甚至单膝跪地。维林正觉得奇怪,扭头看到凯涅斯和"乌鸦"们也做出了同样的举动,不禁呆住了。

"兄弟们,跪下!"凯涅斯悄声说道,"拜见王子殿下。"

王子?维林又看了一眼那高个子男人,回想起多年前在王宫里看

渡鸦之影 血歌

到的那个神情严肃的年轻人。如今的麦西乌斯王子又高又壮，几乎与他父王一样。维林以为四周必有疆国卫兵的身影，却发现王子是孤身一人。贵为王子，他竟然毫无戒备地与民众相处，这令维林摸不着头脑。

"维林！"凯涅斯轻声催促。

维林正打算下跪，王子摆了摆手。"诸位宗会的兄弟，不必行此大礼。请起。"他微笑着对跪下的一众人等说道，"地面泥泞，多有不便。大人，"他转向艾尔·海斯提安："此番骚动所为何事？"

"实乃叛国行径，王子殿下。"艾尔·海斯提安愤愤地说道，他直起身子，左膝沾满泥土，"这帮混小子袭击我的手下，妄图劫法场。"

"你胡说八道！"巴库斯怒了，"我们见兄弟有难，前来相助……"王子一抬手，他便闭上嘴巴。麦西乌斯四下一望，看到了几个受伤的黑鹰和不省人事的诺塔。

"这位宗会的小兄弟，"他对维林说，"你是否如领军大人所说，是叛国贼？"维林注意到他的目光几乎没离开诺塔。

"我不是叛国贼，王子殿下。"维林回道，尽力不让语调中显露出惧意或怒气，"我的几位兄弟也不是。他们只是来保护我。如果必须有人为此事负责，那就由我一人担当。"

"还有你这位昏倒的兄弟。"麦西乌斯王子走近，低头盯着诺塔看，那专注的神情略显古怪，"他也应该承担责任吧？"

"他……他的所作所为是由于过度悲伤所致，"维林支支吾吾地答道，"他的责任将由本宗宗老裁定。"

"他伤得重吗？"

"脑袋挨了一下，王子殿下。一小时左右即可醒转。"

王子低头盯着诺塔看了一会儿，然后转过头，柔声说道："等他醒了，告诉他，我也一样悲伤。"

他走到艾尔·海斯提安身边，说道："此事相当严重，领军大人。不可草率处理。"

"正是，王子殿下。"

"若要处理好此事，势必耽误行刑，可我真不愿意为此向国王解释。不然，大人您可以代劳。"

一瞬间艾尔·海斯提安和王子四目相接，两人的眼神中都流露出敌意。"在下不敢无故打扰国王。"领军咬牙切齿地说。

"多谢大人为国王着想。"麦西乌斯王子说罢，向乌鸦下令："将伤者送去王家大帐，由御医为他们医治。领军大人，我听说西门附近有醉汉借酒闹事，还劳烦您前去处置。我就不耽搁您了。"

艾尔·海斯提安鞠躬致意，翻身上马。他策马经过维林一行人时，脸上仿佛写着"此仇必报"几个字。"闪开！"他挥起短马鞭喊道，人们纷纷往两旁避让。

"带你兄弟回宗会，"麦西乌斯王子对维林说，"务必亲口将此事告知宗老，以免宗老听信他人之言。"

"遵命，王子殿下。"维林应道，继而深深地鞠了一躬。

百码之外传来一阵单调重复的鼓声，人群的嘈杂声立时平息，鼓声显得格外响亮。维林看见人群上方出现了一排闪亮的矛尖，随着鼓声由远及近，往黑乎乎的绞刑架移动。

"带他走！"王子命令道，"无论他是否清醒，都不该留在这里。"

维林和凯涅斯架着诺塔，邓透斯和巴库斯在前面开路，当他们还在沉默的人群中穿梭时，鼓声戛然而止。沉默的力量是如此强大，那种万众期待的压迫感几乎把维林压垮了。忽然，远远地传来咔嚓一声，接着爆发出一阵欢呼，数以千计的拳头得意洋洋地举向空中，每张脸都挂着欣喜若狂的表情。

凯涅斯望着欢呼雀跃的人群，毫不掩饰脸上的厌恶之情。维林听不清他说的是什么，但看那口型无疑就是两个字："渣滓。"

渡鸦之影 血歌

◆

他们刚回到宗会,宗师们就接走了诺塔。从那些男孩慎之又慎的表情,以及宗师们怒气腾腾的目光来看,他们的这段冒险经历早就传扬开了。

"我们来照顾他。"切克仑宗师说。他壮实的双臂轻而易举地抬起诺塔,接过了孩子们的重担。"你们回房间去。没有命令,不得出来,不得与任何人说话。"

为确保他们不折不扣地执行命令,豪恩林宗师陪同他们回到北塔。这个烧伤严重的男人平时喜欢高歌一曲,而此时显然没了这番兴致。门在维林身后砰然关闭,他知道宗师就守在外面。我们变成犯人了?他寻思着。

他们坐在房间里,静静地等待,身旁搁着各自的装备。

"你帮我买到靴子了吗?"维林问凯涅斯。

"没时间买。抱歉。"

维林耸耸肩。沉默缓慢滋长。

"巴库斯差点在麦酒摊后面搞了个妓女。"邓透斯脱口而出,他最受不住沉默,"那姑娘好看得很,奶子活像甜瓜。对吧,兄弟?"

巴库斯从房间另一头狠狠地瞪他。"闭嘴。"他喝道。

沉默继续。

"要是你们中标了,他们会给你们发遣散费。"维林对巴库斯说。偶尔有瓦林斯堡和附近村子的女孩出现在宗会大门口,有的肚子隆起,有的抱着哇哇大哭的婴儿。宗老会为犯错的兄弟举行一个简单的仪式,遣散费多加两枚金币,一枚给女孩,一枚给孩子。奇怪的是,有些男孩似乎很高兴在这种情况下离开宗会,也有些人大呼冤枉,但经由第二宗的真言试炼,很快就能辨明真假。

"我什么都没干。"巴库斯气急败坏。

"你的舌头都伸到她嗓子眼了。"邓透斯大笑起来。

"我当时喝了点麦酒。还有,引起她们注意的是凯涅斯。"

维林望向凯涅斯,发现他的脸颊慢慢泛起了红晕。"真的吗?"

"根本不是。她们全都缠着他,还说:'哟,小伙子真俊!'"

看着凯涅斯满脸通红的样子,维林差点没笑出声来:"我相信他做出了英勇的反抗。"

"说真的,"邓透斯若有所思地说,"当时要是再迟几分钟,不到九个月,咱们就得到门口迎接一群漂亮可爱的小崽子。还好有个醉汉跑过来大呼小叫,说乌鸦和宗会打起来了。"

一提到打,众人又沉默了。最终是巴库斯打破了沉默:"他们不会杀他的,对吧?"

◆

直到天色渐暗,房门才被打开,索利斯宗师大步走进来,一副怒气冲冲的样子。"索纳,"他喝道,"跟我走。其余人到厨房吃顿饭就去睡觉。"

维林忍不住想要询问诺塔的情况,但看到索利斯严厉的表情,他欲言又止。他跟着索利斯拾阶而下,穿过庭园,往西墙行去,一路上都在留心对方有没有带手杖。他以为要去宗老的房间,结果他们走到了医疗室,亨萨尔宗师正在那儿照料诺塔。诺塔躺在床上,面部松弛,双眼半睁,茫然无神。维林知道这是怎么回事——偶尔有男孩身受重伤,需要强效药方能止痛,但这种药会令其失去意识。

"给他用了红花和影华,"见维林和索利斯走进来,亨萨尔宗师解释道,"他醒来后胡言乱语,居然还对宗老动手,我们就制住了他。"

维林走到床边,看到兄弟的样子,心里一沉:他好虚弱……

"他能好起来吗,宗师大人?"他问。

"这情况不算罕见,无非是呓语和躁狂。一般是久经战场的人容易犯的病。他很快就睡了,等他再醒过来,身子还是虚弱,但能恢复理智。"

维林回头问索利斯:"宗师大人,宗老作出裁决了吗?"

索利斯看了一眼亨萨尔宗师,后者点点头,走出了房间。"无需裁决。"索利斯回答。

"我们打伤了国王的士兵……"

"没错。要是你对我教的东西更上心,应该能杀了他们。"

"那位领军大人……"

"管不到这里来。诺塔抗命,自然要惩罚。不过宗老觉得已经惩罚过了。至于你,你抗命是为了保护兄弟。没有裁决的必要。"

索利斯宗师走到床头,伸手摸摸诺塔的额头:"等红花的药效消失,他就会退烧。不过他还是有感觉,就像有把刀子在肚子里搅动。那种疼痛足以改变一个男孩,他要么成为男人,要么变成怪物。我在宗会里见多了怪物。"

维林随即理解了索利斯的怒气。那不是针对我们。他意识到。是源于国王对诺塔父亲的处置,以及对诺塔的打击。我们是他的宝剑,是他锻造了我们。而国王毁了他的一把好剑。

"我和兄弟们会守护他,"维林说,"他的痛苦就是我们的痛苦,由我们共同分担。"

"我拭目以待。"索利斯抬起头,目光异常炽烈,"当兄弟卧床不起,唯有一条须谨记于心:兄弟之间不可自相残杀。"

第二天早晨,诺塔悠悠醒转,他的呻吟惊醒了通宵守候的维林。

"怎么?"诺塔睁着惺忪的睡眼,左顾右看,"这是……"看到维林,他不说话了。当他摸到后脑勺的肿块时,眼里闪过一道光——他想起来了："你打我。"可怕的记忆洪流汹涌而至，诺塔登时面无血色，悲伤至极，仿佛浑身的力气都被抽走了。

"我很遗憾，诺塔。"维林实在想不出别的话。

"你为什么阻拦我？"诺塔哽咽着说。

"他们会杀了你。"

"那倒是遂了我的愿。"

"别说这种话。若是你父亲的在天之灵得知你也要随他而去，他在往生如何能开心？"

诺塔默默地哭了一阵子，维林在一旁看着，各种苍白无力的慰藉之辞刚到唇边又咽了回去。我没什么可说的，他心想，此情此景，任何言语都是多余。

"你看了吗？"最终诺塔开口问道，"他有没有受苦？"

维林想起了绳套收紧的咔嚓声，还有众人狂热的欢呼声。无数人为你的死而雀跃，带着这样的心境前去往生，是多么可怕的体验。"很快就结束了。"

"都说他偷国王的钱。我父亲绝不会做那种事情，他一心效忠国王。"

维林瞅准机会安慰他："麦西乌斯王子要我向你转达，他也非常悲伤。"

"麦西乌斯？他当时在场？"

"他帮了我们，逼迫乌鸦放我们走。他肯定认出了你。"

诺塔的表情稍有缓和，趋近冷漠："我们孩提时曾一起骑马。麦西乌斯是我父亲的学生，经常去我家。我父亲教过很多贵族子弟。他在治国和外交方面颇有才华。"诺塔从旁边的桌子上摸来一块软布，拭去脸上的泪水，"宗老的裁决是什么？"

"他认为你所受的惩罚已经足够。"

"这么说，他们还是没有发慈悲让我离开这里。"

渡鸦之影 血歌

"我们都是奉父亲之命而来的。我尊重父亲的意愿留在这里,虽然我并不明白他为何把我交给宗会。你父亲送你来这里,自有他的道理。这是他有生之年的心愿,如今他虽与逝者同行,但心愿仍在。也许你应该尊重他的心愿。"

"那我就该终老于此,任由我父亲的领地被罚没,我家人因穷困而死?"

"你留在家中,你家人就不再穷困了吗?你有钱财资助他们吗?想想吧,离开了宗会,你过的是什么日子。你是叛国贼的儿子,国王的士兵千方百计找你寻仇,你家人的负担够重了,你还要回去添乱。宗会已经不是你的囚牢了,而是你的庇护所。"

诺塔重重地躺回床铺,直勾勾盯着屋顶,满眼疲惫和哀伤。他说:"拜托了,兄弟,我要一个人静一静。"

维林起身往门口走去,嘴里说道:"记住,你不是一个人承担痛苦。你的兄弟们绝不会任由你因悲伤而堕落下去。"他走出去,在门口站立片刻,聆听诺塔沉重而痛苦的啜泣声。那是撕心裂肺的痛。如果即将上绞刑架的是我的父亲,我会不顾一切地去救吗?维林心想。我会哭吗?

◆◆◆

那天晚上,他把小花脸带出狗舍,来到北门,一边在那里玩接球,一边等小男孩弗伦提斯来上飞刀课。这些天以来,小花脸似乎壮了不少,动作也越来越快。耶克林宗师准备的狗食混合有碎牛肉、骨髓和浆果,帮它长了不少肉,外加维林持续不断的训练,令它体形精悍,力道十足。尽管小花脸外貌凶猛,体形惊人,但它依然保有幼犬那股子撒欢的劲儿,动不动就喜欢舔人脸。

"你往常不是带它去林子里吗?"凯涅斯从守卫室的阴影中钻了出来。维林有些懊恼,他竟然没能察觉有兄弟接近。凯涅斯擅长潜伏，尤其钟情于神出鬼没的感觉。

"你非要这么偷偷摸摸的吗？"维林问。

"我在练习。"

小花脸嘴里叼着球，蹦蹦跳跳地跑过来，把球丢到维林的脚边，然后嗅嗅凯涅斯的靴子以示问候。凯涅斯有些犹豫地拍了拍它的脑袋。他跟其他兄弟一样，不敢对这只畜生掉以轻心。

"诺塔还在睡？"凯涅斯问。

维林摇摇头。他不想谈诺塔的事，这位兄弟的眼泪浸湿了他的心，等眼泪干涸还需要很久很久。

"接下来的几个月很难熬。"凯涅斯叹口气，接着说道。

"什么时候不难熬？"维林猛地把球扔向河边，小花脸欢叫一声，撒腿追过去。"很遗憾你没见着国王。"

"是啊，不过我见到王子了。足矣。他以后必将成为伟人。"

维林偷偷瞟了一眼凯涅斯，看到朋友眼中闪烁着熟悉的光彩。凯涅斯对国王的盲目热爱，总是令他浑身不自在。"他……确实是个人物。我相信他能成为一代明君。"

"没错，他必将带领我们赢得荣耀。"

"赢得荣耀？"

"那是当然。国王雄心万丈，渴望开疆拓土，建立如同阿尔比兰帝国那般幅员辽阔的王国，战争是难免的。维林，光荣而又铁血的战争，我们即将亲眼目睹，身在其中。"

战争是血，是屎……这里头没啥荣誉可言，马克里尔如是说。维林知道这说服不了凯涅斯。他知识渊博，聪明到令人惊讶的地步，但他同时也是梦想家。他脑袋里装了上千个故事，而他似乎全都深信不疑：英雄、坏蛋、等待拯救的公主、怪物，还有魔法神剑，全都活在他的脑袋里，与他的记忆一样生机勃勃，有血有肉。

"可能我们对荣耀的理解不尽相同，兄弟。"等小花脸蹦蹦跳跳地叼着球回来时，维林说道。

他们又等了一个小时，可小男孩没有来。

"没准他把刀卖了，"听完维林讲的故事后，凯涅斯说，"然后躲在哪儿的臭水沟里，敞开肚皮灌酒，要么就是赌博输光了。你有可能再也见不到他了。"

他们并肩往马厩走去，维林把球抛向空中，要小花脸跳起来接。"我宁可相信他花钱买了双鞋。"他又朝大门的方向看了一眼。

第二部

身体为何物?

身体乃躯壳,灵魂之襁褓。

失去灵魂之身体,又为何物?

行尸走肉,仅此而已。为缅怀永逝之爱人,将其躯壳奉予烈焰。

死亡为何物?

死亡乃通向往生、得见逝者之途。死亡既是终结,亦为起始。须敬畏之,欣然受之。

——信仰教义

第二部

佛尼尔斯的记述

"他是血蔷薇吧?"我问,"夏令集市上的那位领军大人。"

"艾尔·海斯提安?是的,"希望杀手答道,"你说的这个名号,是他后来打仗时才赢得的。"

我在刚刚记下的这段文字底下画了条线,这才发现墨水将要用尽。"稍等。"我说着,起身准备打开箱子取一瓶墨水和几张羊皮纸。我已经写满了好几张,甚至有些担心所带的不够用。我还没开箱子,就看到他那把可憎至极的剑靠在一旁,不禁心生犹疑。他见我神情有异,便伸手抓起剑,搁在膝盖上。

"罗纳人有种迷信的观念,将所杀敌人的灵魂灌注进他们的武器中,"他说,"他们给棍棒和小刀起名字,幻想使其拥有黑巫术的力量。我的人民不抱这样的幻想。刀剑只是刀剑。杀戮者为人,而非刀剑本身。"

他为何对我讲这些?莫非是要我对他恨意有加吗?看到剑柄上那双伤痕累累、强壮有力的手,我想起了塞利森是如何受其名号的驱使,自愿接受数个月帝国守卫军的艰苦训练,最终成为行家里手,军刀与长枪无所不精。"希望必须是勇士,"他对我说,"众神和人民都是这般期望。"帝国守卫军接纳了他,以同僚相称,就在雅努斯派兵前往我国海滨的前一年夏天,塞利森与他们并肩讨伐倭拉人,混战中表现出的勇气和胆识赢得了诸多赞誉。然而,这对他迎战希望杀手毫无裨益。我早有预感,这个北方佬会提到那个可怕的日子、那件可怕的事。纵使我听过不少有关此事的传闻,但能听到艾尔·索纳亲口讲述,着实令我毛骨悚然,却又难以抗拒。

渡鸦之影 血歌

我再度坐下，拧开墨水瓶，蘸湿羽毛笔，把一张新羊皮纸铺在甲板上抹平。"黑巫术，"我说，"到底是什么？"

"我敢肯定，你们这边的人称其为魔法。"

"别人或许是这样，但我认为是迷信。你真相信有这种东西吗？"

一时间无人说话，我感觉他正在小心斟酌用词。"世上未知之事何其之多。"

"有很多描述战争的故事，提到北方人的强大来自于魔法之力，尤其是你。有人声称在猩红山丘一役中，你使用魔法扰乱我方士兵的心智，还借助巫术偷偷穿过尼莱什的城墙。"

他略带揶揄之色，嘴角抽动了一下："猩红山丘那次可没有魔法，只是他们怒火攻心，丧失理智，才招致灭顶之灾。至于尼莱什城，海港底下臭气熏天的下水道恐怕算不得巫术。更别说，若有疆国禁卫军的军官胆敢提到自己使用黑巫术，怕是早被属下就近找棵树给吊死了。据说，背弃信仰者必尊黑巫术。"

他沉默片刻，低头看着搁在膝上的剑。"有个故事，不知道你是否愿意听。我们讲它是为了警告孩子们远离危险的黑巫术。"

他扬起眉毛，瞥了我一眼。虽然我自认为是历史学家，不是什么神话故事、民间传奇的收集者，但这类故事常有真实事件的影子，如果纯属瞎编乱造，其中必定错漏百出。"说来听听。"我耸耸肩。

当他再次开口，语调与之前都大不一样，庄重肃然而又绘声绘色，蛮有说书人的味道："靠近些，听仔细了，这个故事叫做'女巫的私生子'。容易尿裤子的胆小鬼还是免听为妙，因为这个故事非常可怕，等我讲完，你怕是要骂我不该讲出来。"

"很久很久以前，还没有王国的时候，在古仑法尔最黑暗的树林里最黑暗的地方，有一座村庄。这座村庄里住着一个女巫，外表眉清目秀，内心却比最黑暗的夜晚还要幽深。她对待村里的人看似温柔善良，其实灵魂深处既刻薄又善妒。这个女人受欲望驱使，渴求肉体之欢，渴求金钱之乐，渴求死亡的快意。她早在幼年时便为黑巫术所迷惑，拜在其门下，自甘堕落，背弃信仰，以此换回邪恶之力。这种力量能迷惑人心，撩拨人欲，驱使人们以她之名，行大恶之事。

"最先倒在她魔力之下的是村长。他本是心地善良的好人，整日辛苦劳作，勤俭节约。家境逐渐殷实，女巫便起了贪念。她每天在村长的铺子前流连，眉目传情，卖弄风骚，把他那点欲望的苗子撩拨成了熊熊大火，烧光了仅存的理智，满脑子只有她用黑巫密语传达的计划：杀了你的妻子，我便取而代之。于是，一个宿命之夜，他将一种名为猎人之矢的毒药撒进妻子的晚餐，翌日清晨，妻子没了呼吸。

"村长的妻子已届中年，而且久病缠身，村民们只当她的死是天命使然，不曾怀疑。女巫当然清楚真相，当村民们为这个死于谋杀的可怜女人火葬送终时，女巫假意流泪，实则暗自欢喜，无休无止地借黑巫术的力量向村长呼唤：'许我重礼，我必嫁你。'他便献上了大礼，有一匹良驹，还有金银珠宝。但女巫何等精明，坚持不受，众目睽睽之下大肆表演，仿佛这个男人的行径是何等令人不齿——妻子尸骨未寒，竟就迫不及待地追求她这样的年轻女子。女巫对他的折磨残酷至极，每每暗中召唤，待他蠢蠢欲动之时，又予以断然回绝，没过多久，她的残忍行径就摧垮了这个男人的精神。他渴望逃脱黑暗欲望的奴役，便偷偷溜进树林，在一棵高高的橡树上吊死，留下一份状书，坦白他犯下的罪孽，指控女巫是唆使他疯狂杀妻的罪魁祸首。

"村民们当然不信他的话，因为那女人是那般温柔善良，显然是村长倾慕年轻女子，爱得太过痴狂，以致精神错乱。他们将其火化后，想要忘掉这件可怕的事。然而，女巫并不打算罢手，她的目光落在村里的铁匠身上——那是个相当英俊的小伙子，四肢健壮，内心坚强，可是纵使那么坚强的心灵，依旧没能抵挡住她的黑巫之力。

"她远离了村民，独自居住，便于研习邪恶的巫术，不必担心有人瞧见。这女人可以转变男人的心，当然也可以变换风向。当铁匠去

渡鸦之影 血歌

森林里烧炭时,她召来北方的狂风裹挟暴雪席卷山区,铁匠只得到她的小屋躲避。尽管他全力反抗,女巫依然强迫他与其同床共枕。因为有了如此黑暗而罪恶的结合,她怀上了可怕的野种。

"一个好男人,受胁迫做出背叛妻子之事,自是羞愧不已,而正是羞愧之心,破除了女巫的魔咒。次日清晨,他对甜言蜜语的诱惑和歇斯底里的威胁置若罔闻,飞也似的逃回村庄,荒唐的是,他将这一切深埋在心中。

"而那个女巫,正耐心等待。黑暗的种子在她腹中蠢蠢生长,她在等。冬去春来,庄稼节节拔高,她在等。直等到镰刀磨利,庄稼成熟,那污秽的造物自两腿间爬出之时,她行动了。

"那场大雨前所未有,以后也不会有。起初是遮天蔽日的乌云,从北到南,由西至东,不漏一丝缝,接着是无穷无尽的狂风骤雨。整整三周,风雨不曾停歇,村民们忧心忡忡,相依为命。等到风停雨住,他们斗胆走出门外,发现良田尽毁,所能收获的,仅剩饥饿而已。

"他们往森林走去,寻找猎物以填饱肚皮,却发现女巫的魔法密语驱走了所有的野兽。孩童饿得哭喊,老人虚弱不堪,挨个去了往生。在此期间,女巫仍住在森林小屋中,因为她和私生子吃喝不愁。对于她这般精通黑巫术的人而言,捕捉神志不清的野兽可谓易如反掌。

"直到亲爱的母亲死后,铁匠才忍不住说出了真相。他召集村民,当众忏悔,揭露女巫的阴谋,说他是如何在森林中受其诅咒,令女巫怀上野种的,而如今那饱食终日的私生子正肆意地嘲笑村里挨饿的孩子们。村民们通过表决,一致同意:必须赶走女巫。

"起先,她企图使用黑巫之力平息他们的怒火,编造谎言遮掩戕害铁匠一事,还指控他犯下最恐怖的罪行——强暴。但她的力量毫无效果,人们看清了真相,听出了她谎言粉饰下的邪念,看出了她掩藏在漂亮脸蛋下、从恶毒眼神里透出的肮脏卑鄙。因此，村民们举着火把驱赶她，怀着满腔怒火烧掉了她的小屋，而她抱着邪恶的小崽子，逃进森林深处。此刻，她才露出真面目，恶毒地诅咒他们……誓要报仇雪恨。

"后来，村民们返回各自家中，尽一切努力熬过即将到来的冬天。女巫在森林的黑暗之地找了一处隐蔽之所，一个从没有人踏足的地方，开始教她的恶种学习黑巫术。

"时光流逝，村人埋葬死者，苦苦生存。岁月流转，女巫之灾成为记忆，成为在寒冷夜晚用来吓唬孩子的故事。庄稼重生，四季交替，一切似乎回归正道。可他们哪里知道，在即将来临的风暴面前，他们是多么软弱无力。女巫把私生子养成了怪物，虽然他看起来只是一个骨瘦如柴、衣衫褴褛、野生野长的男孩，但其实已掌握了母亲倾囊相授的黑巫术。最初她用污秽的乳汁哺育他，又在恶臭难闻的巢穴里喃喃教导他，后来将身上的鲜血喂给他。这个女巫，这个满怀仇恨的女人，牺牲了自我。等儿子到了年岁，她用刀划开自己的手腕，命令儿子吸吮。他吸吮得如此用力，最后女巫只剩下一张皮，去了等待背信者的虚无之所，唯有即将到来的复仇能抚慰她的灵魂。

"他先从动物下手。夜深人静之时，他抓走村民的爱宠，翌日清晨，人们才发现那些受尽折磨而死的可怜动物。然后遭殃的是小母牛和猪，它们的头被钉在村子各个角落的篱笆桩上。可怕而真切的危险降临了，他们却不知道从何而来。村民们开始守夜，当黑暗降临，他们点亮火把，枕戈待旦，却毫无用处。

"牲畜之后就轮到了孩子。那些蹒跚学步的幼童，尚在襁褓的婴儿，凡能抓走的，他统统抓走，等待他们的是可怕的命运。怒不可遏的村民们追进森林，猎人四处摸查蛛丝马迹，翻找每一处可能的藏身之所，又设下陷阱诱捕这头神出鬼没的怪物。他们一无所获。就这样，秋去冬来，夜晚的折磨和清晨的死亡从未间断。后来，当寒冬驾临，他终于现身，于正午时分堂而皇之地走进村子。至此，恐惧已经摧垮了村民，无人胆敢站出来对抗他。他们只是求饶，求他饶过孩子们，给条活路。他们愿意付出一切，只求他就此罢手，悄然离开。

"女巫的私生子笑了。那不是正常的孩子能发出的笑声，甚至不是人类的喉咙发出的笑声。听到那笑声，他们心知末日已到。

"他召来闪电，整座村庄陷入火海。人们往河里逃去，他召来降雨，令河水暴涨，冲垮堤岸，卷走村民。复仇的欲望还未满足，他又从遥远的北方召来一阵狂风，将他们冻在冰中。等坚冰已成，他走过去找到了父亲——惊恐的表情凝固在铁匠的脸上。

"没人知道他后来怎样，不过据说在最寒冷的夜晚，在曾有过村庄的地方，能听见笑声在森林里回荡。那些全身心献给黑巫术的人，便是如此下场，当他们为生命所弃，往生也永远不予接纳。"

艾尔·索纳说完便沉默了，他收回目光，若有所思地望向搁在膝上的剑。我有种直觉，他所讲述的这个骇人听闻的故事，似乎别有一番沉重的意味，可我悟不出来。"你相信这个故事吗？"我问。

"听说一切神话故事都来源于真实。或许有那么一天，你这样有学问的人能发现这个故事里的真实。"

"我不研究民间传说。"这个"女巫的私生子"的故事写满了一张羊皮纸，我随手搁到一边，估计很多年都不会碰了。我真后悔没有接受他的建议。

我拿过一张空白的纸，期待他的下文。

他笑了："我来讲讲第一次见雅努斯王的情形吧。"

第一章

　　普伦索月快结束的时候，他们开始学习骑术。分配给他们的都是不超过两岁的公马，年轻的坐骑配年轻的骑手。人马配对由壬希尔宗师负责，当天他的火暴性子算是有所收敛，不过挨个给他们分马时还是不时自言自语。

　　"没错，高个子，好的，"他打量着巴库斯，嘴里念念有词，"要有力气。"他扯着巴库斯的袖子，走到最高大的一匹马跟前，这匹体格健硕的栗色公马足有十七掌长。"给它刷毛，检查蹄铁有无问题。"

　　凯涅斯被领到一匹体态灵活的深棕色公马前。邓透斯的马壮硕结实，灰色带斑。诺塔的坐骑通体乌黑，唯有前额生出一簇白毛。"快速，"壬希尔宗师喃喃自语，"快人配快马。"诺塔看着这匹马，一言不发，自他从医疗室回来后，对待大多数事情都是这种反应。大家每每试图拉他一起聊天，但他不是耸耸肩，就是完全漠不关心。他唯一一次恢复生气是在训练场上，那回他无论使剑还是长柄斧，其凶猛的架势都是前所未有，打得兄弟们个个都挂了彩。

　　维林的坐骑是一匹体格结实的黄褐色公马，两肋有一串伤疤。"有缺陷，"壬希尔宗师对他说，"不能生养。是北地的野马，性子还有点烈，要驯熟。"

　　这匹马露出牙齿，对着维林大声嘶叫，喷出来的口水逼得他直往后退。自从离开父亲的房子，他就再没骑过马，因此有些望而却步。

　　"今天照顾好它们，明天骑，"壬希尔宗师说，"要得到它们的信任。它们将会驮着你们冲锋陷阵，要是得不到它们的信任，你们死定了。"说到这里，他住了嘴。见壬希尔宗师目光涣散，大家都明白，他这状态不是发神经就是发飙的预兆,于是赶紧领着各自的坐骑去马厩打理。

次日清晨,他们开始骑马,接下来的四周几乎没干过别的事。诺塔很小年纪就开始骑马,目前骑术最好,回回比试都能独占鳌头,对于壬希尔宗师所能设计出的最难路线,他也能相对轻松地通过。唯一能挑战他的是邓透斯,这家伙的鞍上感觉仿佛与生俱来。"想当年一到夏天,俺月月参加赛马,"他解释道,"俺娘押我就能赚大钱,说我就是骑一匹拉车的老马也能赢。"

凯涅斯和维林显然不是老到的骑手,巴库斯学得倒是很快,但他明显不太享受这堂课。"我的屁股像是挨了一千下锤子。"某天晚上他趴在床上哀嚎。

其他人很快就与各自的马熟悉了,给它们起名字,了解它们的脾性。维林管他的马叫唾沫星,因为每当他想要建立信任的时候,这头畜生就只晓得吐唾沫。他实在受不了那不分青红皂白踹过来的蹄子,还有突如其来往前撞的硬脑壳。他试过拿糖棒和苹果讨好这匹野马,却怎么也安抚不了这头畜生的原始攻击欲。唯一令他欣慰的是,唾沫星对待别人的态度更加恶劣。尽管它脾气不好,但奔跑的速度相当快,而且无所畏惧,经常在相互冲锋时撕咬其他公马,混战时也从不畏缩。

马战课程可谓异常艰苦,他们要使用长枪和剑将对手击落马下。以诺塔的骑术以及近来对战斗的热爱,很多兄弟免不得从鞍上跌落,这可不是轻伤那么简单了。同时他们开始学习骑射这门难练的技术,也是马术试炼必考的内容之一,而且距离试炼的时间不到一年。维林发现即使在自己状态最佳的时候,弓术都不够好,要坐在鞍上扭身射中二十码开外的一捆干草,简直是不可能完成的任务。而诺塔第一次出手即射中目标,此后也从未失手。

"你能教我吗?"维林问他,练了一整天毫无进展,令他懊恼不已,"我总是听不懂壬希尔宗师的讲解。"

不出意料,诺塔看向他的目光空洞无神。"那是因为他笨,讲不清话。"他应道。

"他这人心思乱。"维林笑着表示同意。诺塔却没有答话。"那么,你可否帮忙……"

诺塔耸耸肩:"如你所愿。"

结果没有什么秘诀,就是练习。每天晚饭过后,他们都花上一个小时甚至更长的时间练习,维林始终射不中目标,诺塔耐心地教导他。"放箭之前,身子别挺得太直……弓弦一定要拉到下巴……感觉到马蹄离地时再放箭……别瞄得太低……"五天过后,维林终于射中了干草,又过了三天,他的准头大有长进,几乎箭箭不脱靶。

"多谢,兄弟,"一天晚上,当他们骑马回马厩的时候,维林说,"要是没有你帮忙,我怕是坚持不下去了。"

诺塔瞥了他一眼,那眼神难以读懂。"我欠你一份人情,不是吗?"

"我们是兄弟。我们之间不存在欠不欠人情。"

"老实说,你相信你刚才说的这种屁话吗?"诺塔的语气不含恶意,似乎只是好奇,"我们互称兄弟,其实并没有血缘关系。只是宗会强迫我们在一起生活。你有没有想过,如果我们在外面遇到是什么情况?我们是友还是敌?我们父亲是对头,你知道吗?"

维林摇摇头,希望沉默能结束这个话题。

"噢,没错。我小时候在父亲的房子里发现了一个隐蔽的地方,在那儿可以偷听他书房里的谈话。他经常提起你父亲,从来没有好话。他说你父亲是乡巴佬出身,脑子还不如斧头灵光。他说平日就该把索纳关起来,等有打仗的需要再放出来,还说想不通国王为何听从这样一个白痴的建议。"

两人策马而立,面面相对。诺塔的眼睛闪烁着熟悉的光芒,那是对战斗的渴望。唾沫星感觉有异，掉转脑袋嘶叫起来。

"你想要激怒我，兄弟，"维林拍拍马脖子，让它平静下来，"但你忘了，我没有父亲，所以你这些话毫无意义。为什么最近你只在战斗时才高兴得起来？你为何这么渴望战斗？借此遗忘过去吗？可以抚平你的伤痛吗？"

诺塔拉动手中的缰绳，继续朝马厩走去："什么也不能抚平。但确实可以让我遗忘，至少有那么一小会儿。"

维林踢了唾沫星一脚，马儿立刻小跑起来，超过了诺塔。"那么我们比试一场也可以让你暂时忘却。"他策马飞奔，朝大门跑去。诺塔轻而易举地超出了好一段距离，但他一马当先的同时，脸上露出了微笑。

杰尼拉苏月底，就在维林被遗忘的十五岁生日过后一周，宗老召他进见。

"这次又怎么了？"邓透斯很好奇。此时大家正在吃早餐，他一边说话一边从嘴里喷面包屑，洒得满桌都是。邓透斯早把餐桌礼仪抛到脑后了。"他肯定喜欢你，你没少去他房间。"

"维林最受宗老青睐，"巴库斯装模作样，一本正经地说道，"这谁都知道。总有一天，他会成为宗老，我的话就搁在这儿。"

"你俩少来。"维林说道，往嘴里塞了一个苹果就起身离桌。他不知道宗老为何要传召自己，大概还是与他父亲有关的敏感问题，或是又有性命之虞。他有时候自己都觉得吃惊，随着时间的流逝，他已经不害怕这些事了。近几个月他不怎么做噩梦，还可以不带感情地回忆跋涉试炼时遇到的可怕事情，可是再冷静也无法拨云见日。

一路上他猛啃水果，等走到宗老门口时已经吃了大半，他敲门前把果核藏进斗篷里，打算过一会儿喂给唾沫星吃，迎接他的毫无疑问又是一团唾沫。

"进来，兄弟。"门内传出宗老的声音。

宗老站在一扇看得见河景的狭小窗户旁，脸上挂着淡淡的笑容。维林正要点头致意，忽然注意到了房间里的另一个人——那是个骨瘦如柴、衣衫褴褛的小男孩，正不安分地坐在椅子上，晃荡着一对糊满泥巴的光脚。

"就是他！"弗伦提斯看到维林走进来，立马跳到地上，"就是这个兄弟启……启发我的！战争大臣的儿子。"

"他不是谁的儿子，孩子。"宗老告诉他。

维林暗自咒骂着，关上了门。把飞刀给了街头流浪儿，真是丢人。宗会兄弟就不该……

"你认识这孩子吗，兄弟？"宗老发问了。

维林瞟了弗伦提斯一眼，那张脏兮兮的小脸透露出热切的渴望。"认识，宗老大人。我上次有……有难时就是他帮了我。"

"瞧？"弗伦提斯迫不及待地对宗老说，"我就说嘛！我都说了他认识我。"

"这孩子要求加入宗会，"宗老又问，"你能为他担保吗？"

维林惊讶地瞪着弗伦提斯："你想加入宗会？"

"对！"弗伦提斯说道，兴奋得差点跳起来，"我想加入，我想成为兄弟。"

"你……"维林生生把"疯了吗"几个字咽回去，深吸一口气，然后问宗老："宗老大人，为他担保是什么意思？"

"这孩子没有家人，没人替他说话，无法在形式上将他交给宗会收养。宗会有规定，所有加入本宗的孩子都必须有担保人，可以是父母，如果没有双亲，那就由一个公认品行良好的人来担保。这孩子指名由你来。"

担保？他从不知道还有这回事。"有人为我担保吗，宗老大人？"

"当然有。"

我父亲送我来这里之前,就已跟他们谈妥。他花了几天或是几周才安排好呢?他究竟瞒了我多久呢?

"告诉他,我可以成为兄弟,"弗伦提斯说,"告诉他我帮过你。"

维林深吸一口气,低下头,发现弗伦提斯眼里闪动着不顾一切的狂热光芒。"我可以跟这孩子单独说几句话吗,宗老大人?"

"好。到时候来主楼找我。"

等他离开后,弗伦提斯又开口了:"你跟他说啊,告诉他我能当兄弟……"

"你觉得这很好玩吗?"维林打断弗伦提斯的话,走上前来,一把揪住遮盖他瘦弱胸膛的破衣服,然后拉近了些,"你来这里干什么?因为安全、有吃的,能遮风挡雨吗?你不知道这是什么地方吗?"

弗伦提斯吓得睁大眼睛,身子直往后缩,声音也低了下去:"就是训练兄弟的地方。"

"没错,他们训练我们。他们鞭笞我们,逼迫我们每天对打,还安排了可能丢掉性命的试炼。我现在十五岁,身上的伤疤却比疆国禁卫军的老兵还要多。我刚进来时组里有十个兄弟,现在只剩下五个。你知道你这是要求我干什么吗?同意你来送死!"他放开弗伦提斯,往门口走去,"我不干。回城里去,你能多活几年。"

"我回去了肯定活不过今儿晚上!"弗伦提斯喊道,声音满是恐惧。他跌坐回椅子上,可怜兮兮地哭了起来。"我没有地方去了。你让我走,我就死定了。哈希尔的手下肯定会干掉我。"

维林的手停留在门把上:"哈希尔?"

"街上的帮派都归他管,所有的偷儿、妓女和刀子手都给他进贡,每月五个铜板。上个月我没交钱,他就派手下来打我。"

"这个月再不交的话,他就杀了你吗?"

"现在说什么都晚了,已经不是交钱的问题了,是他的眼珠子。"

"他的眼珠子?"

"是,右边那只,没了。"

维林重重地叹了口气,从门口走过来:"用的是我给你的飞刀。"

"是,我等不及你来教我,就自己练。练得还不错。我想着拿哈希尔试试吧,就躲在他酒馆外边的巷子里,等他出来。"

"一刀刺中眼珠子,技术真不赖。"

弗伦提斯无力地笑了笑:"我瞄的是他喉咙。"

"他发现了是你干的?"

"噢,他知道了。那混蛋什么都知道。"

"我有点钱,不算多,我的兄弟们也能凑一些出来。我们可以给你在商船上买份差使,船侍小弟什么的。你在船上比留在这里安全多了。"

"想过了,不愿意。不喜欢船,坐平底船过河我都吐。还有,我听说过水手们怎么对付船侍小弟。"

"我们打个招呼,他们肯定不会为难你。"

"可我想当兄弟。我见过你对付乌鸦,你和另外一个兄弟。那次可真开眼。我也想有这种能耐。我想跟你一样。"

"为什么?"

"可以出人头地呀,有名望呀。到现在酒馆里还有人整天念叨,说战争大臣的儿子是怎么教训黑鹰的。你的名气不比你老头子小啦!"

"这就是你想要的?想出名?"

弗伦提斯烦躁不安。显然很少有人问他的想法,一连串问题砸下来,问得他烦躁不变。"不知道。想要出人头地,不想老当偷儿。不能一辈子这样。"

"你来这儿所能得到的,很可能是早早降临的死亡。"

弗伦提斯忽然不像个孩子了,他仿佛一下子苍老不堪,风霜满面,维林恍然觉得自己变成了站在老人面前的孩子。"那是我现在就该得到的东西。"

我可以这样做吗？维林扪心自问，我能将他推进不幸的深渊吗？一瞬间，答案了然于胸。至少这孩子能自行选择。他选择来到这里。我要是把他送走，等待他的又是什么样的厄运呢？

"你对信仰都知道些什么？"维林问他。

"就是大家认为人死后会怎样。"

"死后会怎样呢？"

"见到逝者，他们会帮助我们。"

信仰教义根本不是这么讲的，但确实言简意赅。"你相信吗？"

弗伦提斯耸耸肩："算吧。"

维林弯下腰，死死盯着他的眼睛："等宗老大人问你时，切不可如此随便，要用肯定的语气。宗会首先为信仰而战，其次才为疆国。"他站直身子，"我们去找他。"

"你会让他收留我吗？"

愿母亲的灵魂原谅我。"是的。"

"太好了！"弗伦提斯跳下地，跑到门口，"谢谢……"

"不要为这个谢我，"维林说，"永远不要。"

弗伦提斯做了个鬼脸："好。那我啥时有自己的剑？"

◆

距新人招募尚有三个月之久，于是宗会先安排弗伦提斯干活。他替人跑腿，在厨房和果园劳作，还负责打扫马厩。宗老认为如果单独给他一个房间，显得宗会不待见他，于是给他在北塔楼安排了一个铺位。

"这是弗伦提斯，"维林把他介绍给大家，"学徒兄弟，他跟我们住到年底。"

"他够岁数吗？"巴库斯一边问，一边从头到脚打量弗伦提斯，

"他简直是皮包骨头。"

"去你的,胖子!"弗伦提斯怒吼着往后退。

"多可爱,"诺塔说道,"本组专属的小鬼头。"

"他为什么跟我们一起住?"邓透斯想问个清楚。

"因为这是宗老的命令,还因为我欠他一份情。你也一样,兄弟,"他对诺塔说,"要不是他帮我,你现在没准被关在城墙上的吊笼里。"

诺塔一歪头,却什么都没说。

"他就是被你打晕的那个吧,"弗伦提斯说,"他把刀插进黑鹰的腿,那一下真快。我们可以砍疆国禁卫军吗?"

"不行!"维林把他拖到床铺旁,这以前是米凯尔睡的地方,他死后就一直没人使用。"你睡这儿。要去地窖找格瑞林宗师领寝具,我过会带你去。"

"剑也是他给我吗?"

大伙都笑了。"噢,你能拿到剑,真的,"邓透斯说,"用桦木打造的绝世好剑。"

"我要真剑。"弗伦提斯不高兴了。

"你要自己去争取,"维林告诉他,"我们都是这样过来的。现在,我要跟你说说偷窃的行为。"

"我不偷东西了,再也不偷了,我发誓。"

众人的笑声更大了。"他能成为好兄弟。"巴库斯说。

"偷窃……"维林琢磨着用什么词儿,"在这里是可以接受的,但又有规矩要守。你不能偷我们的东西,也不能偷宗师的。"

弗伦提斯怀疑地看着他:"这也是试炼吗?"

维林牙根发痒,他终于明白了索利斯为何那么喜欢杖子。"不是。你可以在宗会里偷东西,只要对方不是宗师和你自己的队友。"

"什么?没人管吗?"

"噢,不是的,如果你被抓住了,他们会狠狠地揍你一顿,但不是因为你偷东西,只是因为你被逮住了。"

弗伦提斯的唇边露出了一抹浅笑:"我只被逮过一次。以后再也不会了。"

◆

如果维林指望弗伦提斯很快就厌倦宗会的严苛生活,那么他肯定会失望的。这个小男孩高高兴兴地跑来跑去,完成交给他的每项任务,不是绕着宗会的宅子飞奔,就是聚精会神地旁观练习课,缠着大伙教他本事。大多数情况下,他们都乐意帮忙,教他剑术和徒手格斗。至于投掷飞刀,他算是无师自通,很快就能在比赛中匹敌邓透斯和诺塔了。一有机会他们就玩飞刀比赛,很快就收获了大量飞刀,然后平均分给大家。

"怎么不分给我呢?"见他们分配战利品,弗伦提斯不禁抱怨道。

"你还不是正式的兄弟,"邓透斯告诉他,"等你成了,赢多少都是你的。在此之前,我们都有份,算是我们教你的报酬。"

最让人吃惊的是,弗伦提斯完全不怕小花脸。别的孩子都提心吊胆,他却能没心没肺地跟小花脸玩闹扭打,每每被那只恶犬轻而易举地甩开时,他还乐得咯咯直笑。维林最开始也很担心,但他发现小花脸自有分寸,从来没有咬伤或者抓伤弗伦提斯。

"在它眼里,这小子也是个狗崽子,"耶克林宗师解释,"大概它觉得这小子也是你养的,就把他当弟弟对待了。"

弗伦提斯还有一项殊荣,他是唯一一个没有挨壬希尔宗师责打的男孩。不知为何,负责马厩的宗师从不对他动手,只是指派任务,然后默默地看着他完成。宗师的表情比往常更加古怪,好奇中混杂有迷惑和遗憾,维林决定让弗伦提斯尽量少去马厩。

"壬希尔宗师怎么了?"有天晚上弗伦提斯问维林,后者正在教他基本的格挡动作,"他脑袋有毛病吗?"

"我对他了解不多,"维林回答,"他对养的那些马了如指掌,这一点毫无疑问。至于他的脑袋是怎么回事,宗会里的艰难生活显然能影响人的心智。"

"你以后也会这样吗?"

维林没有回答,而是一抡木剑,照着弗伦提斯的脑袋砍过去,男孩勉强挡住了这一击。"留神,"维林厉声喝道,"宗师可不像我这么客气。"

与弗伦提斯共同生活的日子过得很快,他的活力和没心没肺的热情让大家忘却了苦难,连诺塔都有了生气,接过了教导他射箭的任务。知识试炼之前那段时间,维林就留意到诺塔在给邓透斯补习时展露出的教授能力,如今那一幕再度重演,别的男孩时不时对弗伦提斯丧失耐心,尤其是巴库斯,但诺塔从来不急不躁。

"不错,"当弗伦提斯试着往不超过一码远的靶子射箭时,诺塔说,"拉弓弦的同时往前推弓臂,这样更容易拉开。"

多亏了诺塔,弗伦提斯在第一次正式训练中,成了唯一一个命中靶子的男孩。

"我能跟你们住一起吗?"那天晚上弗伦提斯问,次日他就要搬到自己那个组的房间。

"你必须进组。"维林说。他们正在狗舍里,而小花脸正守着怀有身孕的母狗。如今它不让任何人接近笼子,配偶的身体状况激发了它强烈的保护欲,连耶克林宗师靠得太近,它都要发起攻击。

"为什么?"弗伦提斯问,抱怨的语气少了许多,但仍然听得出来。

"因为我们不能在训练中陪伴你,"维林说,"你明天就会有自己的兄弟。你们将会相互帮助,共同面对试炼。宗会向来如此。"

"如果他们不喜欢我呢?"

渡鸦之影 血歌

"喜欢不喜欢在这里无关紧要。我们之间的联系超越了友谊。"他用肘子推了推弗伦提斯,"别担心。你比他们懂得多,他们会找你请教,只要别太骄傲就行。"

"你们还会教我吗?"

维林摇摇头:"你要接受豪恩林宗师的指导。该他教你了,我们不能插手。他这人讲道理,你只要不激怒他,就不会吃杖子。好好听他的话。"

"那我还能给你们偷东西吗?"

这倒是维林没想到的问题。弗伦提斯轻轻松松就能搞到值钱的玩意儿,他一走,对兄弟们是惨痛的损失。他们现在的衣物、钱币、护身符、飞刀以及各种杂物多的是,对于在宗会的生活有所改善。真如他所说,他从来没有被逮到过。但其他男孩很快就注意到了,大量贵重物品的遗失是在弗伦提斯来宗会后不久发生的,于是某天晚上在餐厅里大战了一场,好在他们现在既有力气又有技艺,足以自保,对抗年长的男孩也不落下风。后来索利斯宗师出面,通过维林要求弗伦提斯暂时收手,类似的事件便没有发生了。

"你现在要为自己组里的兄弟偷东西了,"维林不无遗憾地对他说,"但你可以跟我们交换。"

"还以为以后都不能跟你说话了。"

"当然能说话。每个埃特里安日傍晚来这里见面吧。"

"耶克林宗师能允许我养一只小狗吗?"

维林看看小花脸,发现它时刻提防着,身子绷得很紧,眼里闪烁着敌意,当下便明白了,即便是他,进笼子也要挨上一两口。"我看耶克林宗师也做不了主。"

第二部

第二章

韦斯林月当中的冬至庆典过后就是团战试炼。五十来个岁数相当的男孩平均分为两组，所持武器换回木剑。练习场上，一杆顶头系着红色锦旗的长枪插在冻土里。维林惊讶地发现好些宗师都站在训练场的周围，连鲜少离开熔炉的耶斯廷宗师也到场了。

"战斗是我们神圣的使命，"众人列队聆听宗老训话，"这是宗会存在的意义。我们为保卫信仰和疆国而战。今天，你们要打一场仗，一方夺旗，另一方守旗。诸位宗师都到场观看。若有哪位兄弟在战斗中勇气不足、技艺不精，明早将被遣散。好好打，牢记所学的知识。不准下死手。"

等宗老走出训练场，两组人相对而视，眼神中混杂着担忧和兴奋。大家很清楚这意味着什么，如果没有禁止下死手、换回真剑，这一天势必血流满地。

索利斯宗师走过来，交给维林这一方若干红丝带，并吩咐他们系在左臂上。旁边的豪恩林宗师给他们暂时的敌人递上了白丝带。"你们进攻，白方防守，"索利斯对他们说，"只要有人碰到长枪，战斗就结束。"

系白丝带的敌方在长枪前面摆出松散的阵型，这时维林看见宗老正在与三个陌生人相互致意。其中两个是男人，一人高大魁梧，另一人精瘦紧实，长长的黑发在风中飞舞。还有一人个子很小，裹着毛皮，紧靠在大个子身边。

"那人是谁，宗师大人？"当索利斯走过来发丝带时，他问道。今天显然不宜提问。

渡鸦之影 血歌

"集中精神参加试炼,小子!"索利斯气得扇了一下他的脑袋,"今天分心你就死了。"

等众人在胳膊上系好丝带后,再看看一百码开外的防守方,不知怎的,感觉对方的人数有所增加。

"我们怎么打,维林?"邓透斯满怀期待地望着他。

维林正要耸肩,却发现大家都投以期待的目光,不光是组里的兄弟,其他人也都一样。唯有诺塔除外,他正漫不经心地抛起木剑再接住,似是百无聊赖。维林绞尽脑汁想弄个作战计划出来,但他们目前所学的只是作战,没有接触过战术。他听说过侧翼迂回和正面强攻,却不清楚如何实施。他听过的大部分战场故事,都是某位英勇的兄弟单枪匹马夺取胜利,而且他们要么是攻城,要么是守桥,从来没有争夺长枪的。长枪……长枪有什么用?

"维林?"凯涅斯敦促道。

"这不是真正的战斗。"维林说出了他的想法。

"什么?"

战斗并不会因为有人摸到长枪就结束,只有当一方消灭了另一方才结束,所以这只能叫做团战试炼。他们只是想看我们打斗,仅此而已。长枪没什么意义。

"我们直接冲过去,"他大声说道,尽力表现得自信而果决,"我们要又快又猛地插进他们的阵列,破阵而出,长枪就到手了。"

"这种策略可不算高明,兄弟。"诺塔说道。

"你想带头?"

诺塔歪着头笑了:"我做梦都没想过。我相信你的计划能行。"

"列队,"维林下令,"队形收紧。巴库斯,你跟我打前锋,还有你,诺塔。你俩也是。"他挑了两个强壮的兄弟,他知道这两人比起大多数兄弟都凶悍。"凯涅斯,邓透斯,跟紧,我们夺长枪的时候,你们负责挡开他们的人。剩下的人,你们都听见宗老的话了。如果不想明早领到遣散费,就挑一个对手,把他揍趴下,揍完了再找一个接着揍。"

众人的欢呼令他始料不及,随着刺耳的叫喊声响起,木剑高举如林。他加入其中,挥舞木剑,跟大家一起叫喊,感觉有点傻里傻气。出乎意料的是,大家叫得更响了,甚至有人喊起了他的名字。

队伍前进时,他先是让大家步行。短短的工夫,一百码开外的敌方就近了许多。

"维林!维林!"

他带领大家小跑起来,希望尽可能节省体力来打斗。

"维林!维林!"

有些男孩忍不住尖声嘶喊,凯涅斯就是其中之一。行进到半途,队伍的步伐开始加快。看来他的小军团迫不及待地想与敌人对阵。有人甚至开始狂奔。

"稳住!"维林大喊,"不要分散!"

"维林!维林!"他环顾四周,看到都是因愤怒而扭曲的面孔。是恐惧,他明白。他们用愤怒掩饰恐惧。而他并不愤怒。其实他最关心的是别再添新伤。上次他骑马时摔了下来,摔得相当厉害,大腿上多了一处很深的伤口,不久前才拆线。

"维林!维林!"

此时所有人都往前狂奔,队形逐渐散乱。邓透斯不听指挥,狂喊着冲在最前面。

噢,愿信仰保佑!维林全速冲刺,剑指敌阵最中央:"冲啊!冲啊……"

攻守双方轰然相撞,骨骼爆响,维林试图撞翻两个守方兄弟,结果跟撞到树上一样,肩膀一阵剧痛。刚开始,他们势如破竹的进攻似乎能杀出一条直达长枪的血路,五六个守方兄弟挡不住他们的合力冲击,纷纷倒地,巴库斯跨过倒地的几人,直奔锦旗杀去。可惜,对方

渡鸦之影 血歌

见势不妙，很快从两侧扑上来，凶猛异常。有两人疯狂挥舞着桦木剑，同时攻向维林，却忘了许多平日所学。他挡开一击，躲开另一击，挥剑扫中了一个男孩的腿部，将其打倒在地。另一人刺向维林，却用力过头，维林顺势绞住他的执剑手臂，一个头槌把他撞得踉跄不稳。

激战正酣，木头的崩裂声和吃痛的闷哼声此起彼伏，不绝于耳，让人很难判明情势。时间碎裂为片断，双方挤成一团，难解难分，维林只来得及匆匆一瞥，扫视周围的伙伴：巴库斯双手持剑，四面乱打，随着一声声闷响，凡是不小心靠得太近的人都挨了他的教训；邓透斯前额流血，剑也丢了，正赤手空拳跟一个比他高约尺余的男孩对打，还明显占了上风；凯涅斯跳到对手的背上，用剑卡住那人的喉咙，将他掀翻在地，却被一个守方兄弟踢到脑袋，摔得四仰八叉。维林往他的方向杀过去，奋力挤开缠斗不休的孩子们，看到凯涅斯仰面躺在地上，之前被他卡住喉咙的那人正压着他打。维林一脚踹中那人的肚子，又抬剑打中对方的太阳穴，那人当即倒下，丧失了战斗力。

"这荣耀的滋味儿如何，兄弟？"他一边弯腰拉凯涅斯起来，一边问道。

"蹲下！"凯涅斯大喊。

维林单腿跪地，感到一阵剑风贴着他的头皮掠了过去。他一拧身子，将来者扫翻在地，又一剑打中了对方的鼻子。接下来，他们一路背靠背战斗，脚下时而绊倒昏迷或受伤的敌我兄弟，最后两人距离长枪不过几码之遥。有个守方兄弟瞅准最后一个展示勇气的机会，乱砍乱叫着朝他们猛冲过来。凯涅斯挡开他的一击，维林一剑打中他的肩膀，将其击倒在地，随着一声骨头碎裂的脆响，那人痛得缩起了身子。

然后就结束了，敌人没了，也没人再打。一片呻吟声中，到处是一瘸一拐或是来回打滚的兄弟，还有些早就不省人事。诺塔手执长枪而立，满头满脸都在流血。他看着维林走过来，面露微笑，嘴唇的伤口还挂着一颗黏稠的血珠子："真是好策略，兄弟。"

维林见他摇晃欲倒，赶紧扶住他，这才感觉自己浑身虚脱无力，双臂仿佛灌了铅。剧烈搏斗过后，胃里也是一阵翻江倒海。他完全不知道这一仗打了多久，可能有一小时，也可能只有几分钟，感觉像是做了一场噩梦，醒来时筋疲力尽。他看到巴库斯和邓透斯等十来个兄弟还站着，才松了口气。不过，邓透斯靠巴库斯健壮有力的手勾着脖子才能勉强站立。"怎么样，兄弟？"维林提高音量让宗师们听见，然后凑过去，似乎在听邓透斯说话，其实他眼下已经没力气发表演说了，"没错！打得漂亮！"

"试炼结束！"索利斯宗师跨进训练场，"扶伤员去医疗室，不要管昏迷的兄弟，留给宗师们照顾。"

"走吧，"维林对诺塔说，"我们帮你包扎。"

"我也想。"诺塔说，"可我怕是走不动路了。"他又晃了晃，维林忙稳住他。凯涅斯走过来，两人一起扶着他走出训练场，长枪还攥在他手里。邓透斯任由巴库斯架着，两只脚在地上拖着走。

"维林兄弟。"是宗老的声音，他身边站着那三个陌生人。

维林站住脚，尽力稳住诺塔："宗老大人。"

"我们的客人想见你。"宗老伸手示意三个陌生人。维林看清楚了那小个子，她是个跟自己年龄相仿的女孩，身形瘦小，肤色苍白，一头黑发，裹着不合身的黑色毛皮，攀着旁边那高大男子的胳膊……还有，这女孩长相很漂亮。她好像没注意到维林，眼睛始终盯着神志不太清醒的诺塔，那种表情是钦佩还是害怕，他说不上来。

"维林兄弟，这位是梵诺斯·艾尔·默纳。"宗老说。高大的男人上前一步，伸出手来。维林局促地跟他握了握手，同时勉强支撑住诺塔。一听到此人的名字，凯涅斯的身体都僵住了，但维林没什么感觉。他依稀记得父亲对母亲提过这个名字，就在父亲受命担任战争大

渡鸦之影 血歌

臣不久前，不过维林想不起那次谈话的内容。

"我认识你父亲。"梵诺斯·艾尔·默纳对维林说。

"我没有父亲。"维林不假思索地回答。

"对梵诺斯大人说话放尊重些，维林，"宗老唇边挂着淡淡的微笑，"这位是疆国之剑，北疆的守塔大臣。大人亲临此地，是本宗的荣幸。"

维林注意到梵诺斯·艾尔·默纳嘴角露出一抹笑意。"你打得不错。"他说。

维林示意旁边的诺塔："我兄弟打得更好，他拿到了长枪。"

艾尔·默纳打量了诺塔一阵子，维林意识到他也认识诺塔的父亲。"这小子打起来无所畏惧。对士兵而言并非可取之处。"

"我们效忠信仰之心皆无所畏惧，大人。"他觉得这个回答不错，但愿不是谎话。

守塔大臣转过身，伸手示意那个精瘦的长发男人。他跟女孩一样，有着苍白的皮肤和黑色的头发，但相貌不同，他有高颧骨和鹰钩鼻。"这位是我的朋友，瑟奥达部落的赫拉·达基尔。"

瑟奥达人。维林从没想过能亲眼见到一个瑟奥达人。他们是极其神秘的部族，据说从不冒险离开北大森的庇护，向来躲着外族人。对于绝少有勇气涉足北大森的疆国人来说，正是由于瑟奥达部落的存在，森林成了黑暗而神秘的地方。倒霉的旅人进了森林就出不来，类似的故事不胜枚举。

赫拉·达基尔对维林点头致意，他的表情难以捉摸。

"这位，"梵诺斯大人把身边的女孩稍稍往前拉了拉，苦笑道："是我女儿达瑞娜。"

她转过脸朝维林微笑，不知为何，维林的手掌直冒汗。"这位兄弟，你看起来是唯一没有受伤的。"

维林这才意识到女孩说得没错，他浑身上下都疼，毫无疑问明早起来只会更疼,但确实没有伤口。"纯属侥幸,小姐。"

她又看向诺塔,脸上满是关切之情:"他没事吧?"

"他没事。"凯涅斯说道,维林觉得他的语气略显粗鲁。

诺塔抬起头,昏昏然瞪着女孩,继而大感不解地皱起眉头。"你是罗纳人。"他说完,扭头问维林,"我们到北方了吗?"

"别紧张,兄弟。"维林拍拍他的肩膀,看到诺塔的头又垂下去才安心,"我兄弟不清醒,"他告诉女孩,"请原谅。"

"原谅什么?我是罗纳人。"她转身对宗老说:"我会点治疗术。如果需要帮忙……"

"我们有很多技艺高超的医师,小姐,"宗老回答,"感谢你的好意。现在,请到我的房里去,容这些兄弟们去照顾同伴。"

他转身向主楼走去,守塔大臣紧跟其后,另外两人则逗留了片刻。赫拉·达基尔久久打量着他们,目光从瘫倒在巴库斯怀里的邓透斯,挪到凯涅斯血糊糊的鼻子,又看看无力站起的诺塔,那难以捉摸的神情变成了显而易见的厌恶。"Il Lonakhim hearin mar durolin。"他用悲哀的语调说了句话,便走开了。

那个名叫达瑞娜的女孩听了有些尴尬,她临别前匆匆看了众人一眼,然后转身跟过去。

"他说什么?"听到维林发问,她不由得停下脚步。

见她如此犹豫,维林以为她要拿不懂瑟奥达语当借口,虽说她肯定能听懂。最终,达瑞娜还是开口了:"他说'罗纳人对待狗都没这么狠'。"

"说的是实情吗?"

她紧抿嘴唇,生气地皱起眉头:"我认为是的。"说完就走了。

诺塔的头无力地往后靠着,他咧着嘴对维林笑道:"她真漂亮。"然后便昏了过去。

渡鸦之影 血歌

◆

"说起来,北疆的守塔大臣怎么有个罗纳族的女儿?"维林问凯涅斯。

他们正在城墙上巡夜,在四年宗会生活中,定期站岗是麻烦事儿之一。今晚的城墙空空荡荡,少有人值守,因为很多男孩都在医疗室,不然就是伤势过重,无法轮岗,巴库斯就是这种情况。他等到回了房间,才发现背部有一道很深的伤口。

"估计有人往木剑里打了颗钉子。"他抱怨道。

他们将诺塔送到床上,尽量替他擦洗干净。所幸的是,他的伤看起来没有严重到必须缝合的地步,他们采取了最好的做法,就是给他的头部进行包扎,然后让他睡了。邓透斯的情况比较严重,他的鼻子可能又断了,而且时而清醒时而昏迷。维林认为他应该跟巴库斯一道去医疗室,凭他们的技术还无法缝合巴库斯的伤口。疲惫不堪的亨萨尔宗师安置邓透斯睡下,巴库斯则等缝合完毕,再抹上柯尔树油后就可以走。这种油虽然恶臭难闻,却能有效防止感染。有巴库斯照顾诺塔,他们俩便上城墙巡逻去了。

"梵诺斯·艾尔·默纳,"凯涅斯说,"是个难以捉摸的人。不忠君这种事本来就很难理解。"

"不忠君?"

"他十二年前被放逐到了北疆。据说是因为他质疑国王的命令,但谁也不能肯定。他当时还在战争大臣任上,雅努斯王虽说仁慈公正,可也无法容忍如此位高权重的朝臣有不忠的言行。"

"可他又回来了。"

凯涅斯耸耸肩:"国王素来胸怀宽广。据传言说,北方的林海与雪原之外爆发了一场大战,艾尔·默纳击败了跨越冰原而来的一支野蛮人大军。他可能是回来面见国王报捷,但我确实不大相信。"

他是父亲上任之前的战争大臣，维林恍然大悟。尽管那时候他很小，但依然能回想起当时的情形。父亲回到家，告诉母亲他将就任战争大臣。母亲冲进房间大哭了一场。

"那他女儿呢？"他驱散回忆，问道。

"都说是罗纳人的弃儿，在森林里迷了路，让他给撞见了。显然瑟奥达人允许他进森林。"

"他们肯定很尊敬他。"

凯涅斯深吸一口气："野人的尊敬一文不值，兄弟。"

"艾尔·默纳旁边的瑟奥达人对我们的修行也一点儿不尊敬。也许在他看来，我们才是野人。"

"你也太把他的话当回事了。宗会为信仰而存在，而信仰，轮不到他这种人品头论足。当然了，我确实很想知道守塔大臣为什么带他来，看我们的试炼看得目瞪口呆。"

"我觉得他不是来看试炼的，应该是有事找宗老谈。"

凯涅斯目光锐利地望向他："有事？他们之间有什么事好谈？"

"你不会完全没听到外面的传言吧，凯涅斯。战争大臣离任，第一大臣被处决，如今守塔大臣到了南方。这当中肯定发生了什么事。"

"这是一个多事的国度。所以我们有那么多历史故事。"

是战争故事，维林心想。

"也许，"凯涅斯继续说道，"艾尔·默纳来这儿还有别的原因，私人原因。"

"比如？"

"他说他和战争大臣曾是同僚，也许是想来看看你的近况。"

是父亲托他来看我的吗？维林心想。可为什么呢？看我活着还是死了？看我长了多高？数数我身上的伤疤？他强自压下溢满胸口的苦涩滋味，这滋味他再熟悉不过了。为什么要恨一个陌生人？我没有父亲可恨。

第三章

次日清晨，只有两个男孩拿到了遣散费，宗会判定其在试炼期间胆小怯战，或是技艺欠佳，难以精进。在维林看来，仅仅为了试炼，没有必要流这么多的血，害这么多兄弟伤筋动骨，但宗会对于这一传统向来没有争议，因为一切都为了信仰。诺塔很快就恢复如初，邓透斯也一样，不过巴库斯这辈子都要背着那条深深的伤疤了。

寒意日重，他们的训练项目也愈加专精。索利斯宗师的剑术复杂到了令人发指的地步，长柄战斧的课程也加强了密集阵型的训练。他们学习行军和分组机动，学习化零为整的布阵指令——布阵相当难学，很多男孩都因为左右颠倒或步伐错乱而吃杖子。经过几个月的艰苦训练，他们才真正理解所学的技能，又花了几个月，宗师们才对他们的成果表示满意。在此期间，他们还不能放松骑术训练，于是只能傍晚加练，利用日渐缩短的黄昏时间。他们找了一条赛马路线，是顺河岸延伸，再沿外墙返转的一条小径，长约四里，道路坎坷，障碍多多，符合壬希尔宗师的苛刻标准。那天傍晚，维林正是在赛马途中遇到了那个小女孩。

当时他正要策马跨过一棵倒伏的桦树，结果判断失误，导致唾沫星相当不满，前蹄一抬，把他掀下马鞍，重重摔在硬邦邦的冻土上。他听见大伙哈哈大笑着从身边飞驰而过。

"没用的畜生！"维林怒气冲天，边骂边爬起来，揉搓摔肿的屁股，"你只配去榨油坊。"

唾沫星恶狠狠地龇着牙齿，一只蹄子扒拉地面，然后又跑到一边，无所事事地嚼灌木叶子。壬希尔宗师在某次比较清醒的时候告诫他们,别把人类的感受强加在动物身上,尤其是那些脑子不比野苹果大的家伙。"马只对别的马有感觉,"他告诉大家,"它们想什么要什么,我们无从知晓,正如它们无法理解人类的想法。"看着唾沫星小心翼翼地转过身背对他,维林心想,如果宗师说的没错,那么他这匹马就是个异类,能表达人类才有的漠不关心的态度。

"你的马儿不怎么喜欢你。"

维林一眼就看到了她,双手下意识地摸武器。她约莫十岁,裹着御寒的毛皮,苍白的脸蛋露在外面,好奇地看着他,一点儿也不怕生。她从一棵粗壮的橡树后面走出来,戴着手套的小手握着一小束淡黄色花朵,他认出这种花儿叫冬华。此花在附近的林子长得特别繁盛,城里人有时来采摘。自从胡提尔宗师说这种花儿既不能吃也不能用药,他就不大理解城里人采去何用了。

"它可能想回平原吧。"维林一边答话,一边走向倒伏的桦树,坐在上面调整剑带。

出乎意料的是,小女孩竟走过来坐到他身边。"我叫艾罗妮丝,"她说,"你叫维林·艾尔·索纳。"

"正是。"自夏令集市过后,他已经习惯了被人认出来,每每接近城市,总能吸引许多目光和指指点点。

"娘说我不能跟你讲话。"艾罗妮丝又说。

"是吗?为什么呢?"

"我不知道,可能是我爹不喜欢吧。"

"那你也许真不该跟我讲话。"

"噢,我又没有那么听话。我可不乖。我不做乖女孩做的事。"

维林忍不住笑了:"乖女孩做的是什么事?"

"我不做针线活,不喜欢娃娃,我做的是不该我做的事情。我画画,但他们不想让我画画。我做事比男孩子还聪明,让他们觉得自己很蠢。"

维林正想笑，但见她一脸严肃。女孩的目光在他脸上扫来扫去，似是探究什么。这一举动本来会令人不快，但维林莫名地觉得很可爱。"冬华，"他朝那束花儿点点头，"你是来采花的吗？"

"噢，是的。我要把它们画下来，记录这是什么花。我有一大本册子，里面画满了花。我爹教我念它们的名字。他对花啊草啊懂得很多。你懂花草吗？"

"不怎么懂。但我知道哪些有毒，哪些可以治伤，哪些能吃。"

她皱起眉头，看着捧在手套中间的花儿："这些能吃吗？"

他摇头说："不能，也不能用药。几乎毫无用处。"

"它们是自然之美的一部分，"她说着，光滑的眉头皱了一条小缝，"这就是它们的用处。"

这次他没憋住，笑出声来："太对了。"他四下张望，没见着小女孩的父母，"你不会是一个人来的吧？"

"娘在树林里。我躲在橡树后面，等你骑马经过的时候好看看你，你摔下来的样子好有意思。"

维林看了看唾沫星，这家伙狡猾地一扭头望向别处。"我的马也这么想。"

"他叫什么名字？"

"唾沫星。"

"好难听。"

"因为它难看，我还有条狗，更难看。"

"我听说过你的狗。它跟马一样大，你在野外试炼的时候，跟它斗了一天一夜才制服它。我还听说过好多有关你的故事，我都记下来了，但必须把本子藏起来，不让爹娘看到。我听说你一个人打败了十个人，已经被选定为第六宗的下一任宗老。"

十个人？他吃了一惊。上次听说还只有七个人。等到我三十岁时，怕是变成一百人了。"只有四个人，"他说，"我也不是一个人对付他们。下一任宗老必须等现任去世或是辞职后才能选举。我的狗也没有马那么大,我也没跟它斗上一天一夜。如果真跟它斗,我撑不了五分钟。"

"哦。"她听起来有点丧气,"我回去改。"

"抱歉。"

她微微耸了耸肩:"我小时候,娘说你会来跟我们住,当我的哥哥,可你一直没来。爹很难过。"

他忽然心神大乱,浑身发虚,一时间只觉得天旋地转,差点站不稳。"你说什么?"

"艾罗妮丝!"一个女人钻出林子,急匆匆地朝他们走来。那是个漂亮女人,一头乌黑的卷发,披着素净的羊毛斗篷。"艾罗妮丝,过来!"

小女孩不胜其烦地噘起嘴:"她要把我带走了。"

"对不起,兄弟。"女人气喘吁吁地走过来,拉起女孩的手拽到身边,用两只胳膊护住她。尽管女人的情绪很激动,但维林看得出来,她对女孩非常温柔。"我女儿好奇心很强。希望她没有过分打扰你。"

"她叫艾罗妮丝?"维林问道。他此刻已稳住心神,语气麻木得近乎冰冷。

女人紧紧地搂着女孩:"是的。"

"请问您尊姓大名,夫人?"

"希娜。"她勉强挤出笑容,"希娜·贾思提。"

没有印象。我不认识这个女人。那女人的神情里,除了对女儿的关心,似乎还有别的什么东西。她认识我。她认得出我的相貌。他又看看小女孩,仔细观察她的脸蛋。和母亲一样漂亮,一样的下巴,一样的鼻子……不同的是眼睛,黑色的眼睛。仿若寒风掠过,云开雾散,麻木又变成冷酷。"你几岁了,艾罗妮丝?"

"十岁零八个月。"她回答得很快。

"快十一岁了。我父亲送我来这里时，我就是十一岁。"他发现女孩的手空着，才发现花束掉在地上。"我一直想知道他为什么这样做。"他弯腰伸手，小心翼翼地捡起冬华，生怕折断了花茎，然后走过去蹲在艾罗妮丝面前。"别忘了花儿。"他对着女孩笑，女孩也对着他笑。他尽力记住女孩的模样。

"兄弟……"希娜张了张嘴。

"你们不要在此久留。"他站起身，走向唾沫星，抓紧缰绳。马儿似乎明白他的想法，十分配合地由他骑了上来。"冬天的林子不太安全，你们以后去别处采花吧。"

他望着希娜，那女人正紧紧抓着女儿，极力克制恐惧。最后她终于开口："谢谢，兄弟。我们会记住你的话。"

他忍不住最后看了艾罗妮丝一眼，然后催促唾沫星奋蹄飞驰。这一次，他毫不犹豫地越过倒伏的树木，挟风带雷地钻进林子，把小女孩和她妈妈远远地抛在身后。

我一直想知道他为何这么做……现在我知道了。

◆

日月如梭，寒霜渐消，春意融融。这段时间，维林少言寡语，只在非说不可的情形下才开口。他每日训练，看着小花脸的崽子出生，听着弗伦提斯讲述欢乐的宗会生活，骑着那匹坏脾气的马，但他很少说话。自他遇见艾罗妮丝以后，那种寒冷和麻木的空虚感常驻心中，挥之不去。他时常想起她的样子，那脸型，那乌黑的眼睛。十岁零八个月……他母亲去世不过五年。十年零八个月。

凯涅斯找机会跟他聊天，为了吸引他的注意，还讲了一个尤里希森林大战的故事，那次仑法尔和阿斯莱的军队激战了一天一夜。这场战争发生在疆国建立之前，雅努斯当时只是领主，尚未称王，疆国的四大封地各自为战，纷争不断，如同困在麻袋里的四只野猫。而雅努斯凭借智慧之言、锋利之剑和信仰之力，最终统一了王国。第六宗之所以参战，是因为天下大统、四土归一的愿景，令信仰尤为重要。是第六宗冲破了仑法尔的防线，赢得了那一战。维林静静地听着，一言不发。他以前听过这个故事。

"……他们把仑法尔的领主塞洛斯带到国王面前，他受了伤，身背镣铐，居然还敢轻蔑地吐口水，说是死也不向自以为是的小崽子下跪。令人吃惊的是，雅努斯王笑了。'我不要你下跪，兄弟。'他说，'我也不要你的命。没有你的辅佐，疆国大业难成。'塞洛斯领主的回答是……"

"'你所谓的疆国只是痴人说梦。'"维林插嘴道，"然后国王大笑起来，他们为此争论了一天一夜，争论变成了探讨，最后塞洛斯领主见识了我王治国的大智慧。从此之后，他成为国王最忠诚的臣子。"

凯涅斯的脑袋耷拉下来："我以前给你讲过。"

"一两次。"他们站在河边，看着弗伦提斯带同组的小男孩跟小花脸的崽子们玩耍。母猎犬总共产下六只崽子，四公两母，躺在狗舍里，被母亲舔得皮毛尽湿，没有一点儿凶样。它们长得非常快，现在已经是正常犬只的一半大小了，不过爱玩的劲头与普通小狗没两样，欢跑起来磕磕绊绊。弗伦提斯得到了给它们起名字的权力，可惜他实在缺乏想象。

"大砍！"他挥着棍子，召唤最喜欢的一只小狗，它是这一窝里个头最大的，"过来，小子！"

"怎么了，兄弟？"凯涅斯问他，"为什么不太说话？"

维林看着大砍飞奔过去，撞到了弗伦提斯，还舔得他满脸口水、咯咯直笑。"他喜欢这儿。"维林说。

"宗会确实很适合他，"凯涅斯同意他的说法，"他来之后长高了不止一尺，还有，他学东西很快。宗师们喜欢他，凡事不用吩咐第二遍。我感觉他都没吃过杖子。"

"我真不知道他以前过的是什么生活，居然能爱上这种地方。"他转过头，对凯涅斯说，"来这儿是他的选择。而我们不是。他是自己选的，不是被无情的父母送来的。"

凯涅斯凑近他，压低嗓门说："你父亲想接你出去，维林。你应该永远记住这件事。你跟弗伦提斯一样，都是自己选择留下的。"

十岁零八个月……娘说你会来跟我们住，当我的哥哥……但你一直没来……"为什么？他为什么想接我出去？"

"后悔？或是内疚？什么事都需要理由吗？"

"宗老曾告诉我，我来这里，是我父亲献身信仰和疆国的象征。如果他与国王不和，或许就会通过把我要回去，来表达截然相反的意义。"

凯涅斯的面色沉了下来："你太小看他了，兄弟。虽然我们接受的教导是与家人撇清瓜葛，但儿子恨父亲绝对不是什么好事。"

十年零八个月……"要恨一个人，你必须先了解他。"

第二部

第四章

随着夏天的到来,他们也迎来了传统的交换周,与其他宗会的兄弟姐妹交换训练。他们可以自由选择各个宗会。第六宗的男孩通常与第四宗交换,根据以往的经验,这两个宗会的兄弟日后联系最为紧密。然而维林选择去第五宗。

"第五宗?"索利斯宗师皱着眉头看他,"人体之宗,医疗之宗。你真要去那里?"

"是的,宗师大人。"

"你觉得去了那边能学到什么?更要紧的是,你能做什么?"他拿杖子敲了敲维林的手背,那上面尽是训练留下的伤疤,以及耶斯廷宗师熔炉里的铁水泼溅的痕迹,"你受这些伤可不是为了去治疗的。"

"我自有原因,宗师大人。"他知道有可能挨杖子,但很久以前就不觉得痛了。

索利斯宗师哼了一声,往前走去:"你呢,奈萨?想跟你兄弟一起去给老弱病残擦头抹汗吗?"

"我想去第三宗,宗师大人。"

索利斯看了他半天。"抄书人和藏书员。"他悲哀地摇摇头。

巴库斯和邓透斯没有做出特立独行的选择,他们去第四宗。诺塔喜形于色,只因他选了第二宗。"冥想与悟道之宗,"索利斯干巴巴地说,"你这一周就打算呆在冥想与悟道之宗?"

"回宗师大人,我认为花点时间冥想世间奥妙之事,我的灵魂定能受益匪浅。"诺塔的脸上挂着真挚的笑容,露出了一口好牙。这几个月来维林头一次想笑。

渡鸦之影 血歌

"意思就是你打算在自个儿屁股上坐一周。"索利斯说。

"冥想通常要有正确的坐姿,宗师大人。"

维林笑了,他实在忍不住。三小时后,他在训练场上完成了四十圈的罚跑,结果还没笑够。

◆

"维林兄弟?"宗会大门内有个身披灰色斗篷的光头男人。此人上了年纪,身材瘦削,维林看到他的牙齿却吓了一跳——那口牙齿如珍珠般洁白光亮,跟诺塔的很像,不过笑容很诚恳。老兄弟是孤身一人,正拿着拖把在铺满鹅卵石的院子里擦洗,那儿有块深褐色污渍。

"我来向贵宗宗老报到。"维林回答。

"没错,我们听说你要来。"老兄弟抬起门闩,拉开大门,"很少有第六宗的兄弟来本宗学习。"

"就你一个人吗,兄弟?"维林问道,抬脚跨进门,"我以为这种地方必须有人站岗。"

与第六宗不同,第五宗的宅子坐落在都城的城墙之内,位于城南贫民区当中,是一座高大的十字形建筑。在紧挨码头的一大片密集而又破败的房屋中,其白色的外墙格外醒目,仿若一座明亮的灯塔。维林以前没来过城南,他一来就明白了,为何招贼的人很少光顾这里:纵横交错的背阴小巷,垃圾成堆的大街小路,打埋伏再适合不过了。他不愿意踩脏了靴子到第五宗报到,因此穿街走巷时格外小心。他跨过一帮前夜喝醉了酒,横七竖八睡在街头的人,不理会他们胡言乱语的叫喊,那些家伙要么是喝得不够,要么就是喝高了。随处可见无精打采的妓女,她们只是漠然地投来一瞥,没人招徕他,因为宗会的小子根本没钱。

"噢,我们从来不担心这个。"老人说着关上了门,维林发现门上没锁,"这样子已经十年有余,一向平安无事。"

"那你为什么还要看门呢?"

老兄弟不解地看着他:"这是医疗之宗,兄弟。人们常来寻求帮助,要有人接待他们。"

"噢,"维林说,"有道理。"

"当然还有我的老伴贝丝。"老兄弟走进一间狭小的砖砌小屋,看来这便是守卫室。他出来时拿了一根橡木棍。"以防万一。"他说着递给维林,似乎想听听专业意见。

"这……"维林掂了掂棍子,随手一挥,然后递还回去,"这家伙不错,兄弟。"

老人看起来很高兴。"宗老派我看门,我就亲手做了一根防身。我的手不灵活,不能接骨和缝合,懂我的意思吧?"他转过身,快步往宅子走去,"来,来,我带你见宗老。"

"你来这儿很久了吗?"维林一边问,一边跟了上去。

"也就五年左右,当然没算上训练时间。我大半时间都在城南港口。我告诉你,这世界上叫得出名字的瘟疫和疾病,水手全都能染上。"

老兄弟并没有带他去主楼大门,而是绕过去进了侧门。里面是一条长长的走廊,没有什么装饰,充满了混杂酸甜味儿的刺鼻香气。

"醋和薰衣草,"见他皱鼻子,老人解释道,"用来驱散这儿的污秽之气。"

他带着维林经过许多房间,那些房间虽小,里面却摆了不少空床。最后,他们走进一个圆形的房间,从地面到天花板都铺着白瓷砖。房间中央的桌子上躺着一个年轻人,赤身裸体,正痛苦地扭动。两位身着灰袍、体格魁梧的兄弟合力按住此人,第五宗宗老埃雷拉·艾尔·蒙达正检查他腹部临时包扎过的伤口。年轻人的嘴里箍了一根皮带,因此听不见他的惨嚎。房间四周由低到高摆了几圈长凳,不同年龄、同着灰袍的兄弟姐妹们坐于其上，观看场下的这一幕。他们纷纷望向维林，引起了一阵小小的骚动。

"宗老大人，"老人高声说道，话音回荡在房间，显得格外响亮，"第六宗的维林·艾尔·索纳兄弟求见。"

埃雷拉的目光从那年轻人的伤口上挪开，转了过来。她的脸上挂着笑容，前额溅上了一道新鲜的血迹："维林，你长高了。"

"宗老大人，"维林点头行礼，"听候您的调遣。"

躺在桌上的年轻人弓起背，皮带底下传出痛苦的呜咽声。

"你也看到了，我手上的病人伤情严重，"埃雷拉宗老说着，从旁边的桌子上拿起一把剪刀，剪开年轻人身上脏兮兮的绷带，"今天凌晨，这人的肚子挨了一刀，看来是为了一位年轻小姐争风吃醋。鉴于他喝了不少麦酒，血中已有红花，我们不能再加量了，不然他有性命之虞。所以，我们动手时，他只能忍忍了。"她放下剪刀，伸出手，一位年轻的灰袍姐妹将一把长刃器具递到她手中。"更令他痛苦的是，"埃雷拉宗老接着说，"刀尖断在他肚里，我们必须将其取出。"她抬起头，看着坐在长凳上的众人，"谁能说出原因？"

大多数围观的兄弟姐妹都举起手，宗老对前排的一位灰发男人点点头："英尼斯兄弟。"

"是因为感染，宗老大人，"那人回答，"断刃有可能污染伤口，导致溃烂，还有可能伤及血管和脏器。"

"回答得很好，兄弟。所以我们必须检查伤口。"她俯下身子，左手扒开伤口，右手伸进去检查。年轻人的惨叫声竟然穿透了皮带，响彻整个房间。埃雷拉宗老稍稍后退，看了看两位按住年轻人的壮实兄弟，嘱咐道："务必按紧了，两位兄弟。"

年轻人开始剧烈扭动，脑袋重重地撞击桌子，有只胳膊竟然挣脱出来，双腿也不住地乱蹬，差点踢到宗老，宗老只好往后退了几步。

维林走到桌边，伸手捂住年轻人的嘴，把他的脑袋按在桌上，然后俯身靠近,与他四目相对。"疼痛,"他盯着那人的眼睛说道,"是火苗。"维林手上用力,那人眼中满是恐惧。"集中精神。疼痛是你意识中的火苗,看着它。看着它!"那人的鼻息喷到维林的掌心,异常滚烫,但挣扎没那么剧烈了。"火苗变小了,越来越小,虽然很刺眼,可小了许多。看见了吗?"维林靠得更近了,"看见了吗?"

年轻人以难以察觉的幅度微微点头。

"集中注意力,"维林告诉他,"别让它烧起来。"

维林就这样按着他,不停地盯着他的眼睛说话,与此同时,埃雷拉宗老熟练地处理伤口。年轻人呜咽着,目光时而飘走,而维林总能将其拉回。终于,传来一声器具落盘的钝响,紧接着宗老说:"针和肠线,谢琳姐妹。"

◆

"索利斯宗师把你教得很好。"

此刻,他们在埃雷拉宗老的房间里,这儿的书籍和纸张比阿尔林宗老房间里的还多。第六宗宗老的房间称得上混乱,而这间房井然有序,整洁如新。墙壁上挂满了层层叠叠的各种图画和图解,几乎都是去除了皮肤或肌肉的可怖人体。桌后那面墙上挂的画尤其吸引他的目光,画上是一个男人,四肢伸展,从脖子切到胯部,皮层左右揭开,露出了体内的脏器,个个画得清清楚楚,惟妙惟肖。

"宗老大人,此话怎讲?"他强行挪开视线。

"你方才所使用的疼痛控制法,"宗老解释道,"索利斯可是我最得意的门生。"

"他是您的门生,宗老大人?"

"是。我们一起在东北边境服过役,那是很多年前了。不忙的时候,我就教第六宗的兄弟们如何放松以及疼痛控制法。虽说那是打发时间,但索利斯兄弟学得非常专心。"

他们互相认识，曾经共同服役，甚至讲过话，这令人难以置信，但宗老是不会说谎的。"我很感谢索利斯宗师的智慧教导，宗老大人。"这样的回答最保险不过了。

他的眼睛又瞟到了那幅画，宗老回头看了看，说道："不可多得的杰作，对吧？这是第三宗的本瑞·莱列尔宗师所赠。他在我们这儿待了一周，专门画病人和刚刚去世的死者。他说他很想在作品中捕捉灵魂的苦痛。他打算绘制一幅纪念掐脖红的壁画，来这儿是做前期的准备，我们当然很欢迎他过来。等他完成了工作，便把这幅画送给了本宗。我拿它讲授人体的奥秘，教导新来的兄弟姐妹。宗会所藏典籍的插画没有这般清晰明了。"

她转过头："你早上做得很好。我觉得其他兄弟姐妹能从你的示范中获得启发。你不怕见血？有没有头晕或者难受？"

这是开玩笑吗？"我见惯了血，宗老大人。"

她的眼睛一瞬间阴云密布，随后那惯常的笑容又回来了："看到你长这么壮实，慈悲也没有弃你的灵魂而去，你不知我有多高兴。可我很想知道，你为什么选择到这儿来？"

他可以撒谎，但对埃雷拉宗老不行。"我想您或许可以回答我的问题。"

"什么问题？"

这些没头没脑的问题似乎毫无意义可言。"我父亲什么时候有的私生女？为什么送我到第六宗？在我参加跋涉试炼时，为什么有刺客来取我的性命？"

她闭上眼睛，面无表情，呼吸平稳。她这样保持了好几分钟，维林以为她不打算说话了，却见一滴泪珠划过她的脸庞。是疼痛控制法，他心想。

她睁开眼睛，迎上维林的目光："很遗憾，我无法回答你的问题，维林。请你放心，我们非常欢迎你到此学习，我相信你能学到很多东西。你去找西楼的谢琳姐妹报到吧。"

◆

谢琳姐妹就是在白砖房里协助宗老的年轻女人。维林在西楼走廊旁的一个房间里找到她时,她正在给受伤男子的腰部缠绷带。那人的皮肤呈现病态的灰白色,浑身汗水涔涔,但呼吸似乎还算平稳,表情也并不痛苦。

"他能活下来吧?"维林问她。

"但愿如此。"谢琳姐妹系紧了绷带,然后在水池里洗手,"不过,在本宗服侍的经验告诉我们,死亡往往不期而至。把这些拿上,"她示意角落里那堆血迹斑斑的衣服,"要清洗干净,等他走的时候要有衣服穿。洗衣房在南楼。"

"洗衣房?"

"是的。"谢琳姐妹望着他,脸上带着不易觉察的笑意。维林不想看她,却又不由自主地注意到了对方的样貌。她身形苗条,一头深色卷发束在脑后,脸蛋确实年轻漂亮,但那双眼睛不知怎地,显露出与年龄不符的老成。她一字一顿地念出来:"洗衣房。"

维林倍感挫败,她颧骨的曲线、嘴唇的形态,还有眼里的神采,无不带着戏谑的快意。他赶紧抱起衣服,去找洗衣房。当他来到蒸汽四溢的洗衣房,发现这些衣服不用他亲手洗,才算松了口气。因为在谢琳姐妹那儿碰了一鼻子灰,这里兄弟姐妹的热情欢迎着实吓了他一跳。

"维林兄弟!"一个大汉声如洪钟地向他打招呼,此人虎背熊腰,茂密的胸毛挂满汗珠。他一拍维林的背,简直像把大锤砸了上来:"我盼了十年,就盼第六宗的兄弟走进我们宗的门,到底等来了,还是他们最鼎鼎大名的小子。"

"我很高兴来这儿,兄弟,"维林要他放宽心,"我是来洗衣服的……"

"瞎说啥呢!"他一把抓过维林手里的衣服,扔进一口石砌的大池子里,洗衣工正围着池子干活。"交给我们。来见见大伙儿。"

看来这个汉子是宗师,而非普通兄弟。他名叫哈宁,不在洗衣房轮值的时候,他负责给新人讲授骨骼的奥妙。"您讲骨骼,宗师大人?"

"是的,孩子,就是骨骼,它们如何连接、如何运作、如何修复。我都记不清给多少人接过骨了,都是手腕。你回去之前我教你怎么接,指不定你的手腕先让我给折了呢。"他大笑起来,豪爽的笑声震得房间嗡嗡作响。

那些兄弟姐妹纷纷聚拢,向维林致以问候,他只觉得无数个名字和无数张脸孔扑面而来。对于他的到来,所有人都表现得热情过度,问题也接踵而至。

"告诉我们,兄弟,"名叫柯李斯的瘦削兄弟问道,"你们的剑真是星银锻造的吗?"

"那是传闻,兄弟,"维林答道,他没忘记保守耶斯廷宗师的秘密,"我们的剑虽然锻造精良,但所用的只是普通的钢。"

"他们真的让你们到野外生存吗?"名叫汉娜的年轻姐妹问道,这女孩长得胖乎乎的。

"只有十天。这是一项试炼。"

"失败了就会被遣散,对吗?"

"那要看你能不能活那么长。"是谢琳姐妹的声音,她正抱着胳膊站在门口,"对不对啊,兄弟?你的很多兄弟都在试炼中死了吧?那些才十一岁的小男孩。"

"艰苦的训练只为艰苦的生活,"维林答道,"试炼是让我们做好保卫信仰和疆国的准备。"

她挑起一边眉毛:"既然哈宁宗师没什么事要你做,你去擦洗教学室的地板吧。"

于是维林去擦洗教学室的地板了，还打扫了西楼所有的房间。等他干完了活，谢琳姐妹又要他将纯酒与水混合起来煮沸，浸泡宗老给年轻人处理伤口所用的器具。她说这是杜绝传染。接下来也是类似的苦差事，不是擦便是洗，再就是刷。他的双手很能吃苦，但很快就发现干这种活儿不大听使唤，等到谢琳姐妹说他可以去吃饭时，手上的皮肤因为浸泡皂水和擦洗过度而发红了。

"我什么时候可以学习治疗？"维林问道。此时他们在教学室里，谢琳姐妹正往一块白布上摆放各种器具。清理这些器具花了他整整两个小时，眼下借着从天窗透进来的光，它们正闪闪发亮。

"你不学，"她头也不抬地答道，"你要干活。等到我认为你不碍事了，就允许你旁观我是怎么照料病人的。"

他脑子里瞬间涌出了各种回应，有刻薄的，有机智的，但无论哪种回应，都只能显得他太孩子气。"悉听尊便，姐妹。你需要我什么时候来？"

"我们这儿五点开工。"她夸张地吸了吸鼻子，"开工之前，你要好好洗洗，洗掉你身上难闻的味儿。你们在第六宗不洗澡吗？"

"每三天我们到河里游一次泳。河水很冷，夏天也不暖和。"

她没说什么，放了一个样式奇特的器具到白布上——这玩意儿有两把相互平行的刀片，固定在某种螺旋装置上。

"这是什么？"他问。

"肋骨牵开器，我们用它能接触心脏。"

"接触心脏？"

"有时候心跳停止了，可以轻轻地按摩，让它重新跳动起来。"

维林看了看她的手，指细如葱，灵巧矫捷。"你能做到吗？"

她摇摇头："我尚未学习这种技艺。不过宗老可以，她几乎无所不能。"

"总有一天她会教你。"

她瞟了一眼维林,露出谨慎的表情:"你该去吃饭了,兄弟。"

"你不吃吗?"

"我晚点再吃,这里还有很多事情要做。"

"那我也留下来,到时候一起吃。"

她正在擦洗钢制盆子,听到这话,动作忽地一顿。"我喜欢一个人吃饭,谢谢你的好意。"

他强自咽了一口恶气,说道:"悉听尊便。"

◆◆◆

进餐期间的问题更多了,他们的好奇心极其强烈,还不如谢琳姐妹的冷淡态度来得清静。第五宗的宗师与学徒们共同进餐,于是维林坐在哈宁宗师的身边,周围是一群新进宗会的兄弟姐妹。令他吃惊的是,围坐桌边的新人年龄不一,最小的刚过十四岁,最大的竟有五十多岁。

"很多人上了年纪才进本宗,"哈宁宗师解释道,"我就是三十二岁进宗的,之前在疆国禁卫军三十步兵团,别号'突豕'。你肯定有所耳闻。"

"如雷贯耳,宗师大人,"维林信口胡扯,其实他压根没听说过,"谢琳姐妹来这儿多久了?"

"还是婴儿的时候就来了,先前在厨房干活,十四岁才开始接受训练。我们接受新人的最小年龄就是十四岁,跟你们宗会不一样吧?"

"的确,还有很多不一样的地方,宗师大人。"

哈宁爽朗地大笑,咬了一大口鸡腿。第五宗的食物与第六宗无甚差异,只是分量少些。维林照常狼吞虎咽、大快朵颐,结果桌边众人纷纷投来不解的目光,令他有些尴尬。"在第六宗吃饭要快,"他解释道,"慢了就没吃的。"

"我听说他们把挨饿作为惩罚。"汉娜姐妹说。她就是在洗衣房里见过的胖女孩,问题比谁都多,维林每次抬头都能感觉到她的视线。

"我们的宗师有比挨饿更实用的方法惩罚我们,姐妹。"他说。

"他们什么时候让你们打到死?"名叫英尼斯的瘦削男子问道。他的语气充满了好奇,维林没法跟他计较。

"是剑术试炼,在我们进宗会的第七年举行。这也是最后的试炼。"

"你们要跟本宗兄弟对打到死?"汉娜姐妹惊得目瞪口呆。

维林摇摇头:"我们的对手是三名死刑犯,杀人犯、江洋大盗,诸如此类。如果他们打败了我们,便视为逝者不接受他们前去往生,赦免其罪。如果我们打败了他们,我们便有了佩剑的资格,正式为宗会效命。"

"残酷,却也简单。"哈宁宗师说完打了个响嗝,拍拍肚子,"第六宗的训练方式或许在我们看来很严厉,孩子们,但是别忘记了,他们是保卫信仰的战士。过去,正是他们保护了我们的安全。如果不是他们,我们就不能安心照料和治疗信徒。好好想想吧。"

餐桌四周响起一片嗡嗡的赞同声,接着总算换了话题。在第五宗谈论的话题多是绷带、药草、各类疾病,再就是永远说不完的传染病。他原以为提起剑术试炼,只会心烦意乱,却发现自己波澜不惊。他和所有的兄弟一样,进宗会不久便知道剑术试炼了,那是每年一次的大事件,有许多城里人围观,但禁止宗会的学徒兄弟出席。他听过很多传闻,譬如久久决不出胜负的恶斗,因技艺不精无法通过最终试炼的可怜兄弟。然而,对于他已然经历的事情而言,这不过是将来所要面对的诸多危险之一罢了。或许这就是试炼的意义所在,令他们习惯危险,将恐惧作为生活的常态。

"你们有试炼吗?"他问哈宁宗师。

"没有，孩子。这儿不试炼。作为学徒的兄弟姐妹在宗会待满五年，接受我们的训练。很多人选择离开，或者被迫离开，留下的人学到治疗的技艺，然后宗会根据他们的能力分配任务。比如我，我在库姆布莱的都城待了二十年，负责照料一个规模很小的信徒团体。在背弃信仰的地方生存，实在不容易啊，兄弟。"

"国王明示，只要库姆布莱不将其自身的信仰传扬于外，那他们仍是疆国的兄弟。"

"我呸！"哈宁宗师啐了一口，"库姆布莱倒是慑于我王的利剑，被迫臣服于疆国，可他们贼心不死，四处宣扬渎信之说。信神的牧师找过我很多次，企图改变我的信仰。即便到了今日，他们的牧师依然源源不绝地跨境而来，在我信众之中宣扬异端邪说。我担心的是，要不了几年，我们两家宗会在库姆布莱可有得忙了。"他伤心地摇头，"可悲可叹，战争从来不是好事。"

他们为维林安排了南楼的一间房，除了一张床和一把椅子，别无他物。他迅速脱掉衣物爬上床，崭新而洁净的亚麻面料带给他一种陌生却又奢侈的感觉。虽然浑身舒坦，但睡意迟迟不来，哈宁宗师关于库姆布莱的言论在他脑海中翻腾。战争从来不是好事，然而宗师的眼里别有意味，似乎是对战争的渴望，恨不能立刻征伐异端横行的疆土。

谢琳姐妹的冷淡态度也困扰着他。她显然不想与维林深交，对第六宗也漠不关心，后者他无所谓，前者则令他心烦意乱。维林决定明天一早再加把力，获取她的信任。不管谢琳姐妹吩咐什么，他都二话不说地照办，只是担心她压根就不在乎。

可是，扰得他久久无法安眠的罪魁祸首，是埃雷拉宗老拒绝回答他的问题。维林一直以为她必会解答这些疑问，甚至都没有想过得不到答案怎么办。她肯定知情，这是毫无疑问的。可为什么她不肯告诉我呢？

第二部

他好不容易带着满脑子的疑问睡着了,而梦里,仍没有答案。

◆

天刚亮,他就强迫自己起床,来到庭园的水池边清洗全身,距离五点还有好一阵子,他便去报到了。谢琳姐妹却已经在场。"到储藏室取绷带,"她说,"求医的人很快就要登门了。"维林走过来时,她皱了皱眉头:"你闻起来……多少好点了。"

他借用了诺塔的把戏,强作笑颜:"多谢夸奖,姐妹。"

头一个登门的是一位膝关节僵硬的老人,讲起旧年当水手的经历没完没了。谢琳姐妹一边往他的膝盖上涂抹油膏,一边礼貌地听他忆当年,还给了一罐让他带回家用。第二个来的是一位瘦削的年轻小伙子,双手直抖,眼睛充血,抱怨说肚子痛得厉害。谢琳姐妹摸了摸他的肚子,号过脉,又提了几个问题,然后告诉他,第五宗不给瘾君子提供红花。

"去你的,宗会小婊子!"小伙子朝她啐了一口。

"嘴巴放干净点。"维林跨前一步,打算冲上去,见谢琳姐妹一瞪眼,便收住了脚。她无动于衷地站在原地,任那小伙子恶狠狠地骂了足足一分钟。那家伙一边骂,一边不住地瞟维林,最后夺门而去,骂声还在走廊里回荡。

"我不需要你保护,"谢琳对他说,"你的本事在这儿派不上用场。"

"我很抱歉。"维林咬紧牙关,挤出几个字,诺塔的绝技也施展不出来了。

来人年龄不一,体形各异,男女老少,父母子女,兄弟姐妹,什么人都有;跌打损伤,头疼脑热,什么伤病都有。谢琳似乎凭直觉就知道他们的病症所在,做起事来不停不歇,照顾病人一视同仁。维林在旁观看,按要求取来绷带或药物。他试图学点什么,注意力却全在

渡鸦之影 血歌

谢琳身上,她做事时的神情着实吸引人,平日的刻板和谨慎变成了怜悯和幽默,甚至讲起了笑话,与病人放声大笑。很多人她都认识。他明白了这些人为什么来。因为她关心大家。

于是他竭尽全力地帮忙,跑来跑去地拿东西,按住那些担惊受怕的病人,笨嘴笨舌地安慰送伤号来治疗的妻子、姐妹和孩子们。大多数只需要上点药,或是缝上几针,有些经常找谢琳看病的慢性病人,则要花很长时间,她提出一大堆问题,然后给出建议或是说几句安慰的话。

有两个伤势很重的男人被送了进来。第一个人被马车从肚子上碾了过去,那辆马车早已逃得无影无踪。谢琳姐妹摸了摸他脖子上的血管,然后双手握拳,抵住胸骨,开始按压。

"他的心脏停跳了。"她说着,手下不停,直到那人嘴里冒出血来。"他去了。"谢琳从床边退开,"去储藏室找辆推车,送他去南楼的停尸房。记得把他嘴里的血清理干净,家人可不乐意看到他这个样子。"

维林见过死人,但谢琳的漠然态度出乎他的意料:"这就完了?不能再做点什么吗?"

"一辆半吨重的马车从他肚子上碾过去,脏器全部压碎,脊椎压成齑粉。我无力回天。"

第二个重伤的男人是在傍晚时分,由疆国禁卫军送来的,此人身材矮壮,一支弩箭刺穿肩膀。

"对不起,姐妹,"军士一边向谢琳道歉,一边和两名兵士把男人抬到桌子上,"我们很不愿意耽搁你的时间,毕竟人都伤成这样了,可要是再死人,队长饶不了我们。"他好奇地看了一眼维林,注意到深蓝色的罩袍,"你来错宗会了,兄弟。"

"维林兄弟到此学习治疗术。"谢琳略作介绍,俯身检查矮壮男人的伤势。"有二十英尺?"她问。

"接近三十英尺。"一名禁卫军兵士猛地一吸鼻子,自豪地抬了抬手里的弩弓,"而且他在跑。"

"维林。"军士嘀咕着,目光落在维林身上,不住地上下打量,"是艾尔·索纳,对吗?"

"正是。"

三名兵士笑了,维林不喜欢这种笑声,他后悔早上把剑留在房里了。

"就是这位小兄弟,单枪匹马撂倒了十只乌鸦。"年轻的兵士说,"你比传闻的要高。"

"不是十个……"维林张口解释。

"真希望我当时在场,"军士打断了他的话,"最受不了那些该死的乌鸦,到哪儿都耀武扬威的。听说他们打算报仇,你要提防有人暗算。"

"从来不敢放松警惕。"

"兄弟,"谢琳插嘴道,"我要肠线、缝合针、探针、齿刀、红花和柯尔树油,要胶状不要液状。还有,再拿一碗水来。"

他立即照办,很高兴借机摆脱那帮兵士的盘问。他来到储藏室,将必需的器具装了满满一托盘,返回治疗室时,听见里面闹成一团。矮壮男人站了起来,背靠在房间角落,强有力的五指捏住了谢琳姐妹的喉咙。有一名禁卫军兵士倒在地上,大腿上插着一把刀。另外两人剑已出鞘,怒吼着威胁对方。

"我要出去!"矮壮男人大吼。

"你哪儿都去不了!"军士恶狠狠地应道,"放开她,我们给你条活路。"

"我要是进去了,独眼非宰了我不可。给我让路,不然我扭断这娘们的——"

维林从储藏室取来的齿刀比他通常使的飞刀沉一点,但扔起来并

渡鸦之影 血歌

不费力。那人的咽喉完全暴露在外,但他临死前的挣扎仍有可能拧断谢琳姐妹的脖子。这一刀刺进了那人的前臂,迫使他下意识地松开手,谢琳跌倒在地。维林从病床上一跃而过,将托盘里的器具撒得到处都是,然后他几记老拳抡过来,准确地击中脸部和胸部的神经中枢,瞬间放倒了矮壮男人。

"别,"谢琳躺在地上直喘粗气,"别杀他。"

维林看着那人神情木然地瘫软在地。"我杀他干吗?"他扶起了谢琳,"你伤着了吗?"

她摇摇头,往后躲开。"把他抬到床上。"谢琳嘶哑着嗓子对他说,"军士,拜托你们把受伤的同僚扶到旁边的房间去。"

"兄弟,要是你杀了他,那算是帮他大忙了,"军士嘴里嘟哝着,和另一名兵士扶起倒地的同僚,"明天他就要被绞死。"

维林费了老大劲儿把那人抬起来,矮壮男人浑身都是肌肉,相当沉重。维林把他抬到床上放平时,他痛得眼睛直眨巴,不住地呻吟。

"除非你还藏了一把刀,"维林对他说,"不然就躺着别动。"

男人怒目而视,但什么也没说。

"独眼是谁?"维林问他,"他为什么要宰你?"

"我欠他钱。"那人说,他疼得面孔扭曲,汗如雨下。

他想起了弗伦提斯讲的那些混迹街头的故事,那孩子一时冲动扔出飞刀,结果只好来寻求宗会的庇护。"你没进贡?"

"三枚金币。我拖欠了好久。不给钱不行,独眼讨厌不主动交钱的人。"那人咳了起来,鲜血沾到了下巴上。维林倒了杯水,递到男人嘴边。

"我听朋友说起过,有个孩子扔了把飞刀,害某人丢了只眼珠。"维林说。

矮壮男人咽了几口水,咳嗽缓解了:"是弗伦提斯。小家伙要是杀了那杂种该多好。独眼放话了,只要逮到他,就活剥他的皮,慢慢儿地剥上一年。"

维林暗自决定，早晚要会一会独眼。他细看那支仍插在肩上的弩箭，问道："为什么疆国禁卫军要射你？"

"我拿了满满一袋子香料，刚出仓库就让他们盯上了。那是好东西，我至少能换到六枚金币呢。"

他即将为了一袋子香料送命，维林心想。除此之外，还有刺伤禁卫军兵士，以及企图掐死谢琳的罪名。"你叫什么？"

"加利思。大家都管我叫爬手加利思，没有我爬不上的墙。"他咬牙切齿地勉强抬起前臂，齿刀还插在上面，"看来我是爬不成了。"他大笑起来，然后疼得一阵抽搐，"有红花吗，兄弟？"

"去准备酊剂，"这时，谢琳与军士一起回来了，"一份红花三份水。"

维林正要走，看到她的脖子被加利思掐得青紫："你应该处理一下。"

她眼中的怒气一闪而过，看得出来，她把临到嘴边的狠话咽了回去。不知道她生气是因为这件事证明她想错了，还是因为维林救了她的命。"请去准备酊剂，兄弟。"她的声音冰冷刺耳。

她花了一个多小时处理加利思的伤，用过红花后，再从他肩上拔弩箭——先是削断箭杆，接着扩张伤口，然后小心翼翼地拉出带有倒勾的箭头，加利思紧咬皮带，憋着没叫。接下来，她又处理插在胳膊上的小刀，因为伤口靠近主血管，情况更加复杂，不过只用了十分钟就取出来了。最后，她缝合伤口，涂抹胶状柯尔树油。加利思此时已失去知觉，脸色格外苍白。

"他失血过多，"谢琳对军士说，"现在不能走动。"

"等不了那么久，姐妹，"军士说，"明早就要将他带到治安官面前。"

"能通融一下吗？"维林问。

"我手下就在隔壁房间,腿上挨了他一刀,"军士答道,"这渣滓还打算杀了这位姐妹。"

"我不记得了,"谢琳边洗手边说,"你呢,兄弟?"

一袋子香料就要让一个人送命?"没印象。"

军士怒容满面:"此人是惯偷,是酒鬼,而且红花上瘾。只要他走出这儿,就会想办法把我们全都杀了。"

"维林兄弟,"谢琳说,"何时方可正当杀人?"

"保命之时,"维林不假思索地回答,"若非保命之时杀人,便是背弃信仰之举。"

小队长厌恶地撇起了嘴。"心慈手软的宗会傻子。"他嘀嘀咕咕地走出了房间。

"你知道他们无论如何也要绞死他吧?"维林问她。

她从染红的血水里抽出手来,维林递过一条毛巾。谢琳今天头一回与他对视,说话的语气十分笃定,近乎冰冷:"决不容许有人因我而死。"

◆◆◆

维林没去吃晚饭。他很清楚,先前的举动只会令他名头更响,到时候必定应付不来无休无止的提问和赞美。于是他躲到了塞林兄弟的守卫室,这位看门人便是前一天接待他的老兄弟。老兄弟很高兴他来做伴,而且相当克制,没有提问,也没有说起之前的事情,维林对此很是感激。结果老兄弟拗不过维林,讲了他在第五宗的经历,事实证明,不当勇士亦能体味战争。

"这是在海憎号的甲板上受的伤。"塞林翻转前臂,露出一块怪异的马蹄形伤疤,"我正给一个梅迪尼安海盗缝合腹部的伤口,他突然跳起来咬我,都快咬到骨头了。那时战争大臣刚刚烧了他们的城,所以我能理解他的心情。可我们的海兵把他扔进了大海。"他沉浸在回忆中，一脸痛楚，"我求他们别这样，但汉子们血气上涌，什么可怕的事都干得出来。"

"你是怎么上了战船的？"维林问。

"噢，我有好些年担任舰船大臣梅里什的贴身医师。多年前我治好了他的痘疹，他总觉得亏欠我。他是个好船长，视大海为母亲，视海兵为儿子，连梅迪尼安人都尊敬他，他常说他们是全世界最好的海战勇士。当战争大臣烧了梅迪尼安人的城，他的心都碎了。我跟你讲，两位大臣为此还大吵了一架。"

"大臣吵架？"维林很是好奇。塞林兄弟并不把战争大臣说成他父亲，甚至表现出一副毫不知情的样子，这在维林遇到的人当中极为少见。维林怀疑这位老人效忠信仰的时日太长，本能地将信徒与家人的联系割裂开来。

"对，是真的，"塞林接着说，"舰船大臣梅里什骂他是屠夫，残害无辜的刽子手，说他永远是疆国的耻辱。但凡听说此事的人，都以为战争大臣会拔出剑来，但他只说了一句：'大人，忠诚即我的力量。'"塞林叹了口气，拿起皮囊灌了一口，维林怀疑里面装的是某种混合液，不像马克里尔兄弟提到的兄弟之友。"可怜的老梅里什，班师途中就没出过房间，到了港口也不愿面见国王。不久后他就死了，那是在一次向西的航行途中，他的心脏停止了跳动。"

"你看见了吗？"维林问，"你看见他们烧城了吗？"

"看见了。"塞林兄弟又猛灌了一口，"全是亲眼所见。方圆几里火光冲天，但真正让人寒心的不是那景象，而是声音。我们战船所停泊的海面距离岸边有半英里之遥，却仍能听见那些惨叫，成千上万人，男女老少，全在大火里头惨叫。"他打了个寒战，又灌了一口。

"对不起，兄弟。我不该问的。"

塞林耸耸肩："陈年往事了，兄弟。人要走出来，要学会教训。"他望着愈来愈暗的天色，"你赶紧回去吧，不然今晚就没得吃了。"

渡鸦之影 血歌

维林在餐厅里见到了谢琳姐妹,她一如既往地独自吃饭。他坐到谢琳对面时,做好了劈头挨训或者冷言拒绝的心理准备,但她什么都没说。厨房师傅做了一堆好吃的搁在桌上,但她似乎只满足于一小盘面包和水果。

"我可以吃吗?"他指着那一大堆食物问道。

谢琳不置可否地耸耸肩,于是他动手取来火腿和鸡肉,开始狼吞虎咽,招来了她嫌恶的目光。

维林笑了起来,看到谢琳尴尬的表情,他竟有幸灾乐祸之感。"我饿了。"

她扭过头,脸上隐隐掠过一丝笑意。

"在第六宗没人独自吃饭,"维林对她说,"我们各有各组,同吃同住,共同战斗。我们互称兄弟可不是冠冕堂皇做做样子。这儿似乎不一样。"

"我的兄弟姐妹尊重我的隐私。"她说。

"因为你很特别吗?你可以做他们做不到的事。"

她吃了一口苹果,没有回答。

"那个贼怎么样了?"他问。

"还不错。他们把他搬到楼上,军士安排了两个人看守。"

"你要在审讯时为他辩护?"

"当然了。不过,如果你也为他辩护,或许能起到作用。我觉得你的话比我的更有分量。"

他灌了一口水,咽下满嘴的火腿肉:"到底是什么,姐妹,让你这么关心他那种人呢?"

她的表情严肃起来:"到底是什么让你漠不关心呢?"

他们沉默了好一会儿。最终,维林开口说:"你知道我母亲曾在这里受训吗?她当年与你一样,也是宗会的姐妹。为了嫁给我父亲,她离开了第五宗。她从来没有说过她为第五宗效命,从来没有提及在这里的生活。我来这里是想寻找答案，我想知道她的过去，我的过去，还有父亲的过去。但宗老什么都不肯说，只把我指派给了你，我想，或许这本身就是一个答案。"

"什么答案？"

"至少是我母亲的过去。或许在某种程度上，还解答了我是什么样的人。我和你不一样，我不是医师。如果可以的话，我今天不会放过那人。我杀过人。而你无法杀人，她也一样。这即是她的过去。"

"那你父亲呢？"

成千上万人，男女老少，全在大火里头惨叫……忠诚即我的力量。"他曾经遵从国王的命令纵火烧城。"他推开面前的盘子，起身离桌，"我会在治安官面前替加利思辩护。明早五点见。"

◆

第二天早晨传来消息，他们不用去治安官的法庭了——加利思半夜越墙出逃。禁卫军进了关押他的顶楼房间，房内无人，窗户大开。外墙足有三十英尺高，放眼望去，几乎无处着手。

维林从窗内探出身子，望着下方的院子。"爬手加利思。"他自言自语。

"他受了那么重的伤，应该不能走路才对。"谢琳姐妹凑上前，观察着外墙。维林感到了她的靠近，既兴奋又不安，而她似乎毫不在意。"真不知道他是怎么做到的。"

"索利斯宗师说过，唯有在性命攸关之时，人才能发觉自身真正的力量。"

"军士说如果追捕他的话，怕是一辈子都抓不到。"她走开了，维林不知道是该感到遗憾还是庆幸。"他或许能抓到吧。那样我还能见到他，肯定还会受伤，再送过来让我治疗。"

"如果他够聪明就去搭船，不到天黑就远走高飞了。"

渡鸦之影 血歌

谢琳摇摇头:"没人愿意背井离乡,兄弟。无论面对什么危难,他们都要留下来生活。"

他转过身,望着窗外。城南渐渐从睡梦中醒来,清晨天际的鱼肚白染上了烟囱的青灰,笼罩在屋顶的青烟,要到天黑才能从视野中消失。阴影退散,袒露出满是垃圾和排泄物的肮脏街道,到处都是歪七倒八的醉鬼、瘾君子和流浪汉。他隐隐听见了咒骂和呼喝,不知道今天又会有多少人走进宗会的门。

"为什么?"他想不明白,"为什么要留在这种地方?"

"我就留下来了,"她说,"他们为什么要走呢?"

"你生在这里吗?"

她点点头:"我很幸运,只用两年就完成了训练。宗老允许我在整个疆国任选去处。我选择了这里。"

她的语气略带迟疑,维林心想,这可能是她头一回对人说这么多过去的事。"因为这里是……家?"

"因为我觉得这里需要我。"她向门外走去,"我们还有活儿要干,兄弟。"

◆

接下来的几天极其辛苦,但收获颇丰,尤其是他能经常见到谢琳姐妹。谢琳开始传授他一些医学知识,教给他缝合伤口的最佳针法,以及缓和胃疼头痛的灵验药方。络绎不绝的伤员病号,为他精进治疗术提供了大量的实践机会。然而他很快就发现,谢琳所掌握的技艺他永远都学不会,谢琳仅凭眼观和耳听便能准确无误地找出病症所在,正如他对于剑的感觉。幸运的是,他没有机会展示剑术了,自那天后,病人闹事的情况大有好转。第六宗兄弟常驻第五宗的消息在城南传开后,那些原本脾气不好的人,就诊时大都管住了嘴巴和大打出手的冲动。

他在第五宗的这段时间里,唯一不好的就是兄弟姐妹持续不断的关注。他仍然每天等到很晚与谢琳姐妹一起吃饭,结果他们旁边也多了一群新来的兄弟姐妹,盼着维林讲讲第六宗的生活,或是再讲一遍所谓的"拯救谢琳姐妹"的经过——短短几天,这件事已经传得神乎其神了。自始至终,汉娜姐妹都是他最忠实的听众。

"你当时不怕吗,兄弟?"她瞪大了棕色的眼睛,抬头盯着维林看,"那个大坏蛋要杀了谢琳姐妹的时候,你没有被吓到吗?"

对于晚餐时间受到打扰,旁边的谢琳一直保持冷静,没有发作,这时终于忍不住了,故意将餐具扔进盘子里,发出响亮的撞击声。

"我……受训时学过如何控制恐惧,"他话刚出口,便意识到过于狂妄,"当然比不了谢琳姐妹,"他赶紧接了一句,"她始终都能保持冷静。"

"噢,什么事情都影响不了她,"汉娜无所谓地摆摆手,"那你为什么不杀了他呢?"

"你说什么呢,姐妹!"柯李斯兄弟惊呼。

她目光低垂,脸颊臊得通红。"抱歉。"她嘟哝道。

"没关系,姐妹。"维林局促地拍了拍她的手,汉娜的脸更红了。

"我和维林兄弟今天很累,"谢琳姐妹说,"我们只想安安静静地吃顿饭。"

虽说她不是宗师,但说的话显然很有分量,这一小群听众很快各自回房了。

"他们很尊重你。"维林看出来了。

她耸耸肩:"也许吧。可我在这儿不受欢迎,大多数兄弟姐妹都嫉恨我。对于这种状况,宗老早就告诫过我。"听口气,她不以为意,只是陈述事实。

"你这么评价他们,未免太苛刻了。或许你要是跟他们多……"

"我来这儿不是为了他们。我只是通过第五宗来帮助需要帮助的人。"

"不要友谊吗？不想要一个可以互诉衷肠、分忧解难的知己吗？"

谢琳谨慎地看了他一眼："那是你的想法，兄弟。这儿情况不同。"

"好吧，也许你不喜欢，但我希望你知道，你拥有我的友谊。"

她一言未发，静静地坐着，眼睛盯着面前吃了一半的盘子。

母亲也是这样的人吗？维林心想。她是不是也因为才能出众而受到孤立？周围的人是不是也讨厌她？对于维林而言，这是难以想象的。他记忆中的母亲，是一个善良、温暖、率真的女人。在性格方面，她与谢琳迥然不同。维林明白了，是谢琳在门外的遭遇，是城南这个地方，造就了今天的她。而我母亲应该有完全不同的人生。这时，有个想法突然冒了出来，他以前从未想过这件事——母亲来这里之前是什么样子？她娘家姓什么？我的外祖父母是谁？

他忽然间心事重重，站起身来："晚安，姐妹。明早再见。"

"明天是你在这儿的最后一天了，对吗？"谢琳抬头看着他，问道。奇怪的是，她的眼睛比平日明亮许多，维林差点就以为那里盈满了泪水，不过这种想法实在是荒唐。

"是的。不过我还是希望在离开前能再多学一些。"

"是的。"她移走目光，"那是当然。晚安。"

"晚安，姐妹。"

◆

维林双腿盘坐，毫无睡意，回味着刚刚发现的事实——他对于母亲的过去一无所知。她曾是第五宗的姐妹，嫁给了父亲，为他生下一个儿子，然后去世了。他只知道这些。其实，他对父亲也知甚少。一名士兵，因为勇气可嘉，受到国王提拔，后来就任战争大臣，纵火焚城，还与两个女人各生养了一个儿子和一个女儿。他过去是什么样呢?维林不知道父亲出生在何地,祖父是士兵还是农民,抑或两者皆非。

太多问题,如风暴般冲进他的脑海。他闭上眼睛,按照第五宗宗老教给索利斯宗师、索利斯宗师又传给他的方法,试图控制呼吸,结果问题越来越多。集中精神,他告诉自己。呼吸,缓慢而平稳……

一小时后,他的心跳平缓下来,脑海中风暴渐息,一阵轻柔却坚持不断的敲门声将他唤醒。维林套上衣衫,走到门口,发现是汉娜姐妹,脸上挂着羞答答的笑容。

"兄弟,"她说话的声音轻若耳语,"我打扰你了吗?"

"我还没睡,"维林知道她不是来听故事的,"时候不早了,姐妹。如果你有什么吩咐,还是等到明早再说吧。"

"吩咐?"她笑得更开心了,维林还没来得及阻拦,她就直接进了房间,"那我吩咐你原谅我,兄弟,今天晚上我说话没过脑子。"

维林原本平静的心又乱跳起来:"没什么原不原谅的……"

"噢,有的!"汉娜热切地低语道,紧紧靠了过来,逼得他直往后退,撞得房门也关上了。"我是个傻姑娘,说了那种蠢话,完全没过脑子。"她又上前一步,丰满的乳房压在维林胸前,那种触感当即令他浑身冒汗,下身不由自主地躁动起来。"说你原谅我,"汉娜的恳求带着呜咽,头也靠上了他的胸膛,"说你不会恨我!"

"呃。"他绞尽脑汁想找个恰当的应对办法,但宗会生活从来没教过类似的事情。"我当然不会恨你。"他伸出双手,温柔地搭在汉娜的肩上,轻轻地推开她,然后强作笑颜,"你不要太过担心。"

"噢,可我好担心,"她娇喘吁吁,信誓旦旦地说,"一想到冒犯了你,冒犯了大家,"她羞愧地扭过头,"我就承受不了。"

"我认为你想得太多了,姐妹。"他伸手去摸背后的门把手,"你该走了……"

汉娜伸出一只手,抚摸他的胸膛,感受衣衫遮掩的肌肉。"真硬,"她小声说,"好强壮。"

"姐妹。"维林抓住她的手,"这可不……"

然后她往前一压,吻了上来,维林还没反应过来怎么回事,他们的嘴唇便贴在了一起。一种怪异的感觉势不可挡,瞬间席卷全身。然后,汉娜的舌头探进了他的唇齿。这不对,维林心想,我应该推开她。就是现在……必须停下来……不能再等了……

唤醒他的那个声音借着晚风飘进了窗户,起初很微弱,而他正沉醉于汉娜姐妹的嘴唇,险些没听见。那是一种哀伤的调子,但其中还有似曾相识的感觉,维林一惊,从温柔乡中抬起头来聆听。

"怎么了,兄弟?"汉娜姐妹轻声问道,呼出的气息摩挲着他的嘴唇。

"你听见了吗?"

她微微皱起眉头。"什么都没听见。"她咯咯笑着,又贴了过来,"只听得见我的心跳,还有你的……"

声音越来越大,毫无疑问是某种呼号。

"狼嚎。"他说。

"城里哪儿有狼?"汉娜姐妹又咯咯笑了,"只是风,或是狗……"

"狗不是那种叫声,也不是风。就是狼。我见过狼,那是在森林里。"然后就有刺客来取我的性命。

如果他没有在多年苦训中学会观察敌人的脸,捕捉发起攻击之前表情中的微妙变化,那么对于接下来的一击,想必他很难躲开。而他在汉娜脸上看见了,那是眼里一闪而过的决心。

"你不必担心这种事,"汉娜说着,伸出左手抚摸他的脸,"别担心,兄弟。我帮你——"

她的右手从袍子底下抽出一把亮闪闪的尖刀,以迅雷之势直取维林的脖颈。这一连串动作极为老练,速度之快,手法之准,堪称行家里手。

维林一扭身,尖刀划伤了肩膀,同时他右臂猛地一推汉娜的胸膛,她连连后退,撞上了对面的墙壁。她换上一副凶恶的嘴脸,迅速扑过来,旋身扫向维林的头部,尖刀紧跟而至,直往腹部划去。维林躲过她这一脚,抓住她的手腕,用力一拧,只听见"咔嚓"一声脆响,对方立时一阵抽搐。她不是女孩,也不是姐妹,而是敌人。

汉娜抡起另一只拳头,指节赫然突起,直冲他的鼻梁而来。他认得,这是因特里斯宗师教过的绝技。维林略一领首,用额头迎下了这一击,疼得他一甩头,然后狠狠地掐住了汉娜的脖子,将她按在墙上。她呼哧带喘,乱踢乱抓,指甲在维林脸上刮擦。维林往前一顶,她的脑袋往后仰去,颈骨扭曲变形。维林把她悬空提起来,手上加力,掐得她放弃了挣扎。

"你武艺很高,姐妹。"他说道。

对方喉咙里挤出了一声夹杂愤怒的呜咽,维林感到她皮肤滚烫。

"不如你说说看,是在哪儿学到的本事,还有为什么对我下手。"

汉娜那张充血的脸涨得通红,眼里闪烁着异样的光彩。她看了看维林划破的衣衫,以及那道浅浅的伤口,唇边露出一抹微笑,那笑容极其丑陋,满是恶意。"你感觉……怎么样,兄弟?"她说话时口吐白沫,"你现在没……时间……救她了。"

这时他感觉到了,体温不断升高,浑身大汗淋漓,眼角渐渐蒙上了灰霾。有毒!刀上有毒。

维林凑过去,盯着她满是怨恨的眼睛,两人的脸相距不过几寸:"救谁?"

她可怖的笑容转瞬变成了纵声大笑,那笑声极其诡异。"那时候……有……七个!"她眼里的恨意犹如黑暗中的灯火。

汉娜猛地一仰头,强行张嘴,接着遽然闭合,齿间相撞,发出脆响。继而,她开始抽搐,身子剧烈抖动,口吐白沫。维林松开手,任她摔倒。汉娜的双脚不断地拍击瓷砖,终于一动不动,双眼圆睁,没了生气。

维林盯着她,额头满是豆大的汗珠,胸口如同火烧。

刀上有毒……你现在没时间救她了……那时候有七个……你没时间救她了……救她……救她!

宗老!

维林走向搁在角落里的剑,抽剑出鞘,拉开门,沿着走廊冲向楼梯。

刀上有毒……他还有多少时间?维林略一思虑。足够了!他痛下决断,三步并作一步跃上楼梯。时间足够。

宗老的房间在顶楼。他很快就上去了,冲过走廊,前方的房门似乎没有危险的迹象……

那把刀在黑暗中闪着银光,仿佛半道新月,既快又准地斜刺劈来,大有一刀砍掉他脑袋的势头。维林屈身避过,就地一滚,只觉刚烈的刀风自头顶破空而过,他迅速起身,瞬间提剑格挡,刀剑相击,金铁大震。他单膝撑地,伸剑向前,旋身扫去,感觉胳臂一震,剑身没入了对方的血肉。对方闷哼一声,鲜血立溅,染红了地砖。此人一袭黑衣,头戴面具,眉毛和眼睑都擦有烟灰。他躺在地上,按住腿上那道深深的伤口,两眼瞪着维林,眼神里没有恼怒,只是震惊。

维林一剑抹了他的脖子,转身就走,任其在血泊中翻滚。火焰在胸口灼烧,视线渐渐模糊,而宗老的房门只在几步开外。维林一个踉跄撞到墙上,不禁愤怒地低吼一声,又挣扎着往前走去。

救她!

黑暗中又有两道光闪过,是一个黑衣人,双手各执一柄短剑,狂风暴雨般攻了过来。维林挡开了最初的两击,纵身后退,避开呼啸而至的剑锋,然后突进到距离那人不过一足之地,对准胸膛一剑刺去,剑刃穿透肋骨,剑尖上提,直插心脏。黑衣人抽搐了一阵,鲜血从口中喷涌而出,接着浑身瘫软,仿佛一具没有生命的人偶,挂在维林的剑上。沉重的尸体没至剑柄,把维林拽倒了,湿滑而浓稠的鲜血顺着他的胳膊流至地板。血腥味令人作呕,但远不如他血管中的毒素那般凶猛。

好累……他靠着尸体跌坐下来,这是一种从未有过的疲惫,令他筋疲力竭。胸口的痛楚慢慢消退,取而代之的是汹涌而来的睡意。太累了……

"你看上去不大好,兄弟。"

他没听过这个声音,黑暗之中,看不到说话的人,甚至不知是从哪里传来的。是做梦吗?他心想,临死前的梦。

"看来她找到你了。"那人继续说,有一种轻微的剑尖摩擦石头的声音。

不是做梦。维林咬牙切齿地握紧剑柄。"她死了!"他冲着黑暗大吼。

"我信。"那声音平淡无奇,听不出口音,不雅不俗,无从辨认。"遗憾。我向来很喜欢她伪装的样子。她的手段残忍极了。杀之前你睡过她吗?我觉得她很想这么干。"

那人的语气中掠过一丝紧张,维林捕捉到了,他知道这个隐身在暗处的人打算动手。

他挣扎着,摇摇晃晃地站起来,待到站稳,又拔出了插进尸身的剑。等了这么久,他心想,那人应该趁我虚弱的时候杀了我。难道是在等待毒药替他解决掉我吗?

"你害怕了,"维林朝着暗处冷哼一声,"你知道打不过我。"

寂静。除了寂静和黑暗,就是剑尖上流下的血珠敲击地板的滴答声。没时间了,他心想。他只觉得目眩神迷,四肢逐渐麻木和僵硬。没时间等下去了。

"那时候,"他的嗓子粗哑干涩,只好大喊出来,"那时候有七个!"

这时,传来咔嗒一声,是捣弄门锁的声响。就在维林的背后,宗老的房门嘎吱嘎吱地打开了,烛光照亮了她那张清秀可人、愠怒未消的脸庞。

"怎么这么吵……"

黑暗中射出一把飞刀,旋转翻飞,目标精准,刀尖直指宗老的眼睛。

维林吃力地抬起重若千钧的胳膊,剑在空中划过一道弧线,飞刀攻势顿挫,打着旋掉进了黑暗中。他没有看见刺客接下来的反应,他能感觉到,能意识到,但就是没有看见。他的反击完全是一瞬间做出的本能举动。他双手紧握剑柄,身子一旋,用尽最后的力量发起这一击。他没有感觉到剑与那人脖子的撞击,却听见鲜血喷涌而出,溅上屋顶和墙壁,无头尸身还走了几步,才轰然倒下。他看不真切,却听得真切。然后,他再也支撑不住,无法抗拒的睡意乘虚而入。

贴着脸的地砖如此冰冷,胸膛舒缓地起伏,他在想,今晚会不会梦见狼……

"维林!"一双强有力的手抓住他不断地摇晃,脚步声纷至沓来,犹如雷鸣,模糊不清的说话声如同湍流轰响。他不满地哼哼着。

"维林!醒醒!"不知什么正狠狠拍打他的脸,他试图躲开,"醒醒!别睡!听得见吗?"

有很多说话声夹杂在一起,闹哄哄的。"去找谢琳姐妹,快!……把他抬到教学室……别管他们了,他们死了……他感染了什么?……好像是刀伤,刀呢?"

"她是来道歉的,"维林决定说点什么帮帮他们,"进我的房间……差点得手,可是狼……"

"快去看看他的房间!"是谢琳的声音,比平日尖利许多,充满了恐慌,"去找一把刀,千万别碰到刀锋。"

说话声越来越多,他隐隐感到被人抬了起来,冰冷的地板没有了,换作坚硬而平滑的治疗台。昏昏沉沉中,他意识到即将到来的疼痛,不禁呻吟起来。

"死了?"是宗老的声音,"你说死了是什么意思?"

"好像是中毒,"回答的是哈宁宗师低沉的嗓音,"她牙齿里藏了一颗小药丸。很久没见过这套把戏了……"

维林努力睁开双眼,却只看见朦胧而破碎的影子。他眨了眨眼,过了好久,视野逐渐清晰,这才认出了谢琳姐妹。她的鼻孔一张一缩,正嗅着汉娜姐妹的刀。"猎人之矢,"她说,"我们需要乔佛瑞根。"

"那会害死他。"那是宗老的警告,这话听来很是吓人,但维林满脑子只想着他要提的那个问题。

"如果不用,他就死定了!"谢琳厉声说道,她惊恐万状,面无人色,但神情异常坚决,"他很年轻,身体强壮,撑得住。"

沉默片刻,然后是一声无可奈何的叹息:"拿来吧,还要足量的红花……"

"不!"谢琳打断宗老的话,"不能要,否则影响药效。不要红花。"

"信仰在上,姐妹。"哈宁宗师的大块头走进维林的视野,"你知道那东西对人产生的效果吗?"

"她说得对。"宗老语气僵硬。

"宗老大人?"维林开口了。

宗老俯身近前,紧握着他的手,轻抚他的眉头:"维林,好好躺着,我们要给你治疗,把你治好。这会很疼……你必须坚强。"

"宗老大人,"他尽力稳住视线,盯着宗老的眼睛,"求您告诉我,我母亲姓什么?"

渡鸦之影 血歌

瓦德里安。

在剧烈难忍的疼痛中,这个名字在他脑海里回荡。瓦德里安。母亲的姓。母亲娘家的姓。此刻,汗如雨落,胸膛似火,黑霾遮眼,但这个名字始终牢牢地稳住他的心神,是他赖以停留在人世间的锚。

谢琳姐妹用皮带束住他的胳膊,拿一根长针,将用乔佛瑞根配制的酊剂直接注射到他的血管里。痛苦瞬间袭来。房间化为碎片,消失了,宗老安慰的话语渐去渐远,在迅速降临的黑暗之中,谢琳面无血色的脸庞变成了一块灰白的残影。

瓦德里安。

那是一种奇妙的疼痛,时间似乎无穷无尽,每一个痛苦的瞬间都化作了永恒。他知道自己弯着背,脊椎紧绷如弓,无来由地乱打乱骂,是一双双强有力的手将他按在台上。他全都知道,但感觉不到,它们遥不可及,远在痛苦之外。

伊尔黛拉·瓦德里安。他的母亲。这是一个寻常的名字,无所谓高贵,亦谈不上狼藉,来自田园之间,市井之中。母亲与父亲一样,因为才能出众而平步青云。她是如此与众不同。忽然间,他看清了母亲的脸,她笑容的神采,眼中的怜悯,驱散了浓重的黑暗。她是痛苦之海的灯塔,是全部意念的中心,那是他要活下去的意念。

他完全不知道持续了多久,以及什么时候才筋疲力竭地平息下来。后来他们说,他打伤了好几个强壮的第五宗兄弟,甚至企图咬宗老,还喊出了不堪入耳的脏话,但他完全记不得。他只记得一个名字——伊尔黛拉·瓦德里安。

这个名字救了他。

第五章

睡梦之中，没有痛楚。梦里，一束柔和的金光自窗口流泻而入，谢琳姐妹俯身看他，脸上绽放着光芒四射的笑容。

"你活下来了，"她说，"我就知道你能撑过来。"

这是梦……梦里可以说出心里的话。"你真美。"他说。

谢琳姐妹不禁大笑起来："你还是神志不清，兄弟。睡吧，你需要休息。外面来了一大帮凶神恶煞的小伙子，你要是不能恢复过来，他们就要拿我是问了。"

"我们应该一起离开这里，"他毫不顾忌地接着说，整个人陶醉在无拘无束的梦境中，"我们逃走吧。找个清静的地方，你给人治病，我学点手艺，只要不是做杀手……"

"嘘！"谢琳的手指按住他的嘴唇，脸上的笑容消失了，"维林，别……"

"我杀那几个人的时候，什么感觉都没有。什么都没有。这不对……"

"你救了宗老。你当时别无选择。"

那个黑衣人按住大腿上的伤口，这时，维林一剑削开他的脖子，只听那人的喉咙里发出一声微弱的呜咽，犹如婴孩的啼哭……"我令母亲蒙羞了。比起她，我什么都不是……"

"不对。"谢琳抚摸着他的额头，俯身凑近，轻轻在他唇上一吻，"你是守护者，为保护弱者而战的勇士。你不仅强大，而且正义。永远不要忘记这一点。不要忘记，无论你何时需要我，无论你何时呼唤我，我招之即来，一身的技艺为你所用。"

梦境渐渐瓦解，疲惫再度将他拽向虚无。"我还是想和你远走高飞……"

◆

他醒来时感觉到了疼痛，并非乔佛瑞根的效果，而是肌肉的酸胀和身体脱水引起的不适。床单上染了好些形状怪异的红褐色污迹，胳膊上的伤口还残留着毒素的刺痛感。他的眼皮又开始打架，睡意再度袭来……这时，他发现旁边有人。

索利斯宗师坐在角落里，抱着胳膊，剑搁在膝上。他的眼睛里充满血丝，足以证明其一夜未眠。"你睡了很久啊。"他说。

"抱歉，宗师大人。"维林嘶哑着嗓子说。

索利斯宗师站起身，走到床边的桌子旁，拿起一把大陶壶，倒了一杯水。"来。"他把杯子递到维林嘴边，"小口咽，别猛灌。"

水流进嘴里，滋润了干渴的喉咙，他感觉从来没喝过这么甘甜的水。"谢谢您，宗师大人。"

"谢琳姐妹说你每小时至少要喝一杯。对于如何照顾你，她提出了相当严格的要求。"

谢琳……我们应该一起离开这里……他的胸口感到一种从未有过的痛。真希望没做过那个梦，梦醒后发现一切都是虚幻，实在令他难以承受。

他低头看着床单上的污迹："他们把我开膛破肚了吗？"维林的眼前浮现出一幕可怖的场景——有人把肋骨撑开器塞进他的胸膛。

"据说乔佛瑞根会使人流出血汗，是排毒过程中发生的现象，我听说是这样的。"索利斯把椅子从墙角拉到床边，然后坐下，"我要知道当时的情况。"

于是维林开始讲述，巨细无遗。索利斯静静地听着，只是在听到汉娜姐妹进房时挑了挑眉毛，连维林提到救命的狼嚎时，他都面无表情。当提到汉娜姐妹的那句话"以前有七个",他终于有了反应。虽然只是眼珠微微一转,但这就足够了。宗师是知情的。维林判断。他知道那句话的含义,而且我敢赌一袋子金币,他不打算告诉我。对于余下的情节,索利斯依然毫无反应,只提了几个问题:"你认为那些杀手的武艺如何?"

"他们懂得怎么使用刀剑,但似乎完全不懂战术。我中了毒,身体那么虚弱,他们完全可以杀了我,一鼓作气解决掉。结果他们轮流来对付我,每次都是伏击。"

索利斯宗师静静坐着,咀嚼着事件中的细节。维林感到睡意极其强烈,他强迫自己保持清醒。有宗师在场的情况下,学徒兄弟是不能睡觉的。

"谢琳姐妹回去了吗?"维林打破了沉默,他希望借此消除睡意,"我……我想知道还要在这儿躺多久。"

"她去照顾伤号了。估计要忙上一阵子,这两天城里麻烦不少。"

两天。他做了两天美梦,也流了两天血汗。"什么麻烦,宗师大人?"

"发生了骚乱。刚开始的时候,流言说那些刺杀事件是绝信徒的策划。没过多久,到处都在传说,有一支库姆布莱的军队躲在下水道里,要趁大家睡觉的时候杀人。"他厌恶地摇摇头,"愚昧之徒要是怕得不行了,什么鬼话都信。"

维林糊涂了:"哪些刺杀事件?"

"埃雷拉·艾尔·蒙达并非唯一受到袭击的宗老。第四宗和第二宗的宗老都死了,其他的宗老幸免于难。亨德拉尔宗老伤势很严重,可能是刀不够长,没能穿透肥肉伤及心脏。"

维林只觉得一阵眩晕。两位宗老遇害,这实在令人难以置信。他还清楚地记得知识试炼时的考林·艾尔·森迪斯宗老,那是一个表情极为严肃的人，反复逼问他在森林里发生的事。想到他惨遭匕首和毒药的折磨，维林就感觉很怪。这时，他下意识地想到了一个问题："阿尔林宗老呢？"

"他毫发无伤。有三个人来刺杀他，他们挖地道挖进了地窖，结果碰到了格瑞林宗师。低估胖子总是要吃亏的。"在索利斯宗师说过的所有话当中，这句最接近恭维格瑞林宗师。

"他受伤了吗？"

"几处皮外伤而已。可他还是很难过，因为没能留下一个活口好进行审问。"

"我的兄弟们呢？"

"他们没事。诺塔兄弟只去了两天，就被第二宗赶回来了。其他人嘛，凯涅斯兄弟干掉了刺杀亨德拉尔宗老的杀手，名头正响。第二宗兄弟则在蒙提什宗老遇害时，因为灌了一大桶麦酒，睡得不省人事。第六宗一半的学徒兄弟在第四宗的宅子里玩得不亦乐乎，刺客们割了宗老的喉咙竟然没有一个人发现，等待他们的是严厉的惩罚。"

维林躺回床垫子里，忽然间困倦难耐。"请原谅，宗师大人，"他说，"我也没能活捉一个。毒素多少影响了我的判断……"他渐渐失去意识，索利斯宗师那张清癯而木然的脸消失在黑暗中。

◆

巴库斯在发火，邓透斯在开玩笑，诺塔在笑，而凯涅斯不怎么说话。维林发现，他真的很想念兄弟们。

"这是搞啥玩意儿，"巴库斯大惑不解地皱着眉头，"到底怎么回事？"

"显然是我们当中混进了敌人，兄弟，"凯涅斯说，"我们要警惕了。"

"但是为什么啊？为什么要杀宗老呢？"

维林很疲惫，胳膊上的刀伤色泽渐深，如今呈黛青色，乔佛瑞根引起的痛苦已然消退，只留些许隐痛。一上午有好几个人过来探望他，哈宁宗师笨嘴笨舌地夸了他几句，还硬生生地大笑了几声。维林看得出来，见小兄弟安然无恙，这位大块头宗师很欣慰，但汉娜的背叛令他难过，他以前很喜欢这个女学徒。塞林兄弟坐了一个多小时，老树皮似的手里抓着那根木棍，念叨着如果有机会碰到杀手，要怎么使用棍子。维林仿佛看到老兄弟躺在守卫室里，喉头被割开的场景，嘴上却说："他们没接近你是明智的选择，兄弟。"老头子听了很高兴，表示明天还要带来秘方配制的调养汤。在探望的人当中，始终没有谢琳姐妹的身影，他担心是自己在昏睡时说了不该说的话。

"弗伦提斯怎么样了？"他问。

"火气大得很，"诺塔说，"不知道怎么发泄，我们已经拉过三次架了。他求宗老允许他跟我们一起过来，结果被罚到马厩劳作一天。"

"你们回去后多留意他。我不希望他独自跟着壬希尔宗师。跟他说，我没事了，很快就回来，还有记得每天去看看小花脸。"

诺塔点点头。不用说，维林养伤期间就是他领头。"他们说你杀了四个，"他说，"厉害啊。"

"三个。有一个是女孩，她潜伏了好些年。她杀我不成，便自杀了。"

"女孩？"诺塔瞥了一眼维林胳膊上的伤，唇边掠过一抹坏笑，"你让她靠了多近啊，兄弟？"

"太近了。"这个教训我不会忘记。

"尼林兄弟在第三宗服役已经超过十二年了，"凯涅斯说，"他是很受尊敬的学者，著有三本语言学著作，专门给学徒兄弟教授语言，而这么多年的潜伏，最终是为了杀害亨德拉尔宗老。"

"那头肥猪现在没死，要感谢你。"诺塔说，"不过你是怎么判断出来的？"

"不是我判断的。我当时去还宗老借给我的一本书，听见他叫喊就踹开门进去。"他顿了顿，脸色更加阴郁了，"作为四十七岁的人，尼林兄弟的身手还不错。"

"你使什么对付他？"邓透斯问。

"我没带武器，因为只在第四宗里晃荡，没有带的必要。我就只好徒手了。"

"那可不容易，"巴库斯说道，"赤手空拳对付一个拿刀的人。"

"那人武艺不错，但是……"凯涅斯耸耸肩。

"跟我们不一样。"维林替他说完。

凯涅斯点点头："但还是解释不了，为何等到各宗会都来了第六宗兄弟之后才动手。"

"整件事都没法解释。"诺塔说着打了个哈欠，"不过我还是能理解，为什么有人想要第二宗宗老的命。那讨厌的老笨蛋净胡说八道，多听一分钟我都要掐死他了。"

"所以你被赶出来了？"维林问。

邓透斯吃吃笑了，而诺塔这次笑得有几分真诚："是跟一位姐妹发生了误会。看来按摩也不是哪儿都能按的。至少她是这么说的，然后打了我一耳光就跑掉了。"

维林等他们笑了一会儿才开口说话，边说边与他们挨个儿对视："我不知道这里发生了什么事，兄弟们。我也不比你们了解得更多。我只知道现在我们处于危险时期，我们只能相互信任，听索利斯宗师的话，服从宗老的指示，最重要的是，我们要好好守护彼此。"

门开了，谢琳姐妹端着一盆热气腾腾的水走进来，这是今天维林头一回看到她。"出去！"她下令，"维林兄弟该洗身子了，你们待的时间够长了。"

"洗身子？"诺塔一挑眉毛，趁着谢琳把盆子搁在桌上的工夫凑过去看她，从头看到脚，"我相信你会洗得很仔细，姐妹。"

谢琳冷冷地看了诺塔一眼,那种厌恶的眼神,跟她在治疗室遇到好色酒鬼时一般无二。"这位兄弟,你不是要去耍剑吗,还不走?"

诺塔干笑了两声,跟其他人一起走出房间。

"你这位朋友需要上上礼仪课,"谢琳说着,把盆子放到床边的小桌上,"作为宗会兄弟,这种言行很不得体。"

"我们宗会的兄弟性格各异,有的很注意言行。"

她眉毛一挑,没说什么,只是在水盆里搓了搓毛巾,然后准备拉开铺盖。"我现在有力气,可以自己洗了,姐妹。"维林拉住毯子,动作虽温柔,却显得很坚定。

谢琳不解地看着他:"相信我,兄弟,我什么没见过,你以为你昏迷的时候是谁给你擦身子的?"

维林抓着铺盖不放手,强压下心中的不安:"就算是你说的那样,可我现在有力气了。"

"悉听尊便。"她把毛巾扔进盆子里,离开维林的床边,"既然你有力气了,那今天可以去见宗老。她经常问你的情况。中午到花园来,到时候我来帮你,除非你坚决不要我帮忙。"

她头也不回地走出房间。过了一会儿,维林才意识到刚才的举动伤害了她。

———◆———

第五宗的花园相当大,占地数亩,土壤肥沃,种了各种各样的药草,在第五宗兄弟姐妹的工作中,药草是不可或缺的。花园的大半部分都是碧绿或褐黄的田地,千篇一律全是矩形,不过四处点缀有五颜六色的锦簇花团以及樱花。

"我们宗也有花园。"维林对谢琳说。他正由谢琳姐妹扶着,走在田间的碎石小路上。他的腿部和胸口还是很疼,而且对于谢琳的肩膀,他的依赖性大大超出先前的预想,他知道如此近距离接触肯定令谢琳不大舒服。她中午过来接维林的时候什么都没说，也尽量避免两人对视。"跟你们的花园不一样。"虽然谢琳毫无反应，他还是接着说了下去，"斯蒙提宗师负责照料花草，多数时候就他一个人。他只能打手语，因为他的舌头被罗纳人……"他的声音弱了下去。谢琳姐妹显然没有谈话的兴致。

她在一小排花坛旁边停下脚步。维林看到了埃雷拉宗老，她苗条的身姿在花丛中忽隐忽现。

"到时候宗老送你回去。"谢琳说着退开两步，任他的胳膊耷拉下来。

"谢谢你，姐妹。"

她点点头，转身要走。

"姐妹，"维林抓住她的手腕，"请留步。"

她挣脱了维林的手，避开肌肤相亲，但还是站住了，神情格外警惕。

"我还没有谢过你，"他说，"你救了我的命。"

"这是我的职责，兄弟。"

"我在……接受治疗的时候，做了很多离奇的梦，可能说了什么胡话，不该说的话。如果我说了什么……冒犯了……"

"你什么都没说，兄弟。"她抬起头，迎着维林的目光，硬生生挤出一丝笑容，"至少没有冒犯到我。"她的双臂紧紧地抱在胸前，笑容渐渐收敛。"你很快就会离开这儿，回到那个见鬼的地方，还有可怕的战争等着你。我们……我们再也不能说话了，或许永远没有机会。"

他情不自禁地靠拢过去，抓住谢琳的双手："我们还能在一起说话，我保证。"

"维林！"是埃雷拉宗老的呼唤。她站在花园的边缘，手拿一把修枝小刀，脸上笑容明媚："你好多了。"

"多亏了谢琳姐妹的照顾，宗老大人。"

"可不是。她对你的照料是无价的,正如她的时间。"

"请原谅,宗老大人。"谢琳领首道歉,"我不该磨蹭……"

"我这不是指责你,姐妹。不过,城里的局势动荡不安,恐怕今日还是很需要你的技艺。"

谢琳点点头,看了维林一眼以示告辞,唇边露出一抹伤感的笑容。然后她抽出手,回身走向宗会大宅。维林目送着她,直到看不见为止。

"你懂花草吗,维林?"埃雷拉·艾尔·蒙达问道,同时伸手扶住他,走进花园里。

"胡提尔宗师教过我如何识别有毒的花草,说磨碎后涂在箭头上很管用。"另外,我有个妹妹喜欢冬华。

"那确实有用。你知道这是什么花吗?"她站在一溜儿紫色花朵前,这种花儿有四片长长的花瓣,围着形状怪异、呈弯曲状的花心。

"我从没有见过,宗老大人。"

"是玛利安兰花,来自阿尔比兰帝国的极南之地。实际上,这是杂交品种,我将其与本地兰花杂交,使它更为耐寒,因为我们这里的气候比它的家乡冷多了。花草往往如此,离开生存的土壤,很快就会枯萎凋零。"

他觉察到宗老是在上课,但他并不想听下去。"我懂了,宗老大人。"维林认为宗老要的正是这样的回答。

"谢琳很特别,"宗老接着说,"如你所见,她很有爱心,这一点胜过大多数人,哪怕是与本宗的兄弟姐妹比较。或许她的技艺正是来源于此。她的技艺之高超,在很多方面连我也自愧不如,但这话别告诉她。正所谓高处不胜寒,没几个人愿意花时间费心思去了解她的为人,知道她有多么特别。而你做到了,在我的意料之中。我正是出于这样的意愿,才把你指派给她的,但我没料到的是,你们的联系是如此紧密。"

"没有人禁止信徒之间交朋友吧。"

这番话多有顶撞之意,埃雷拉宗老却只挑了挑眉毛,语气中并无责怪的意思:"友谊当然珍贵,但不能有碍于你和谢琳即将扮演的角色。谢琳在本宗的角色,你在第六宗的角色。"

"您指的是什么角色?"

"是未来的角色。你们两人有必要明白这一点。你母亲就不明白,或者说她不愿意明白。爱情正是如此,蒙蔽你的双眼,使你无视信仰为你铺设的道路。当她选择离开这里,嫁给你父亲,第五宗便失去了一位未来的宗老。"

"我相信母亲知道自己的心。"

她听出了其中的不快,身子微微一颤:"是的,她知道。我不是批评她,只是感到遗憾。她是我最好的朋友,我初来乍到之时,就是她手把手地教我。没有她,我什么都学不会。"

宗老走到一张式样简朴的小木凳前,扶维林坐下。他很庆幸可以稍事休息,因为感觉两条腿随时可能瘫软下去。

"恕我冒昧,宗老大人,您对于刺客的身份有所了解吗?"

她摇摇头:"所知甚少。几具尸体都检查过了,没有任何发现,只知道他们牙齿里都藏有毒丸,与汉娜姐妹的一样。而且也没人认识他们。疆国禁卫军和第四宗正在调查,到时候他们应该会解答我们的疑问。"

作为刚刚与死亡擦肩而过的女人,她似乎完全不关心凶手的身份。"您不担心还有类似的事情发生吗?"

她皱起眉头,似乎先前没想过这个问题。"他们要来就来吧,我也无能为力。信仰教导我们,不能改变,就学会接受。"

"汉娜姐妹来这儿很久了。她竟然做出这种背叛之举,您一定很难过。"

"背叛?恐怕她从来没有效忠于本宗,又谈何背叛呢?她来这里只是服从命令。不得不说,她的献身精神我深为佩服,自始至终生活在谎言里，而她从没说漏过嘴，从没露出过尾巴。"

"她临死前说了一句话，'以前有七个'。您知道是什么意思吗？"

与索利斯宗师一样，埃雷拉宗老似乎有所震动，但又不大一样，宗老流露出的更像是恐惧，不过转瞬即逝。"你今天问题很多，维林。好像我们每次谈话都是这样。"

她也不愿告诉我。"请原谅，宗老大人。"

她笑出声来，驱散了维林的担忧："你帮了我那么大的忙，我觉得至少欠你一个答案。那么，请问吧，不过只能提一个问题。"

只有一个问题。这也太残酷了，简直是拿他寻开心。困扰他的问题不计其数，维林希望全部都能解答。他苦想了一阵子后，挑了一个数月来最想知道的问题："您对于我妹妹知道些什么？"

"啊。"她沉默片刻，神色悲哀，"我知道她是个聪明的小女孩。我知道她父母很爱她。我知道她是十多年前出生的。"

"我母亲还活着的时候。"

宗老重重地叹了口气："维林，我不想伤害你，但你必须明白，并非每一桩婚姻都是快乐的。你的父母非常相爱，但他们也性格迥异。你母亲痛恨战争，她在服役期间见了太多残酷的景象，但她还是接受了你父亲战争大臣的身份，因为她爱你父亲，因为你父亲公正无私，千方百计地整肃疆国禁卫军的军纪。但第三次梅迪尼安战争爆发后，她再也无法忍受了。她知道了你父亲受命要做的事，并求他不要做，但他必须服从国王的命令。"

"烧城。"男女老少……全在大火里头惨叫。

"对。这件事对他们俩都是噩梦，最终两人的关系彻底恶化。你母亲从此不理睬你父亲，你父亲也开始长时间不回家。他是怎么遇见那个女人并诞下一女的，我不知道，不过在你母亲过世、你被送到第六宗后，你父亲把她们接到家里住。他请求国王允许他们结婚，承认女儿的合法性，却遭到拒绝。战争大臣必须为天下表率，做人民楷模。这件事发生后不久,你父亲便解甲归田了。"

"我母亲知道吗?那个女孩。"

"我觉得应该不知道。那时候,她的健康状况也恶化了。她只关心你的将来。"埃雷拉宗老伸手捋捋他额前的头发,"她对你寄予了许多期望。她这一生行善无数,救死扶伤,但你是她最大的骄傲。"

"那我很庆幸她没有活到现在,看到我现在成了什么人。"

对他而言,那一耳光来得不快,却是如此突然,他竟然没有挡开。

"永远不要说这种话!"她怒气冲冲地说道,维林摩挲着火辣辣的脸颊,"你成了什么人?救了我一命的勇敢少年,更别提还救过谢琳姐妹的命。我知道,你母亲的灵魂一定会为你骄傲地歌唱。"

"我是杀手。我只会杀人。"

"你是勇士,为信仰而战。不要忘记这一点。或许你现在觉得不算什么,但假以时日,你必将明白其中的意义。"

"这不是她所期望的。送我到那个地方,我父亲就可以顺顺当当地把婊子接进家里……"

"那不是他的决定。"

"又是国王的命令,是他献身疆国的象征……"

"是你母亲的遗愿。"

他仿佛又挨了一记耳光,比先前的更狠。他头晕目眩,脑子混沌不清。撒谎!宗老撒谎!这绝对不是我母亲的期望。

"维林?"

他只觉五味杂陈,心乱如麻,便站起身来,摇摇晃晃地走开,但无力的双腿只支撑他勉强走了几步,就垮了下去,压倒了珍贵的兰花。泪水模糊了他的双眼。

"维林。"宗老抱住他,轻抚着低声抽泣的孩子,"对不起。我必须告诉你。"

"为什么?"维林伏在她胸前低语,"她为什么要这样做?"

"因为她非常勇敢,看懂了你的心,看到了你将成长为怎样的人。她曾向逝者祈祷,希望你继承她的天赋,终生行医治病,但当你长大,她知道你体内流淌着你父亲的血液。有这样的父亲,你将拥有不一样的人生,效忠的是国王,而非信仰。国王也对你的将来有所打算,你可知道?到时候,你对他而言大有用处。正因为国王的意愿,你母亲失去了丈夫,而她不想再失去儿子。当她的健康状况恶化时,她意识到将来无法保护你,而你父亲永远听令于国王。库姆布莱战争期间,她与阿尔林宗老相熟,于是请求他接收你。尽管这一举动意味着忤逆王权,宗老最终还是答应了。你母亲告诉你父亲时,他非常生气,怒不可遏,但你母亲当时不行了,她逼迫你父亲答应了她的临终请求,在你母亲去世后,把你送进宗会。这是你父亲最后一次履行对你母亲的忠诚。"

忠诚即我们的力量……对国王的忠诚……对已然变心的妻子的忠诚……

他低声道出了藏在心底的秘密:"我听见过她的声音,那是我到宗会的第一夜,我躺在床上,怕得发抖。我听见她喊我的名字。"

埃雷拉宗老紧紧地搂住他:"她非常爱你。当我把你放到她怀里时,她是那么光彩照人。"

维林迷惑不解,身子微微往后一缩。

宗老笑了,在他额头上亲了一下:"你是我接生出来的,维林·艾尔·索纳,你那时候就是个哭哭啼啼的大肉团。"

问题。还有很多问题。但不知怎地,他感觉不必去追究。宗老给出的答案已经足够了。她又抱了维林一会儿,等他泪水渐止,便扶着他返回宗会大宅。他多待了两天,与第五宗的兄弟姐妹依依惜别。谢琳姐妹不在,早在前一天宗老便派她去了南岸,那儿有很多人在骚乱中受伤,急需治疗。维林再见到她时,已是五年之后了。

第六章

几日后,他的身体便痊愈了,没有后遗症,只是在寒冷的早晨容易咳嗽。那个热情过头的女人,在他心里埋了一颗戒备的种子,虽然终生无法释怀,这种事却也不常困扰第六宗的兄弟。而对于他的回归,宗师们故意表现得极为冷淡,这与他离开第五宗时所受到的热烈欢送产生了强烈反差。当然,他的兄弟们自是不同,关怀到了令人难以接受的地步,整整一周都不准他下床,一有机会就把吃的递到他面前,连诺塔也不例外。不过,诺塔每次帮他披好毯子,一勺勺喂给他吃的样子,总有种折磨人的意味。弗伦提斯最过分,一有空就跑到维林的房间,忧心忡忡地照看他,只要发现他稍微咳嗽一下,或是有一点点不舒服的迹象,便焦虑万分。因为维林头天夜里有点发烧,弗伦提斯提心吊胆,竟然缺席了索利斯宗师的剑术课,为此吃到了进宗会后的第一次杖责。最后宗老只好禁止弗伦提斯再去维林的房间,如有违反,当即遣散。

等到身体恢复得差不多了,不用人帮忙就能下床,维林先去狗舍看望了小花脸。狗儿欣喜若狂,奉上了最为热烈的欢迎——一个猛扑将他撞翻在地,用结实而粗糙的舌头舔着他的脸。那窝眼看着就长大了的狗崽子兴奋地围着他们叫唤。

"起来,你这头畜生!"维林闷哼着,企图把它沉重的躯体从胸前推开。小花脸挨了训斥,呜咽了几声,脑袋仍然亲热地蹭着他的胸口。"我知道。"维林挠着它的耳朵,"我也想你。"

他来到马厩,发现唾沫星也有惊喜等着他。这套"欢迎仪式"持续了整整两分钟,壬希尔宗师非常肯定地说,这是他听过的时间最长的马屁。

"死马驹子,"维林咕哝着,拿了一颗糖递到马儿嘴边,"快到马术试炼了。别让我失望,听到没有?"

维林在箭术训练场找到了凯涅斯,他正在练习快速射箭,短时间内射得越多越好,这是弓术试炼里至关重要的考核项目。在维林看来,凯涅斯压根不需要练习,他出手如风,箭矢一根接一根射中三十步开外的靶子。维林的弓术已有稳步提升,但他心里清楚,论使用这种武器,他永远赶不上凯涅斯,甚至连邓透斯和诺塔都比不过。

"准头有点偏,"维林说道,说实话那么一点偏差不足挂齿,"最后几支偏左了。"

"是的,"凯涅斯承认,"四十箭过后,准星有点晃。"他拉满弓弦,漂亮的手臂肌肉紧紧地绷起,然后一箭射出,正中靶心。"好些了。"

"关于你杀掉的那个刺客,我有话想问你。"

凯涅斯的表情随之黯淡:"这件事我讲过很多次了,给你和兄弟们讲过,给宗师们讲过。我相信你那件事也讲过很多次了。"

"在你杀死他之前,"维林不依不饶,"他说了什么没有?"

"说了,他说:'滚开,小子,不然我就宰了你。'这种话怎么编得进歌谣呢?我不知道等我写故事的时候要不要改掉。"

"你打算写下来吗?"

"当然要写。总有一天,我会写下我们为信仰效命的全部经历。我们宗会在史料记载方面太疏忽了。你知道吗?我们是唯一没有藏书室的宗会。我希望能开创一个新的传统。"他说完射了一箭,接着又快速射了两箭。维林注意到他的准头更偏了。

杀人这种事,不易背负,也不易谈起,维林明白了。"你挺喜欢他么,那位尼林兄弟?"

"他那人很有趣,肚子里有很多故事,不过我后来才意识到,他

渡鸦之影 血歌

偏爱古时候的传说——也就是人们所说的旧日歌谣，来自于信仰尚不强大的年代，是有关鲜血、战争和黑巫术的传奇故事。"

黑巫术……森林中的狼，窗外的狼嚎。"以前有七个。你知道这句话是什么意思吗？"

凯涅斯本已搭弓上弦，此时却缓缓地松了劲儿："你打哪儿听来的？"

"汉娜姐妹服毒前说的。兄弟，这是什么意思？你肯定知道。"

凯涅斯将那根箭矢取下，插回身后的箭袋，然后把弓轻轻地放到背包上："倒是有个故事，是类似旧日歌谣的那种传说，不过与信仰有关。说实话，我根本就不相信这个故事。很少有人讲到，各家宗会的案卷也从未提过。"

"从未提过什么？"

"在我们生活的这个年代，共有六个宗会效忠于信仰。但是有人说，以前有七个。在信仰降临之初，各宗会刚刚建立、首批宗老被推选出来时，据说有七个宗会。每一个宗会事奉信仰旗下的一个宗门，兄弟或姐妹选举出来的宗会领导者则称为宗老。传闻中，第七宗是黑巫术之宗，该宗的兄弟姐妹专攻神秘之事，寻求为信仰所用的知识和力量。一般而言，研习黑巫术即为背弃信仰之举，但如果这个传说是真实的，那么黑巫术也曾是信仰的一部分。据说，一百年后，危机出现。第七宗实力大增，他们企图利用黑巫术统治其他宗会，宣称他们的知识可以使其与逝者接近，听见逝者的声音，解答逝者的指引，没有宗会能与之相比。他们认为拥有了这一特权，便能统领七宗，一家独大。这样的事情自然是不能容忍的，信仰必须在各宗之间保持平衡，不能任由其中一家凌驾于上。于是信徒之间爆发了战争，在付出了血流成河的巨大代价之后，第七宗终于被摧毁。据说那次战争造成了天下大乱的局面，导致疆国一分为四，直到我们伟大的雅努斯王再度统一全国。故事的真实性不得而知，即便是真的，也发生在六百多年前，而仅存至今的史书从未提过只字片语。"

"可你好像知道得很清楚。"

"你懂我的，兄弟。"凯涅斯无力地笑笑，"我向来喜欢故事，越是离奇的就越喜欢。"

"你相信它是真的，对吧？"维林灵光一闪，是凯涅斯无力的笑容以及毫不犹豫的讲述，带给他这样的直觉，"你早就知道了。你知道第七宗是幕后黑手。"

"我确实怀疑过。有些比寓言故事强不到哪儿去的传闻，提到了第七宗未被斩草除根，而是一息尚存，暗中壮大，等待时机，以夺取他们觊觎已久的统治权。"

"我们应该去找索利斯宗师和宗老，他们有必要听一听。"

"我已经说了，兄弟。我刚回宗会，便把这些怀疑都告诉了他们。我有种感觉，我所说的他们早就知道了。"

维林想起来了，索利斯宗师听到汉娜姐妹那句话的反应，还有埃雷拉宗老，她不愿意谈论这件事。他们知道，维林明白了。他们全都知道。宗老们数百年来守护着这个秘密——以前有七个宗会，而第七宗正蛰伏着，等待卷土重来。他们知道。

尽管此时天气晴朗，阳光明媚，但他只觉一阵寒意袭来，冷得他浑身打颤。"谢谢你告诉我这些事，兄弟。"他说着抱紧胳膊，寻求一丝温暖。

"我知无不言，维林。"凯涅斯回答，"你也知道，我们之间没有秘密。"

两个月后迎来了马术试炼。他们要策马穿越森林和乡野，跑过一英里地，然后坐在鞍上射出三箭，命中不同的靶心。不出意料，诺塔在试炼中表现出色，创造了新的纪录。其他人的表现也相当不错，包

括不比维林强的巴库斯。维林出发时就不顺,唾沫星照常野性难驯,必须持之以恒地动一番真格的,它才奋蹄疾驰。试炼当天,数这段时间最为煎熬,他们好不容易挨了过去。维林的骑射勉强合格,好歹通过了试炼。破天荒头一回,没有一位兄弟闯关失败,因此当天的晚餐变成了吵吵闹闹的庆功会,各种食物在半空中扔来砸去,他们还偷偷带去了啤酒。结果第二天早上,他们全都受了惩罚,到冰冷的河水里游泳,然后赤条条地在操场上全速跑了五圈。不过,没有一个人后悔。

接下来的几周,墙外又有各种骚乱和动荡的传闻。暴民们不等定罪与否,便群起围攻绝信徒,死者数以百计,疆国禁卫军难以维持秩序。夏去秋来,疆国终于恢复了平静。出乎人们意料的是,刺杀事件彻底绝迹,躲在街道底下的库姆布莱人军队也属子虚乌有。其实,十多年来,异教徒的国度远比从前安宁。所谓的邪火之夏,终于成为了记忆,只留下无数尸体,以及随后的丧恸和废墟。

由于两起不幸的刺杀事件,第四宗和第二宗必须推选两位新的宗老,这就需要召开信徒议会。维林和凯涅斯有幸以护卫的名义,陪同阿尔林宗老参加会议,只因疆国局势动荡,很多兄弟派有任务,可靠的第六宗兄弟所剩无几。不过,维林怀疑是宗老想让他们增长见识,学学不同宗会是如何管理信仰事务的。

会议在第三宗的辩论厅举行。大厅穹顶之下,一张张长凳倚墙而置。除宗老之外,很多年长的宗师也受邀出席,参加讨论。不过,凯涅斯和维林不能发表意见。

他们在阿尔林宗老身后落座,凯涅斯兴奋地低声说道:"我做梦都想不到能来这里,兄弟。"他激动得声音微微发抖,"亲眼目睹两位宗老的选举,这真是天赐的福分。"

维林发现他带了一沓羊皮纸和一根炭笔。"开始写《凯涅斯兄弟传》了吗?"

"其实呢,我打算起名叫《五兄弟之书》。"

"六个,算上弗伦提斯。"

"噢,他有一两页的篇幅,别担心。"

第一宗的西拉·寇维斯宗老已经领着约二十位宗师就座了。他们全都是六十岁以上的男人,清一色的白袍装束,皱纹密布的面孔似乎沉浸于冥想之中,不然就是睡着了。接下来到场的是埃雷拉宗老,她只带了三位兄弟和两位姐妹,维林发现谢琳姐妹并不在其中,心里一沉。第三宗的邓得里什·亨德拉尔宗老最后到场,他拖着肥胖的身体走进来,在阿尔林宗师对面的前排长凳上落座,累得满头大汗。擦肩而过的死亡在他身上留下了印记,亨德拉尔宗老原先的肤色接近猪皮的粉红,现在则是暗淡的灰白,双眼凹陷在肉乎乎的脸庞里,仿佛塞进面团的两块石头。他带来的宗师最多,约有三十来个,大多数是男人,脸上挂着同一种表情,像是闻到了什么臭味。亨德拉尔宗老看到凯涅斯时目光一闪,表示他认识这个年轻人,却连个招呼也没打。宗老的举动令维林愤愤不平。他肯定比中了毒还要痛苦,维林心想,救命恩人竟是我们的一位兄弟。

寇维斯宗老站起身,走到位于大厅中央的讲台前。气氛肃穆,他那张蓄须的老脸也死气沉沉:"各位宗老、宗师,以及兄弟姐妹们,我们受召而来,举行此会。两位未来宗老的决定权掌握在我们手中。这种事情以前从没有发生过,之所以如此,是因为先前发生的惨案,夺走了我们两位德高望重的同袍。无须智者点拨,任谁都能看出,我们的信仰正处于黎明前最黑暗的时刻,这是审判之日,这一天,我们视若珍宝的信条即将面临最狂妄的挑战。这是我们今日决断之时,所必须牢记的。"他转过身,面对站在讲台旁待命的一位第三宗兄弟,"兄弟,请候选人入场。"

两位候选宗老走进会场,一个是三十出头的女人,另一个人身着黑袍,脸庞棱角分明,正是维林见过的滕吉斯·艾尔·佛尼。经介绍

渡鸦之影 血歌

得知,第一位是第二宗的列萨·伊尔尼安宗师,身穿茶色罩袍,外貌朴实温和,神色如常地迎接众人的注目。第四宗的滕吉斯·艾尔·佛尼则完全相反,凶巴巴地与众人对视,甚至带有挑衅的意味。在维林看来,三年前他身上那种古怪的快活劲儿不见了,而狂热犹存。他快速扫了一眼四周,看到维林时目光一顿,微微点头示意。

"这两位候选人在此寻求我们的认可,"寇维斯宗老对各宗的代表们说道,"信仰要求我们相聚于此,以审核他们能否称职。现在开始提问。"

亨德拉尔宗老第一个举手,向列萨·伊尔尼安提问:"你希望取代的那位悲惨离世的宗老,"他刚开了个头,便拿起一块花边手帕捂住嘴,大声咳嗽起来,"……他担任第二宗的宗老一职,已逾二十年。你自认为有如此丰富的经验吗?"

那女人毫不犹豫地接过了话头,她对答如流,用词精准,连语调也驾驭自如:"宗老所需并非经验。宗老乃最能体现本宗价值的兄弟姐妹。"

"所以你自作评断,自认为最能体现贵宗的价值啰?"亨德拉尔追问道,他脸颊微红,维林感觉他的怒气多少有些不自然。

"万事皆可自作评断,"列萨·伊尔尼安宗师答道,"信仰教导我们评断自我。试问,知我心者,岂是旁人?"

"列萨宗师,"埃雷拉宗老抢在亨德拉尔接话之前开口,"你可曾在疆国之内远行?"

"四大封地无一遗漏,且在北疆驻地外派一年,试图把信仰带给大平原上的骑马部落。"

"高尚之举。可有成果?"

"很遗憾,马背上的民族往往选择躲避外人,固守他们的怪力乱神。若我担任宗老,我希望派遣更多人北上。信仰乃上天赐福,理应发扬光大,惠及天下。"

"如此操心外在的世界，"寇维斯宗老说，"似乎有悖于贵宗的价值观念——使其永作冥想与深思之壁垒，抵受外界风暴万千。若你更关注现实之残酷，岂不有损于贵宗的正道？"

"既要深思，思必有物。生命无所经历，亦无从冥想。从未活过的人，自是不能参透生命之奥秘。"

这个女人的谈吐辞锋令维林大为震撼，他感觉到在座的宗师们也骚动起来，交头接耳的低语声充斥了会场。他身边的凯涅斯正奋笔疾书。

阿尔林宗老抬起手，嗡嗡声立即止住。"伊尔尼安宗师，你认为贵宗宗老为何惨遭谋杀？"

女宗师低眉颔首，绷紧的脸庞闪过一丝悲伤。片刻过后，她开口答道："因为有人企图伤害我们的信仰。"继而，她抬起头，迎着阿尔林宗老的目光，先前沉稳的语调略有犹疑，"他们是什么人，为何犯下此等罪行，我百思不得其解。"

她身边的滕吉斯·艾尔·佛尼兄弟进来后头一次说话："既然这位姐妹想不出与我们作对的是什么人，或许我可以解答。"

"现在不是对你提问。"寇维斯宗老指出。

"这种场合要注意言行，年轻人。"亨德拉尔宗老微微有些气喘，维林注意到他的手帕上有血迹。

"我并非对诸位不敬，"艾尔·佛尼回答，"只是说出真相而已，而我们当中有人似乎连这点勇气也没有。"

"真相又是什么？"埃雷拉宗老问。

艾尔·佛尼顿了顿，深吸一口气，似在积聚力量。维林身边，凯涅斯手执短了一大截的炭笔，悬于纸上，时刻准备着。"我们太骄傲了，"艾尔·佛尼终于开口说话，"我们容许自己变得软弱无力。过去，第六宗只是对抗着信仰的敌人，如今唯王命是从，还要维护疆国边境的稳定，却任由绝信徒的异教势力毫无阻碍地发展壮大。

渡鸦之影 血歌

"过去,第五宗只为那些真正的信徒提供医治,如今一视同仁,连背信者也不例外,结果使得他们变强,令他们自信即使背后捅我们的刀子,我们也不会放弃医治他们。

"我本人所在的宗会曾存有数百年来绝信教派及其活动的记录,然而,不到三个月前,这些资料全部付之一炬,只为腾出空间存放王室账本——如今这也成为我们的职责了。我知道,我所说的事实也许令在座的大多数人愤怒,抑或震惊,但是请相信我,兄弟姐妹们,我们把信仰与疆国和王室绑得太紧了。这才是我们遭受攻击的原因,因为敌人发现了我们毫不自知的弱点。"

会场一片沉默,邓得里什宗老气不打一处来,呼哧带喘地说道:"你在我们跟前叫嚣……这等异端邪说,还指望当上宗老?"

"我只是在诸位面前陈述事实,希望我们的信仰回归正道。至于你们首肯与否,我无所谓。我是本宗选举出来的,没有竞争对手,也不会再有人来了。信仰明文规定,我担任宗老之前必须接受诸位的询问,仅此而已。我说错了吗,寇维斯宗老?"

这位鬓发灰白的宗老生硬地点了点头,既不惊讶,也没有怒不可遏。

"那么,问答完毕了,感谢诸位的关照,但愿诸位记住我说的话。我要返回宗会了,还有很多事情要做。"他鞠躬致意,然后转过身,快步走出会场。

会场突然爆发了,在座的人大都站了起来,冲着艾尔·佛尼离开的背影高声怒吼,其中夹杂着"异端"和"叛徒"的字眼。艾尔·佛尼没有回头,大步流星地走了出去。喧闹仍在持续,有人大声呼吁采取行动。部分宗师请求阿尔林宗老逮捕艾尔·佛尼,将其送进黑牢,而阿尔林宗老只是坐在原地,始终一言不发。维林身边的凯涅斯用光了带来的羊皮纸,正忙乱地翻找口袋,看还有没有多的。

"以前发生过这样的事情吗?"维林问道,他必须提高嗓门才能让凯涅斯听见。

"从来没有过。"凯涅斯回答,他找出一小片羊皮纸,立刻开始书写,很快写满。"在信仰的历史上,这是破天荒头一遭。"

渡鸦之影 血歌

第七章

秋季,他们迎来了弓术试炼。所有参加的学徒兄弟再次全员通过。不出意料,凯涅斯、诺塔和邓透斯超常发挥,而依照宗会的标准,巴库斯和维林刚刚合格。为此,他们得到了参加夏令集市的奖励。由于先前暴乱频仍,夏令集市推迟了两个月。

维林和诺塔不约而同地选择留在宗会。有传言说,乌鸦们依然怀恨在心,因此他俩实在没必要故地重游,招惹报复。另外,诺塔也不愿再到父亲被处决的地方,以免触景伤情。他们白天带上小花脸去林子里打猎,奴隶犬灵敏的嗅觉很快就领着他们找到一头鹿。诺塔在五十步开外一箭射穿了鹿的脖子。他们决定不把猎物带回宗会厨房,而是就地剥皮,当晚宿在野外。傍晚时分,林中景致格外宜人,初秋的落叶铺在地面,仿佛铜绿色的毯子,夕阳透过稀疏的枝叶,洒下斑驳的余晖。

"没有比这更好的地方了。"维林感慨道。他割下一块鹿腰肉,架到篝火上炙烤。

"让我想起了家。"诺塔说着,扔给小花脸一块肉。

维林按捺住惊讶之情。自从诺塔的父亲被处决后,他就很少提及来宗会之前的生活。"在哪儿呢?我是说你家。"

"在南方,黑伯利河岸边的百余顷领地。我父亲的宅子就在里赫湖畔。在他小的时候,那儿是一座城堡,不过他后来进行了多次改建。我家有六十多间房,马厩能养四十匹马。他还没去瓦林斯堡侍奉国王的时候,我们经常到森林里骑马。"

"他说过为国王做的是什么事吗?"

"说过很多次,他希望我耳濡目染。他说有一天我会为麦西乌斯王子效力,正如他为雅努斯王效力。担当国王的心腹谋士,是我们家族的责任。"他苦笑了一下。

"他有没有提起与梅迪尼安人的战争?"

诺塔斜睨了他一眼:"是说你父亲烧城的那次吗?他只提过一回。他说梅迪尼安人早就对我们恨之入骨,烧掉他们的城也算不了什么。再者,我们已经一再发出警告,如果他们继续骚扰我们的船只和海岸,将会得到怎样的下场。我父亲是务实的人,不大纠结于烧城这件事。"

"他没说过送你来宗会的原因,对吧?"

诺塔摇摇头。天色渐暗,火光映在他眼里闪闪发亮,英俊的脸庞在暗影中越发显得阴郁。"他说我是他儿子,他希望我加入第六宗。我记得送我来的头天晚上,他和母亲吵了一架,这很奇怪,因为他们从来不吵架,准确地说,他们根本很少说话。到了早上,母亲没来吃早餐,马车来接我时,父亲也不准我去跟她道别。从那之后,我就再没见过她。"

两人陷入沉默,维林的脑子里冒出一个又一个问题,不过他觉得还是不问为妙。

"我知道你在想什么。"诺塔说。

"我没想什么……"

"你想了。而且你想得没错。我父亲送我来宗会,是因为你父亲送你来了。我告诉过你,他俩是死对头,不过当时我没有说出全部事实。我父亲讨厌战争大臣,可以说极其反感。有一阵子,他张口闭口都是来自贫民窟的区区一介屠夫,是如何不断地撼动他的地位。你父亲备受人民喜爱,而我父亲永远做不到这一点,这令他很是苦恼。他生来便是贵族,不是平头百姓,而你父亲是布衣出身,完全凭借实打实的功绩步步高升。你父亲送你来这里,是他效忠信仰与疆国的伟大象征，既然你父亲公然作出这样的牺牲，我父亲也别无他法。"

"我很抱歉……"

"不用道歉。你和我一样，都是父辈的牺牲品。我思索了好几年，他到底为什么这样做，有一天，我突然想到了。他送我来，无非是为了稳固朝中的地位。"他的笑容充满讽刺，毫无幽默可言，"看来，我们那位尊贵的国王对他的表现无动于衷啊。"

我不是父亲的牺牲品。维林心想。是母亲决定送我来，目的是保护我。但他没有说出口，诺塔很可能难以接受这种说法。

"你不觉得很讽刺吗？"片刻沉默后，诺塔问道，"如果我们没有被送进宗会，十有八九会成为敌人，跟我们父亲一样。我们的儿子也会是敌人，说不定孙子也会，世世代代皆是如此。至少宗会的生活终止了这种可能。"

"听你的意思，似乎很满意来到宗会。"

"满意？不，只是接受。这就是我目前的生活。谁又知道未来会怎样呢？"

小花脸打了个哈欠，露出两排辉映着火光的利齿，它走过来贴在维林身边，然后趴下来睡着了。维林拍拍它的肚子，在垫子上躺下，琢磨着万千繁星的各种形态，等待睡意降临。

"我……觉得欠你一笔债，兄弟。"诺塔说。

"欠债？"

"我这条命。"

维林明白诺塔是想感谢他，诺塔只能用这种方式表达谢意。维林不止一次地想过，如果诺塔的父亲没有送他来宗会，他会成为怎样的人？未来的第一大臣？疆国之剑？甚至当上战争大臣？但维林不太相信的是，诺塔会仅仅为了战胜对手，送走亲生儿子。

"我不知道未来会怎样，"他终于开口了，"不过我觉得你有很多机会还债。"

第二部

宗会生活有一点很古怪，随着年龄增长，训练越发艰苦。他们对技艺的精进如同磨剑，必须不断地打磨，才能锋利无匹。秋去冬来，剑术练习的时间先是翻倍，接着变成三倍，最后占据了一整天。索利斯宗师成了他们唯一的宗师，其他宗师则从他们的生活中退场，教导年幼的兄弟们去了。剑成了他们生活的全部。原因很明显，明年将会迎来最终的剑术试炼，他们将对战三个持剑的罪犯，不成功，便成仁。

剑术训练从早上七点开始，持续一整天，中途只有短暂的进餐时间，以及作为调剂的弓术或马术复习。早上一来，索利斯便示范一套剑招，快若闪电地突刺、闪避、格挡，全在区区几步之内完成，然后命令他们照着样子来一遍。谁出了差池，就得绕着操场全速冲刺。下午，索利斯要他们换成木剑对战，导致他们身上的瘀伤以惊人的速度增多。

维林自知在兄弟中剑术最好。邓透斯精通射箭，巴库斯徒手无敌，诺塔是最好的骑手，凯涅斯对野外的熟悉堪比野狼，但论剑术，唯他独尊。他无法用言语形容这种感觉，剑似乎就是他身体的一部分，成为手臂的延伸。在战斗中，这种人剑合一的默契使得他耳聪目明，轻易便能识破对方尚未出手的招式，接下势难抵挡的攻击，找到突破防御的办法。没过多久，索利斯宗师就不再安排他与兄弟们过招了。

"从现在开始，你跟我对打。"他对维林说，两人执剑相对。

"荣幸之至，宗师大人。"维林说。

但听一声脆响，索利斯的剑击中了他的手腕，维林的木头武器脱手飞出。他急忙后撤，不料索利斯快如电光石火，榉木短棍重重地打在他的腰腹之间。维林顿觉喘不过气来，摔倒在地。

"无论何时都应当重视对手,"索利斯对众人说道,此时维林胃里翻江倒海,拼命忍着没吐出来,"但也别重视过头。"

◆◆◆

随着寒冬降临,弗伦提斯即将参加野外试炼,兄弟们在院子里为他送行,还附送了几句金玉良言。

"别进洞。"诺塔说。

"不管找到什么都杀了吃。"凯涅斯告诉他。

"燧石不能掉。"邓透斯提醒。

"如果遇上暴风雪,"维林说,"躲在掩体里,别听风声。"

只有巴库斯什么都没说。他曾在试炼中发现叶尼斯的尸体,那情景历历在目,于是他轻轻地拍了拍弗伦提斯的肩膀,算是告别。

"我盼了好久,"弗伦提斯掂了掂包裹,快活地说,"出去五天,不用训练,不挨杖子。我等不及啦。"

"是又冷又饿的五天。"诺塔提醒他。

弗伦提斯耸耸肩:"以前也挨饿受冻,我应该很快就习惯了。"

在维林看来,弗伦提斯进宗会这两年强壮了很多,个头比得上凯涅斯,肩膀也日渐宽阔。相比体格,性格的变化更大,过去那个喜欢满嘴牢骚的小男孩不见了,如今的他总是信心十足地迎接每一项挑战。他毫无意外地成为组里的领袖,但他改不掉火爆的性子,动不动就打人。

他们目送弗伦提斯等人登上马车。胡提尔宗师一甩缰绳,驾车出了大门,弗伦提斯咧嘴而笑,不断地朝他们挥手。

"他能通过。"凯涅斯安慰维林。

"那是一定的,"邓透斯说,"他是那种回来时比出发前还胖的家伙。"

第二部

这几天似乎格外漫长，他们除了反复操练，便是消肿化瘀，而维林每天早上一醒来就担心弗伦提斯，忧虑日渐加重。到那孩子出发后第四天，他满脑子挂念，连剑术也迟钝了，身上青一块紫一块，竟也毫无察觉。有种不祥的预感在他脑子里盘旋，挥之不去。这种感觉似曾相识，仿佛是脑子里的一块愈来愈浓重的阴影，又像迷失在记忆中的一段旋律，絮絮叨叨，不停不歇。

等到第五天，他裹着斗篷在宗会门前徘徊，往暮色中张望，希望看到马车载着弗伦提斯平安归来。

"在这儿干什么？"诺塔问道，冬夜严寒刺骨，冻得他脸都变了形。兄弟们都回塔楼去了，今天的训练着实严酷，可谓前所未有，导致他们处理完伤口才去吃晚饭。

"我在等弗伦提斯，"维林回答，"冷的话你就回去。"

"我又没喊冷。"诺塔咕哝着，没挪身子。

终于，当夜幕降临，澄澈的天空亮出点点繁星，那辆马车驶进了他们的视野。胡提尔宗师驾车进了大门，车上坐着四个学徒兄弟，比五天前出发时少了三个。不等马蹄脆生生地踏上庭院的鹅卵石地，维林就知道车上没有弗伦提斯。

"他人呢？"等胡提尔宗师拉住缰绳，维林上前问道。

胡提尔宗师没有责怪他无礼，只是不动声色地看了他一眼。"不在。"宗师边说边爬下马车，"我要去见宗老。你就待在这儿。"说完就跺跺脚走向宗老的房间。维林站在原地熬了足足十秒，才匆匆跟上去。

过了好几分钟，胡提尔宗师终于走出宗老的房间，经过维林身边时目不斜视，也不理会他的问题。宗老的房门紧紧关闭，维林忍不住走上前去，伸手便要敲。

"别！"诺塔抓住他的手腕，"你疯了吗？"

"我要知道怎么回事。"

"你必须等着。"

"等什么？等他们什么都不说？等他消失得无影无踪，就像米凯尔和叶尼斯一样？烧一堆火，说两句话，我们的一个兄弟就不见了，被我们遗忘了。"

"野外试炼很残酷，兄弟……"

"对他不算！对他来说只是小菜……"

"你并不知道。你不知道宗会外面发生了什么事情。"

"我知道饥饿和寒冷打不倒他。他很强壮。"

"他再有力量，也只是个小男孩。当年他们把我们送到又黑又冷的地方自生自灭时，我们也就这么小。"

维林甩开诺塔的手，沮丧地抓着头发："他从来就不是小男孩。"

他们听到走道里传来靴子撞击地板的声响，抬头发现索利斯宗师正大步走来。"你们两个在这里做什么？"他站在宗老的房门前问道。

"等我们兄弟的消息，宗师大人。"维林平心静气地回答。

索利斯眼中的怒意稍纵即逝，他握住门把手，说道："那就等吧。"然后走了进去。

虽然只是五分钟，可仿佛有一小时那么漫长。突然，门打开了，索利斯宗师一晃头，示意他们进去。宗老坐在桌子后面，那张长脸仍然没有表情，但维林从射来的目光中，看出宗老正在算计什么，即将谈到的事情似乎超出了他的想象。

"维林兄弟，"他说，"你知道弗伦提斯兄弟在宗会之外是否有什么敌人？"

敌人……维林的心猛然一沉。那人找到他了。而我没能保护他。"有一个人，宗老大人，"他沉声答道，语气极为哀伤，"瓦林斯堡的黑帮头目。弗伦提斯兄弟在进宗会前，用飞刀扎了那人的眼睛。我听说他一直怀恨在心。"

索利斯宗师恼怒地哼了一声，而诺塔一时不知说什么好。

"那你从来没有想过，"宗老说，"将这一情况告知我或索利斯宗师吗？"

维林摇摇头，木然地沉默。

"你这个自大的蠢货。"索利斯宗师一针见血。

"宗师大人说得是。"

"木已成舟，"宗老说，"你是否知道，那个独眼男人会把我们的兄弟带去哪里吗？"

维林猛然抬头："他还活着吗？"

"胡提尔宗师找到了一具尸体，不是弗伦提斯兄弟，但这个可怜人的胸口插着一把本宗使用的猎刀。从现场的痕迹来看，搏斗很激烈，有好几处血迹，但找不到弗伦提斯兄弟。"

那些家伙知道他在这里。还以为独眼的爪牙找不到他，这种想法太愚蠢了。他们肯定跟踪过马车，然后活捉了弗伦提斯。维林想起爬手加利思的话：独眼放话了，只要逮到他，就活剥他的皮，慢慢儿地剥上一年……

"我去救他，"维林对宗老说，语气笃定而冰冷，"我要杀了抓走他的人，带他回宗会。活要见人，死要见尸。"

宗老扫了一眼索利斯宗师。

"你有什么需要的？"索利斯问。

"外出半天，带上我的兄弟们，还有我的狗。"

◆

小花脸心甘情愿地随他们来到城门。它最初因为出了宗会大宅而撒起了欢，但见到气氛过于沉重，便也识趣地缄默下来。它似乎明白担负的是何等责任，嗅了嗅兄弟们在弗伦提斯床下找到的袜子，吠了一声便往大门冲去。他们赶紧发足狂奔,尽力不跟丢。奴隶犬以惊人的速度带他们七弯八拐地穿行于背街小巷,不出维林意料,他们很快便来到了城南。

街道大多冷冷清清,只有各色醉鬼和妓女。看见五个第六宗兄弟跟着一只庞然大狗狂奔而来,很多人赶紧挪了地方。终于,小花脸收住脚步,紧张地站着不动,它这样的表现通常意味着发现了猎物。循着它的鼻头所指看去,有一家坐落在阴森巷道里的店子,门上的招牌写着"黑猪酒馆",窗内透出昏暗的灯光,粗声粗气的醉话和笑声飘进他们的耳朵。

小花脸发出了令人不寒而栗的低吼。

维林跪下来,轻轻地拍了拍它的脑袋。"别动。"他下令。

他们往店子里走去时,猎犬哀伤地呜咽了一声,但果然没有动。

"什么计划?"他们走到门前站住,邓透斯发问。

"我认为直接问他们弗伦提斯在哪儿,"维林回答,"然后就能知道。除非我们自视过高了。"

他们刚一现身,酒馆内的欢声笑语便戛然而止。满屋子的酒客纷纷侧目,他们的面孔大多饱经沧桑,肮脏不堪,夹杂着恐惧和厌恶的神色。吧台后面那个膀阔腰圆的光头大汉看到他们,显然不大高兴。

"晚上好,先生!"诺塔打着招呼,往吧台走去,"你这地方不赖啊。"

"这里不欢迎宗会的人。"店主说道,维林注意到他唇上渗出了薄薄一层汗水。"你们不该进来,这里不是你们的地盘。"

"噢,别担心,好伙计。"诺塔拍拍那人的肩膀,"我们不想找麻烦,只想找我们的兄弟,就是几年前一刀把你们老大的眼睛扎了的那个。只要你好好配合,说出他在哪儿,我们保证不杀你,也不杀你这些老主顾。"

人群中响起恼怒的抗议声,店主舔了舔嘴唇,满是汗水的光头闪闪发亮。他极快地往右边瞟了一眼，然后定睛看着诺塔。"这里没有宗会的兄弟。"他说。

诺塔露出了最为迷人的笑容："噢，求你别这样。你晓不晓得，一个人被开膛破肚了还能活好几个钟头呢，当然，疼是难免的。"

维林循着店主匆匆一瞥的方向望去，似乎没有什么特别的，只看见那些酒客们正紧张兮兮地挪着脚，还有遍布灰尘的地板。不过，壁炉旁边有一块地板相对干净，大约一码见方。当他迈步向前打算看个清楚时，一个男人从桌边站了起来。此人浑身肌肉虬结，指节粗大，一望便知是打斗的好手。

"你们以为这是哪儿——"

维林脚步不停，一拳击中他的喉咙，那人顿时倒在脏兮兮的地板上，喘不过气来。酒客们恼怒地咕哝着，纷纷起身，座椅与地板发出刺耳的刮擦声。维林蹲下身子，检查那块洁净的地板，很快发现这其实是一扇活板门。好手艺，他心里想着，伸手摸索结合处。

"你们无权这么干！"店主直起身子大喊，"你们闯进来威胁我们，还殴打主顾！这可不行。"

酒馆里的主顾们异口同声地怒吼，大多数人已站起身来，不少亮出了各式各样的刀子和棍棒。

"宗会杂种！"有人一边把弄着宽刃小刀，一边破口大骂，"来错地方了，非灭灭你们的威风不可！"

诺塔的剑瞬间出鞘，那人眼睁睁地瞧着自个儿手指齐断，小刀当啷坠地。

"没必要说这种脏话，先生。"诺塔厉声警告他。

人群稍稍退了半步，一时间酒馆内寂静无声，只有那刀子手捂着残肢的惨嚎，还有被维林击倒在地的打手刺耳的喘息。他们害怕了，维林从他们的脸上读出这个结论，但还不至于吓跑，毕竟他们人多势众。

渡鸦之影 血歌

他把手指伸进嘴里，打了一声尖利而响亮的唿哨。他原以为小花脸会从正门进来，可奴隶犬显然没把窗户放在眼里——随着玻璃炸得满屋子都是，一坨黑乎乎的大肉团子飞到酒馆中央，然后张口乱咬身边的倒霉蛋。

不过几秒钟，酒馆没人了，除了两个受伤的酒客，再就是店主。他抓着一根粗大的棍子，胸膛剧烈起伏，显然吓得不轻。

"你怎么不走？"邓透斯问他。

"我如果不反抗就跑，他非要了我的命不可。"光头男人回答。

"独眼活不到明天早上，"维林向他保证，"滚出去吧。"

店主紧张兮兮地最后看了他们一眼，丢下棍子，从后门逃了。

"巴库斯，"维林说，"过来帮把手。"

他们把猎刀插进地板与活板门之间的缝隙里，将其撬开，露出一个地洞。从洞口下望，底下是一间光线昏暗的地窖。维林看见下方的石头地板上有火光跳跃，窖底约莫有十步之深，于是往后退了一步，抽剑出鞘，打算跳下去。然而小花脸捕捉到了气味，便丝毫没有磨蹭的道理，它从维林身边一掠而过，消失在地洞里。一两秒钟过后，惊叫和惨嚎传来，其中夹杂着小花脸的怒吼，显然它发现了几个敌人。

"它给不给我们留活口啊？"巴库斯不满地说。

维林跳进地洞，落地后一个翻滚，起身举剑。兄弟们接二连三跳了下来。地窖很大，少说宽二十步，墙上插着火把，有条地道往右边延伸。地窖里横着两具尸体，都是彪形大汉，喉头破开，小花脸正蹲在其中一具上，舔着血糊糊的喉咙。见维林跟上来，它吠了一声，冲进地道里，消失得无影无踪。

"它还能闻到味儿。"维林从墙上取下一支火把，跟着奴隶犬追上去。

地道似乎永无尽头，不过他们也就追着小花脸跑了几分钟而已，随后便来到一间宽敞的房子。这座建筑显然有些年头了，四面精美的墙砖在高处会聚，形成造型优雅的穹顶。一条石阶小道通向一处圆形的浅池，池中摆着一张宽大的橡木餐桌，各式各样不搭调的金银器皿放在桌上。有六个人围坐桌边，手里拿着牌，面前堆放着许多钱币。他们瞪着维林和小花脸，神情错愕。

"信仰在上，你们是什么人？"其中的高个子问道。此人脸色苍白，维林注意到他身旁的椅子上搁着一把上膛的弩弓。另外五人身边也都放着剑或战斧。

"我兄弟人呢？"维林问。

说话那人打量完维林，又看了看小花脸，发现奴隶犬口中沾血，接着又见巴库斯等人从地道中钻出来，脸色愈加苍白。

"你来错地方了，兄弟。"高个子说话时止不住地打颤，维林认为他已经尽力掩饰恐惧了，"独眼不喜欢——"他说着便摸向弩弓。小花脸獠牙一闪，以迅雷不及掩耳之势跃上桌子，咬住高个子的喉咙，失控的弩箭射向房顶。其他五人纷纷起身拿兵器，看得出来，他们虽然害怕，却没有逃跑的意思。维林认为没必要再费口舌了。

与他对峙的是个壮实的家伙，那人打算玩个声东击西，挥斧上劈，但动作实在太慢，还没来得及挥起战斧，维林的剑尖就刺进了脖子。他瞪着穿颈而过的利剑，眼球鼓胀，鲜血自口中涌出。维林抽出剑，任他倒地抽搐。

他转过身，发现兄弟们已经解决了余下的四个。巴库斯面色铁青，正在所杀之人的衣衫上擦拭剑身，浓稠的血在地砖上汇聚成小池。邓透斯跪在地上，从敌人的胸膛里拔出飞刀，维林觉得他正忍着不让泪水流出来。诺塔低头瞪着他杀死的那个人，仿佛戴上了一张冰冷的面具，任由鲜血顺着低垂的剑尖下滴。只有凯涅斯不受影响，他抖掉剑上的血，照着尸体踢了几脚，以确定对方死透了。维林知道凯涅斯以前杀过人，但见兄弟如此冷静，他还是有些不适。难道我不是兄弟当中唯一的冷血杀手吗？他心想。

小花脸最后一拧高个子的脖颈，只听颈骨传来一声脆响。它放开尸体，在房间里跑了一圈，鼻子一抽一抽地嗅着弗伦提斯的气味。

"这座老房子很有意思。"凯涅斯张望着，走到一根直通穹顶的柱子旁，伸手抚摸柱身。"真是精美，非常精美，现在很难在城里见到这么好的工艺了。这地方相当古老。"

"我还以为是下水道的什么地方。"邓透斯闷闷地说。他背对杀掉的人，紧紧抱着胳膊，浑身打着寒战。

"当然不是，"凯涅斯说，"绝对不是下水道，我敢肯定。瞧这儿的图案。"他指着嵌在柱身里的怪异石雕。"书和鹅毛笔，古时候是第三宗的象征，很早就废弃不用了。这个地方可以追溯到城市始建之初，也就是信仰刚刚诞生的时候。"

维林原本大部分注意力都放在小花脸身上，这时也被凯涅斯的话吸引了。他环视房间四周，发现支撑穹顶的柱子有七根，每一根的底座上都有石雕。"以前有七个。"他低语道。

"没错！"凯涅斯兴奋地说，他挨个儿查看每一根柱子，"七根柱子。这就是证据，兄弟。以前有七个。"

"你们瞎扯什么呢？"诺塔问道。他的脸上恢复了血色。和邓透斯恰恰相反，他的目光似乎无法从敌人的尸体上移开，手里的剑依然沾满血污。

"七根柱子，"凯涅斯回答，"七个宗会。这是一座祭拜信仰的古老庙宇。"他在一根柱子旁站住，细看底座的石雕，"蛇和高脚杯。我敢打赌，这是第七宗的象征。"

"第七宗？"诺塔的目光终于从尸体上移走，"根本没有第七宗。"

"现在是没有了，"凯涅斯解释道，"但以前……"

"改天再讲故事，兄弟。"维林对他说，然后扭头提醒诺塔，"再不擦掉血，剑就锈了。"

巴库斯正翻看桌上堆积成山的物件，双手游荡在金银器皿当中。

"好东西啊，"他羡慕地说，"早知道该带只麻袋来。"

"不知道这都是从哪儿搞来的。"邓透斯说着，拿起一个雕工精美的银盘。

"偷来的。"维林说，"看上的就拿走，但不要影响行动。"

小花脸吠了一声，鼻头对着维林左边的一面墙。巴库斯上前查看，举起拳头砸了几下："就是墙。"

小花脸跳来跳去地嗅着墙底，爪子刨掉了好些泥浆。

"或许是一扇暗门。"凯涅斯走上前，摸索墙壁的边缘，"应该有根门闩或者把手。"

维林从他杀掉的那人手里取过斧头，走到墙边，一斧头猛劈下去。就这样，他不断地劈砍，墙面终于露出一个小洞。小花脸又狂吠起来，不过维林不需要奴隶犬提醒，也知道墙那边有什么了——他闻到了那种腥甜、腐臭、令人作呕的气味。

他和凯涅斯交换了眼神，在朋友的眼中，他看到了同情。

弗伦提斯……我想当兄弟……我想跟你一样……

他更加用力地劈砍，红色砖屑和灰色泥浆如烟似雾，从墙体内迸射而出。兄弟们也抄起能用的家伙过来帮忙，巴库斯从敌人那里找到一把手斧，邓透斯提来一条椅腿。很快，墙上的洞大到足够他们钻进去了。

面前的房间十分狭长，墙上火把的光照亮了噩梦般的场景。

"信仰啊！"巴库斯惊叫道。

一具尸体悬在半空，足踝戴着脚镣，胳膊则被皮带束在胸前，灰白的皮肉松松垮垮，显然已挂了不少时日。尸体的脖颈开了一条大口子，足以说明此人的死因。他的正下方摆着一个碗，里面有干涸的黑色血迹。房里还挂有另外五具尸体，喉咙全被割开，个个下方都有碗。气流涌进墙内，推着他们的尸体轻轻摆动，恶臭扑面而来。小花脸闻到满屋子的腐臭，不禁皱起鼻头，贴着墙边，尽可能地远离尸体。邓透斯找了个角落呕吐起来。维林压抑着呕吐的冲动,鼓足勇气挨个儿查看几具尸体的面孔,发现全都不认识。

"这是怎么回事?"巴库斯虽然觉得恶心,却也十分好奇,"你先前说他就是个江洋大盗。"

"看来是个志向远大的江洋大盗。"诺塔说道。

"这跟偷盗没什么关系,"凯涅斯轻声说道,他正凑近观察一具尸体,"是……为别的事情。"继而,他低头看了看地上那个污血斑斑的碗,"完全是另外一回事。"

"是什么……"诺塔刚要发问,维林一抬手,压住了他的话头。

"听!"他低声说。

那声音极其微弱怪异,是个男人在吟诵什么,吐字不清,不是本国语言。维林循着声音找到一处壁龛,原来这儿有扇虚掩的门。他低垂剑身,用脚尖点开门,眼前又出现了一间房。这间房是从岩石里生生凿出来的,房内满是耀眼的火光和摇曳的黑影,眼前的一幕情景,差点令维林惊呼出声。

弗伦提斯被绑在一根木架子上,身后是熊熊烈火。他的嘴被塞得死死的,全身赤裸,刀伤遍体可见,竟组成了某种奇异的图案,鲜血恣意地淌过他的身子。他两眼圆睁,炯炯有神,满是怒火,见到维林,那双眼睛瞪得更圆了。

弗伦提斯身边站着一个持刀的男人。此人上身赤裸,胳臂粗壮,满脸横肉,显然是悍勇之徒。他仅有一只眼睛,空眼窝里塞了一块乌黑光润的石头,当他转身面对维林时,那石头反射出赤红的星火。"啊,"他说,"你肯定就是导师了。"

维林从来没有过主动杀人的欲望,没有过嗜血的冲动。然而此时此刻,杀人的激情在他内心翻滚,愤怒之歌淹没了全部理智。他握紧剑柄,往前冲去……

他不知道发生了什么,也搞不懂为何四肢突然麻痹,一眨眼的工夫，他便仰面躺在地上，只觉得胸口窒息，五指一松，长剑咣当坠地。他感觉手脚冰冷僵硬，想要站起来，却没法借力支撑，像个不省人事的醉汉胡乱踢打。这时，独眼男人从弗伦提斯身边走过来，那把染血的小刀在火光中泛着黄澄澄的光芒。

"喂！"巴库斯大叫着，跟兄弟们一起冲了上去，"受死吧，独眼！"

独眼男人举起手，只是一个随意的手势，竟然凭空冒出一道火墙，拦在维林的兄弟们面前，逼得众人纷纷退后。火墙隔断了房间，从地面烧到屋顶，翻滚的火舌成了不可逾越的障碍。

"我喜欢火，"独眼男人说着，那张棱角分明的脸转过来面对维林，"火舞的样子特别美，你不觉得吗？"

维林试图从斗篷里取出猎刀，但他的手不听使唤，只是无法控制地颤抖。

"你很强壮，"独眼男人说道，"一般人完全不能动弹。"他回头看了一眼弗伦提斯，那孩子瞪着眼睛，鲜血淌个不停，赤裸的身体正拼尽全力地挣扎。

"你为了他而来，"独眼男人继续说道，"他说你就是要来杀掉我的人。艾尔·索纳，黑鹰斗士，刺客杀手，战争大臣的崽子。我听说过你，你听说过我吗？"他露出悲伤的笑容。

维林不由自主地啐了一口唾沫，正吐在独眼男人的靴子上。

他脸上的笑容消失了："看来你知道我。你都听说了什么？我是江洋大盗？盗贼头子？当然没错了，但这不是全部的答案。毫无疑问，你既然来了，必定杀了我好几个手下。有没有想过他们为什么不逃跑？为什么他们更害怕的是我，而不是你呢？"

独眼男人蹲下来，凑近维林，嘶声说道："你带着剑，带着兄弟，带着狗儿，跑到这么远的地方，却不知道这一切毫无意义。"

他侧过脸，给维林看眼窝里的黑石："如果你以为这是我的不幸，倒也情有可原。可事实上,这是一份礼物啊,一份妙不可言的礼物,我应该谢谢你的小兄弟才是。噢,是他给了我力量,使我得以凌驾于全城的恶人之上。我当上了盗贼和刺客的国王,我拿纯银打造的餐盘吃饭,我玩弄最可口的妓女玩到欲念全无。我拥有了男人所渴望的一切,却还有一件事始终忘不掉,令我寝食难安……"他站起身,走向弗伦提斯,"那便是一个低贱的小杂种刺瞎我眼睛的痛苦。"

弗伦提斯拼命地挣扎,他的面孔因愤怒和仇恨而扭曲。虽然他被堵住嘴,却仍试图发声,维林隐隐听见他含糊的咒骂。

"他宁死不说,"独眼男人扭头对维林说,"你理应为他骄傲。他不肯说出你们宗会的秘密,不过既然你们亲自来了,我的问题想必是能够解答的。"他提刀对准弗伦提斯的胸膛,刺进半寸之深,然后斜着拉出一道伤口。弗伦提斯白牙紧咬,发出一声惨嚎。

维林吃力地挪动双臂,驱使冰冷麻木的肢体,想要强行撑起身子。

"噢,别这样,兄弟,"独眼男人说着,撇下弗伦提斯,手中仍拿着血迹斑斑的小刀,"我向你保证,你挣脱不了。"

维林咬紧牙关,使出浑身力气撑了起来。他的身子抖个不停。

"真是强壮!"独眼男人说,"可我不能遂了你的愿。"

同样的冰冷麻木感再度袭来,潮水般淹没了他的四肢,涌进他的胸腹,迫使维林瘫倒在地。他力竭了。

"有没有感受到我的力量?"独眼男人居高临下地问道,"起先,这力量令我这样的人都感到害怕,那是一种凝望无底深渊的彻骨寒意。不过恐惧最终消退,"他举起沾有弗伦提斯鲜血的小刀,"我拥有了秘密,我知道不管什么敌人,都战胜不了我。"他伸出一根手指,从刀刃上沾下一滴血,放进嘴里。"谁知道竟是如此简单?当上盗贼之王,要流很多血。这些年我是泡在血水里过来的,因为我要找人宣泄愤怒,对你这位小兄弟的愤怒。而当我沐浴在血水之中,我发现力量不断增长,连你这么强壮的家伙也无法抗拒我的意念。听说你命中注定要——"

凯涅斯跃过火墙,双手持剑,高高举起。脚尖点地之时,剑也凌空劈下,从独眼男人的肩膀砍到了胸骨。剑卡在他的身体里,他站在原地没动,脸上只有毫无掩饰的震惊之情。

"不热的火,"凯涅斯说,"根本不是火。"

独眼男人的尸体瘫软在地,与此同时,维林身上的麻痹感开始消退,那道召唤出来的火墙也瞬间不见。维林感觉有人拉他起来,残存的麻痹感仍在作祟,肢体依然颤抖不止。巴库斯和诺塔砍断了束缚弗伦提斯的镣铐,又取出了堵嘴的破布。那孩子重获自由,立时发狂,他捡起独眼男人的小刀,冲着尸体疯狂叫骂,一刀又一刀地乱捅乱刺。

"你这挨千刀的混蛋!"他尖叫着,"还想活剐了我,你这该死的渣滓!"

维林摆摆手,示意众人不必上前,任由弗伦提斯践踏尸体。终于,弗伦提斯身子一软,瘫倒在尸体上,浑身是血,一丝力气也没了。

"兄弟,"维林伸手搭着弗伦提斯的肩膀,说道,"你要治治伤。"

第八章

"谢琳姐妹还在南岸。"第五宗门口,塞林兄弟见到维林便说,然后目光落到了弗伦提斯身上。后者浑身是血,不省人事,被巴库斯和诺塔架在中间。"哈宁宗师接手了她的工作。进来吧,兄弟们。"他打开大门,招呼他们进来,"我带你们去找他。"

哈宁宗师花了一个多钟头缝合和包扎弗伦提斯身上的伤口,兄弟们自作主张的建议和无休无止的问题令哈宁宗师忍无可忍,只好要求他们离开治疗室。维林发现埃雷拉宗老正等在走廊里。

"看来你们的日子越发艰难了,兄弟们。"她说,"餐厅有给你们准备的食物。"

大伙默不作声地吃着,很多第五宗成员的出现中止了他们的谈话。人们的目光纷纷投向这些身着蓝色罩袍、神情严肃的不速之客,有几个熟面孔跟维林打招呼,只得到了草草的点头回礼。他们面前的桌子上摆着丰盛的食物,但维林毫无胃口。不知道独眼男人对他做了什么,他的手还微微有些颤抖,而弗伦提斯挣扎和流血的情景,依然在脑海里挥之不去。

一个多钟头后,埃雷拉宗老过来坐下了:"哈宁宗师说你的兄弟可以痊愈。他这些天必须留在我们这里治疗。"

"他醒了吗,宗老大人?"维林问。

"哈宁宗师给他用了安眠药。他明早会醒,到时候你可以见他。"

"多谢您,宗老大人。可否请您派人给我们宗会送个信呢?阿尔林宗老还在等我的消息。"

她派塞林兄弟去第六宗送信,然后给他们在东楼安排了一间房住下。维林坚持要照看弗伦提斯，兄弟们都去睡了，只有凯涅斯陪着他。为了打发时间，凯涅斯取下兵器，统统搁在地板上，挨个儿仔仔细细地擦拭起来，刀剑在烛光中闪着寒光。小花脸被关进了马厩里的一间空隔栏里，它不理睬喂来的食物，只是一个劲儿地狂吠，哀怨的叫声穿透墙壁，飘进了他们的耳朵。

维林琢磨着从弗伦提斯手里取下的长匕首，独眼男人正是用它在弗伦提斯身上割出了错综复杂的伤口。这把匕首理应归凯涅斯所有，但他满脸嫌恶，拒绝接受，维林也是一时心血来潮才留在身边。此物做工精良，器形陌生，刀刃淬火充分，刀柄饰有银头，造型优美，而护手上所刻的文字从未见过。这显然是来自海外的兵器，看来独眼的触手伸得很远。

"火是幻觉。"维林的声音听来极为疲倦和低沉，他想起马克里尔兄弟那些无趣的故事，讲的是大火和屠杀。

凯涅斯抬头看了他一眼，点点头，然后继续用布片擦拭刀剑。

"是黑巫术，"维林说，"是鲜血给了他这种力量。那几具尸体就是用来做这个的。"

凯涅斯这回没抬头，不过又点了点头，依然埋首擦剑。

维林感到双手又开始颤抖。一想到自己面对独眼男人无能为力，他就怒不可遏。而凯涅斯完全不一样，他穿过黑巫术造成的火焰，砍倒了那个施展障眼法的男人。你还有很多事情没告诉我，兄弟。从来都是这样。"我们之间没有秘密。"这是他的原话。

凯涅斯擦拭刀剑的手忽然停了下来。他抬头与维林对视，那一瞬间，朋友的眼神别有意味，不是平日常见的友爱和尊重，而带有几分愤恨。

门开了，索利斯宗师和埃雷拉宗老走进来。"你俩应该休息。"索利斯宗师简短地说，然后走到床边查看弗伦提斯的伤势，只见绑在他胸前和胳膊上的绷带血迹斑斑。"会留下伤疤吗，宗老大人？"

"伤口很深，虽然哈宁宗师技艺高超，不过……"她摊了摊手，"我们只能做到这一步。所幸肌肉没有受损，他很快就能康复如常。"

"那个作恶的家伙死了吗？"索利斯问维林。

"死了，宗师大人。"维林示意凯涅斯，"是我兄弟亲手了断的。"

索利斯看了看凯涅斯："那人武艺如何？"

"他的厉害之处不是使用兵器，宗师大人。"凯涅斯犹犹豫豫地瞟了一眼埃雷拉宗老。

"但说无妨。"索利斯表示。

他对索利斯宗师讲述了离开宗会后发生的一切，讲到了黑猪酒馆，以及在地底古宅与独眼男人的搏斗。"那人懂黑巫术，宗师大人。他仅凭意念便能召唤火焰幻象，限制维林兄弟的行动。"

"却没骗过你？"索利斯惊讶地挑起眉毛。

"没有，我看穿了他的幻术，这似乎令他大吃一惊。"

"你确定杀死了他吗？"

"他死了，宗师大人。"维林信誓旦旦。

索利斯宗师和埃雷拉宗老对视了一眼。

"我听说宗老大人格外慷慨地给你们提供了住处，"索利斯背对弗伦提斯说道，"如果你们不去休息，那便是辜负了她的好意。"

他们听出宗师有逐客的意思，便站起身向门口走去。"此事万不可告知他人，"他们还没走出门，又听到索利斯宗师的命令，"还有，快让那条该死的狗闭嘴！"

------◆------

次日清晨，索利斯宗师详细询问了去独眼的密室以及那座古代庙宇的路线。维林愿意带路，但遭到严厉的拒绝。索利斯记住了他们的提示，便命令他们返回宗会。

"弗伦提斯兄弟……"维林刚开口就被打断了。

"……在这儿接受治疗,而你回去训练。离剑术试炼只剩八周,你们都没有准备好。"

索利斯宗师还告诫他们,在他前去调查期间,务必守口如瓶。于是,他们离开了索利斯宗师,徒步返回宗会。他们把小花脸接出第五宗时,它呜咽着表示不满,经维林再三安抚,它才跟了上来。

离开宗会的这段时间,塔楼的房间似乎小了许多。这一夜充满了恐惧和难解的谜题,令维林觉得自己睡在一间孩童房里,尽管他早就没当自己是孩子了。他收拾好装备,躺在狭窄的铺位上,眼睛一闭,又看见独眼男人的火墙,以及弗伦提斯惨遭折磨的样子。毫无疑问,我见识了很多事情,他心想,可我又什么都不知道。

◆

与弗伦提斯同组的男孩们跑来找维林提问,但他谨遵索利斯宗师的叮嘱,只说弗伦提斯在野外试炼时遭到山狮的袭击,目前留在第五宗养身子,过段时间就能回来。索利斯回宗会后,只字不提调查的事情,宗老也没有找他们问话。弗伦提斯的绑架案成了宗会历史上又一桩秘不宣的事件。宗会要战斗,但常常在暗中战斗。维林年龄越大,越能品出索利斯宗师话里的现实意味。

弗伦提斯回来后也绝口不提那件事,他整日闷头训练,劲头足得吓人,似乎只要不顾疼痛地苦练技艺,便能抵消独眼对他造成的伤害。他的言行举止不复从前,没有过去那般爱说爱笑,如今大多时候都沉默不语。他的脾气变得更加暴躁,宗师们已经为他拉了好几场架,连同组的孩子们也随时提防着他。只有跟小花脸和维林相处的时候,他才恢复几分过去的模样,兴致盎然地训练几只长大了的狗崽子。可即便在这种情况下,他依然不提当初遭受的折磨。维林偶尔注意到,他若有所思地用手指摩挲身上的伤疤,神情古怪,似是要参透其中的意义。

渡鸦之影 血歌

"伤口还疼吗?"一个埃特里安日的傍晚,维林问他。狗崽们被胡提尔宗师带出去追了一整天猎物,此时个个疲惫不堪,懒洋洋地咬着他们扔进狗舍的食物。

弗伦提斯飞快地从衣衫底下抽出手来:"一点点。这几周越来越好了。埃雷拉宗老给了我一罐药膏,挺管用。"

"是我的错……"

"别提了。"

"如果我告诉宗老……"

"我说别提了!"弗伦提斯绷着脸,死死盯着狗舍。他最喜欢的大砍感到他不开心,便跑了过来,一边舔他的手,一边关切地呜呜直叫。"他死了,"弗伦提斯慢慢冷静下来,"我还活着,所以别提了。又不能再杀他一次。"

他们往回走去,一路上裹紧斗篷以抵御寒风。冬天即将远行,四周的树木披上了春天翠绿的外衣。

"下个月就是剑术试炼了,"弗伦提斯说,"担心吗?"

"怎么?你觉得我应该担心吗?"

"我全部的飞刀都押在你身上了,押你在两分钟内解决三个人。我想问的是试炼过后的事情。他们会把你送走,对吧?"

"我想是的。"

"等我过关了,你觉得我们能在一起服役吗?我希望是这样。"

"我也希望是这样,但我们没有选择的权利。可以肯定的是,我们下次见面是很久以后的事情了。"

他们在院子里站立片刻,维林感觉到弗伦提斯有话要说。"我……"他欲言又止,焦躁不安,"我刚来那会儿,很高兴你愿意为我说话,"沉默片刻,他又说:"我也很高兴能进宗会。我觉得我命中注定要来这里。所以无论我发生了什么事,你都不用难过,好吗?从现在开始,无论发生什么事,你都不要难过,即使我有了麻烦，你也不要赶过来。"

"换作我有了麻烦，你难道不会赶过来吗？"

"那不一样。"

"不，完全一样。"他拍拍弗伦提斯的肩膀，"去休息吧，兄弟。"

他走了几步，听见弗伦提斯说话，又站住了，那声音几不可闻："伺伏者迟早要毁了我们。"

维林转过身，发现弗伦提斯的身子缩在斗篷里，双臂交叠，死死地抱在胸前，神情格外紧张。他刻意避开了维林的目光。

"什么？"维林问。

"是他对我说的。"弗伦提斯的脸部肌肉抽搐了一下，似有疼痛的感觉，维林知道他想起了独眼的折磨。"我拒绝回答他的问题，所以他很生气。他问的是试炼的事，还有我们在宗会学了些什么。他好像以为我们学习了如何施展黑巫术。蠢货一个。不过我什么都没有说，所以他就割了我几刀，然后说：'伺伏者迟早要毁了你那宝贝宗会，臭小子。'"

伺伏者……"他有没有给你解释？"

"后来他又动刀子割我，我就晕过去了。你们来的时候，他刚刚把我弄醒。"

"这事你对宗老说了吗？"

弗伦提斯摇摇头："不知道为什么不想说。就觉得，除了你，我不该告诉任何人。"

维林打了个冷战，并不是因为寒意加重。这一刻，他仿佛又回到了进行跋涉试炼的森林里，偷听那几个杀死米凯尔的人说话，他们正在争论死者的身份。那个人……你都听见那个人怎么说了。他当时说的话让我浑身颤抖。

"别对任何人说，"维林说，"忘了独眼的话。"他看到弗伦提斯的身子在斗篷底下发抖，便强装笑颜道："那家伙笨死了，净说些不

渡鸦之影 血歌

着边际的话。不过最好只有我们俩知道。如果告诉了兄弟们，只能引来蠢话连篇的议论。"

在维林的注目下，弗伦提斯点点头，走开了，身子依然缩在斗篷里。毫无疑问，他的手指仍在摩挲伤疤。他今晚会做噩梦吗？维林想着，感到一阵心痛，其中夹杂着内疚和遗憾。为什么杀死独眼的不是我呢？

第二部

第九章

　　剑术试炼的那天清晨，天降暴雨，地面泥泞，却丝毫没有冲走他们的忧虑。试炼在城郊的一处竞技场内进行。这座古老的建筑由打磨精美的花岗岩砌成，经风雨侵蚀，已是残旧不堪，人们称其为圆场。维林到现在都没问出这地方何时建成，因何而建。现在看来，他发现圆场与他们在地底找到的七大宗会的庙宇类似，这种支柱呈弧线直抵上层的结构，与那座典雅的地底建筑如出一辙。随处望去，满眼皆是石雕，只是模糊难辨，不如庙宇里保存得那般完好。当索利斯宗师带他们走进柱子投下的阴影时，维林示意凯涅斯看看那些石雕，结果对方只是敷衍地回应了一声。今天就连凯涅斯都心事重重，提不起一丝好奇心。

　　在兄弟们的脸上，维林看到了恐惧和疑虑，而他自己完全没有。在这两种情绪的影响下，邓透斯把早饭吐了个干净，诺塔则面无血色，嘴唇紧抿，但维林丝毫体会不到。他一点儿也不害怕，也说不出原因。今天他将对阵三个手持兵器的人，要么杀死对方，要么被对方杀死，死亡是无论如何都避免不了的，而他本应为此冷彻心扉。或许，正是这种非此即彼的简单逻辑，剥夺了他的恐惧。这场生死较量当中，没有疑问，没有奥妙，没有秘密。要么活，要么死。尽管他感知不到恐惧，却仍有烦恼的事情——脑海中总有个轻若蚊蝇但不绝于耳的声音，叨念着他最不想听的话：你不害怕试炼，或许是因为你很享受它。

　　他极不情愿地回想起知识试炼时，宗老们迫使他说出的可怕事实。我可以杀人。我可以毫不犹豫地杀人。我是为战斗而生的。丧命于他剑下的死者——闪过脑海：森林里的弓箭手、闯进第五宗的陌生刺客，独眼男人的手下。的确，维林杀掉他们时毫不犹豫，但他真有过杀人的快感吗？

"你们在这里等着。"索利斯宗师将他们带进主入口背后的一间房。房内的墙壁相当厚实，但他们依然能听见圆场内观众的叫喊声。剑术试炼在城里深受欢迎，不过仅仅是对于那些家产不菲、买得起门票的市民而言，尤其是连续观战三天的疆国富豪。每一场对决都能吸引巨额赌注，当天所得将悉数捐给第五宗，用于治病救人。维林觉得这实在是讽刺，忍不住笑出声来。

"什么事这么好笑？"诺塔问。

维林只是摇头，坐在一条石凳上待命。今天，与维林同组的有二十位兄弟。最早有三百位兄弟，在十岁或十一岁时进宗会接受训练，如今只余七十人。在过去的两天里，已有五十位兄弟接受了试炼。到目前为止，十人命丧当场，八人严重残疾，无法为宗会效力。很多人身受重伤，需要好几周方能康复。这两天，那支伤兵满营、惊魂未定的队伍走进宗会大门时，给尚未上阵的兄弟带来了极重的心理负担，他们正是承受着这样的压力挨到了今天。兄弟当中，唯有维林和巴库斯不大受影响。

"嚼根甘蔗？"巴库斯递了根甘蔗给维林，然后在旁边坐了下来。

"谢谢，兄弟。"甘蔗新鲜，甜中带酸，在一片肃穆的气氛中，不失为消遣宁神的佳品。

"不知道谁打头阵，"过了一会儿，巴库斯开口了，"不知道怎么选人。"

"由我们抽签，"索利斯宗师站在门口对他们说，"奈萨，你第一个。上吧。"

凯涅斯缓慢地点点头，神情木然地站起来。他说话声音很轻，几不可闻。"兄弟们……"他欲言又止，嗓子哽住了，"我……"他结巴了半天,维林抓住了他的胳膊。

"我们懂,凯涅斯。很快就能再见。我们大家都一样。"

他们五个人,邓透斯、巴库斯、诺塔、维林和凯涅斯,全都执手而立。维林清楚地记得大家还是小男孩时的模样:巴库斯身板结实,笨手笨脚;凯涅斯瘦削单薄,胆子特小;邓透斯吵吵闹闹,爱讲故事;诺塔郁郁寡欢,怨气十足。如今,他只能从面前这些年轻小伙子消瘦而坚毅的脸庞上,看到他们过去的影子。他们个个身强力壮,全都杀过人。是宗会将他们打造成如今的样子。他意识到,这是终结之日。无论生还是死,有些事情将永远地改变。

"这是一条漫漫长路,"巴库斯说,"我从没有想过能走到今天。要是没有你们,我肯定撑不到现在。"

"我有同感,"邓透斯说,"我每天都感谢信仰,让我来到宗会。"

诺塔绷着脸,眉头紧皱,他在拼命压抑内心的恐惧。维林以为他不打算说话了,但过了一会儿,他还是说:"我……希望你们都能过关。"

"当然。"维林和众人紧紧地握手,"我们是一路闯过来的。好好打,兄弟们。"

"奈萨。"索利斯宗师在门外催促,听语气很是着急。他竟准许兄弟们这般耽搁,维林对此甚为惊讶。"上吧。"

———◆———

维林发现,等着搞清楚朋友们是死是活,那种饱受折磨的滋味实在罕有,简直就像是把乔佛瑞根的效果变成柠檬茶的味道。兄弟们一个接一个被索利斯宗师叫出去,短暂的寂静过后,观众爆发出欢呼声,随着战斗的态势此起彼伏。过了一会儿,他发现可以根据观众的反应来判断战斗的进程,哪一方获胜则无从得知。有的速战速决,不过区区几秒钟。凯涅斯的战斗时间尤其短,维林无法判断是吉是凶。

有的则久一些，巴库斯和诺塔经历的对决持续了好几分钟。

在维林上场前，邓透斯是最后一个被叫走的。他强颜欢笑，死死握住剑柄，跟着索利斯宗师走出房间，一次都没回头。根据观众们的叫声判断，他的战斗过程充满变数，先是死一般的寂静，接着爆发出刺耳的欢呼，再来喝彩声起落了好几回。当最后一阵呼喊传进房间，维林还是判断不出邓透斯生死与否。

愿幸运眷顾你，兄弟，他心想。此时房里只剩下他一人。或许我很快就能见到你了。他紧握剑柄的手掌微疼，紧压皮革的指节泛白。终于害怕了吗？他不知道。或者只是怯场？

"索纳。"索利斯宗师的声音从门口传来，他平视着维林的眼睛，目光中竟有一丝前所未见的紧张，"该你了。"

通向竞技场的走道无比漫长，远远超出他的想象。这段路程中，时间无从捉摸，他可能走了一分钟，也可能走了一个钟头。一路上，观众的喧闹声一浪高过一浪，不绝于耳，当他踏上竞技场的沙地时，仿佛置身于欢呼声的海洋之中。

层层观众席上，人们从四面八方冲他大喊，现场至少有一万人。他看不清观众们的脸，只觉得面前是一片沸腾不息的海洋，没人在乎此时仍然肆虐不休的暴雨狂风。沙地上有血，由于地面坡度未能汇流成池。雨水冲刷之下，血色淡了许多，但因青黄色地面的衬托，依然猩红刺眼。有三个人等在场中，每人手里握着一把阿斯莱式样的剑。

"两个杀人犯和一个强奸犯。"索利斯宗师说。维林认为是观众的欢呼过于热烈，导致宗师的声音听来有些颤抖。"他们个个该死，不要手下留情。注意那高个子，他好像懂得怎么持剑。"

维林望向三人中最高的那个。此人体型匀称，约莫三十来岁，短发，双脚略略叉开，与肩同宽，姿态随意而稳健，剑尖低垂。此人受过训练，他看出来了。"是个士兵。"

"无论是士兵还是医者，终归是杀人犯。"索利斯顿了顿，又说，

"愿幸运眷顾你，兄弟。"

"谢谢您，宗师大人。"

他抽出剑来，将剑鞘递给索利斯宗师，然后大步走进竞技场。见他出场，人群的叫喊声更响亮了，到处都是声音，他只能听清几个字："索纳！……黑鹰杀手！……杀死他们，小子！……"

维林在三人前方十尺左右的距离站定，挨个儿打量他们。山呼海啸声渐渐停歇，全场人都安静地等待着。两个杀人犯和一个强奸犯，可他们看起来并不像罪犯。左边那个胡子拉碴的男人吓破了胆，在雨水的冲击下，那只握剑的手不停地颤抖，全场人都等着这可怜的家伙送死。他是强奸犯，维林断定。右边的男人强壮多了，也没那么害怕，他双眉倒竖，瞪着维林的眼睛，不断地换脚以调整重心，同时旋着手里的剑，甩得雨水四射。他嘴里说着什么，不知是辱骂还是挑衅，雨水从唇上飞溅而出，不过那些话全淹没在风雨之中。他是杀人犯。第三个人，也就是那个士兵，没有丝毫恐惧，也没有旋剑，更没有挑衅。他只是等在那里，目光笃定不移，摆出了维林最熟悉的剑士架势。杀手无疑。但，他真是杀人犯吗？

正如维林预料，右边的人最先进攻，冲上来就猛刺一剑。维林挥剑格挡，顺势一旋，抹向那人的脖子。不过那壮汉反应很快，躲开了致命一击，只是脸颊开了花。左边的人企图趁乱偷袭，尖叫着冲过来，举剑过头，冲维林的肩膀劈下来。维林一侧身，剑几乎是贴着他的身体掠过，插进沙地里。他的剑尖插进那人胡子拉碴的下巴，贯穿舌头和颌骨，直刺大脑。维林快速抽剑，跨开一步，他料到那个士兵此时要发起攻击。

果然，那人飞快地刺出致命的一剑，直取胸膛。维林挥剑向上一弹，令士兵胸前空门大开。维林反击速度奇快，没有一个兄弟能接住这一击，但高个子士兵似乎毫不费力地避开了。他往后退去，身子微蹲，手中的剑几乎贴地。他的眼睛自始至终盯着维林不放。

渡鸦之影 血歌

壮汉捂着开了花的脸颊,踉踉跄跄地胡乱挥剑,血糊糊的嘴巴冲维林骂骂咧咧,却一个字也听不清。

维林佯攻高个子,猛扫对方下盘,逼其退后,接着以迅雷不及掩耳之势杀向壮汉。他避开壮汉凶猛的劈砍,就地翻滚,然后一剑洞穿了那人的后背。剑尖刺中壮汉的心脏,破胸而出。维林抬脚蹬开将死之人,及时抽出剑来,躲过高个子的又一次攻击。他似乎看见一滴雨珠被剑锋一分为二。

他们双双跳开,长剑平举,四目相对,绕起圈来。在两人之间,那个壮汉躺在浸透雨水的沙地上挣扎了一会儿,嘴里咒骂不停,最后终于吐出一口气,瘫软在地,任雨水如何冲刷也一动不动。

维林忽然有种不对劲的感觉,在此之前他也有过好几次:在森林里那次,在第五宗那次,汉娜姐妹来杀他的时候,在他等待弗伦提斯从野外试炼返回的时候。面前这个仅存的对手似乎有什么奇怪之处,他眼中的神采,身体的姿态,整个人散发的气息,都在证明一个可怕而确定无疑的事实:这人不是罪犯。这人根本不是杀人犯!这个结论是如何得出的,维林也说不清。但这种感觉空前强烈,容不得他怀疑。

他站定了,垂下剑尖,直起身子,紧绷的脸庞松弛下来。维林这才感觉到了雨水,淋得他浑身发凉,冲刷掉了剑上的污血。高个子困惑地皱起眉头,不明白对方为何解除了战斗姿态。只见维林伸出左手,五指张开,这是停战的意思。

"你是——"

高个子身形一晃,剑若飞箭,直取维林的心脏。这一击迅猛异常,比索利斯宗师使过的所有招式都要快,足以置他于死地。可是不知怎的,他及时旋身避过,剑尖刺进对方衣衫,直没胸膛。

高个子的头靠在维林肩膀上,嘴唇微张,眼中的毅然消失无踪,皮肤上的血色迅速褪去。

第二部

"你是谁?"维林低声问他。

高个子踉跄后退,维林从他胸前抽出剑时,传来一阵令人作呕的、撕裂皮肉的声响。他慢慢地跪在地上,以剑撑住身体,下巴搁在柄头上。维林见他嘴唇翕动,便跪下来听他在说什么。

"我的……妻子……"高个子似在作解释。他再次与维林四目相对,此时此刻,他的眼中别有意味,是歉意?抑或悔恨?

他颓然倒下之时,维林伸手扶住,只觉对方身子一颤,便魂归天外。倾盆大雨中,维林抱着死去的士兵,欢呼与喝彩汹涌而至,将他完全淹没。

◆

维林以前没有喝醉过。他发现这种感觉很难受,类似于操练时脑袋挨了重击后的眩晕感,不过持续时间更长。麦酒的味道格外苦涩,刚喝第一口,他的脸就皱成了苦瓜。

"你会习惯的。"巴库斯向他保证。

酒馆位于城墙西段附近,光临此地的主要是不当值的卫兵和本地商人。他们多半不来招惹五个兄弟,不过还是有人大声祝贺维林。

"这是我这辈子下得最英明的一注,"一个喜笑颜开的老人高声叫喊着,举起大酒杯向维林致意,"赚了好一大笔啊,兄弟。赔率都到了十比一,你那时候眼看着就要被切了……"

"闭嘴!"诺塔厉声喝止。他的左臂吊在胸前,缠满了绷带,但那架势足以吓得老人闭上嘴巴坐了回去,不敢再多说一句。

他们找到一张空桌子,巴库斯去买酒水。他的小腿受了伤,走路一瘸一拐,从吧台回来的一路上洒了不少酒。

"这杂种真不会说话,"邓透斯哼了一声,"下次我来教训他们。"他是试炼中唯一一个没有受伤的兄弟。然而他的眼神里除了愉悦,还有恐惧,另外他很少眨眼,似乎一闭眼就会看见可怕的事情。

凯涅斯抿了一口麦酒,困惑地皱起眉头:"我看人家那么贪杯,还以为味道很好呢。"他的下巴缝了八针。处理伤口的第五宗兄弟说,这道伤疤肯定要跟他一辈子。

"好了,"诺塔举起大酒杯,说道,"我们全都到齐了。"

"耶。"邓透斯举起杯子,与诺塔碰了碰,"为……为我们到齐了干杯吧。"

他们纷纷仰起脖子,维林强行灌下满满一杯麦酒。

"慢点,兄弟。"巴库斯提醒他。

他盯着杯底的残渣,觉察到兄弟们正隔着桌子交换眼神。在圆场的时候,他和索利斯宗师发生了不愉快的一幕。维林要确认高个子的身份,结果只得到简短的答复:"就是个杀人犯。"

"他不是杀人犯。"维林不肯承认,他胸中怒气腾腾,早忘了尊师重道。高个子临死的那张脸,仍清晰地浮现在眼前。"宗师大人,那人是谁?为什么一定要我杀死他?"

"戍卫军每年都给我们提供一批已定罪的犯人,"索利斯的耐心已接近极限,"我们从中挑选出最强壮的、武艺最高的。至于他们是谁,我们并不关心,也轮不到你关心,索纳。"

"今天我关心定了!"维林怒发冲冠,竟朝着索利斯跨了一步。

"维林。"凯涅斯抓住他的胳膊,出言警告。

"我今天杀了一个无辜的人,"维林朝索利斯啐了一口,他甩开凯涅斯的手,往前走去,"这是为什么?让你们瞧瞧我杀人的能耐吗?你们早就知道了。是你选了他,对不对?你知道他武艺最高,也知道对阵他的人是我。"

"太简单就不是试炼了,兄弟。"

"简单?"他眼前蒙上一层红雾,不由自主地伸手摸剑。

"维林!"邓透斯和诺塔挡在他们中间,巴库斯把他往后扯,凯涅斯则死死地按住他摸剑的手。

"带他出去!"索利斯命令。看着兄弟们把维林推向出口,宗师仍然气得语无伦次,"休息一晚上。帮你们的兄弟好好冷静一下。"

维林不知道麦酒是不是最能使人冷静,只知道他的怒气没有消退,那天旋地转的感觉着实惹人生气。

"我叔叔德福一次灌下的酒量,没人比得过,"邓透斯说道。他刚喝完第四杯,脑袋耷拉了下来。"每次夏令集市都有喝酒比赛,方圆几里的人来挑战他,可他从来没输过,连着五年都是喝麦酒冠军。要不是那年冬天他喝死了,就六连冠啦。"他打了个响嗝,继续说道:"傻得没治的老笨蛋。"

"我们不是该高兴吗?"凯涅斯问道。他双手抓着桌子,好像害怕摔倒在地。

"我够高兴了。"巴库斯快活地笑了起来。麦酒浸湿了他的衣衫,显然他没注意到每喝一口麦酒便沿着下巴涔涔流过。

"那俩兄弟……"诺塔开口说道。关于他试炼的事情,他已经唠叨了一个多钟头。就维林所记得的,他杀掉的两个人是兄弟俩,显然都是已经定罪的犯人。"应该是……双胞胎吧。长得一模一样,连死的时候叫声都一样……"

维林的胃部一阵翻江倒海,他感觉要吐了。"出去一下。"他咕哝了一声,往门口走去,两条腿完全不听使唤,连直道也不会走了。

凉爽的空气涌进肺中,呕吐感稍有减弱,但他还是面对排水沟折腾了好一阵。吐完了,他便背靠着酒馆的墙壁,慢慢地滑下来,坐在鹅卵石地面上。寒夜里,他呼出一口口白气。我的妻子,那高个子如是说。也许他是呼唤爱人,也许只是在前去往生之前,最后一次回忆爱人的音容笑貌。

"一个树敌无数的人,不该如此疏忽大意。"

站在他旁边的男人,中等个头,体形匀称,面容消瘦,沟壑纵横,目光却是锐利无比。

"艾林，"维林说着，松开刀柄，"你一点儿都没变。"他醉眼蒙眬地扫了一眼空旷的街道，"我晕倒了吗？是你吗？"

"是我。"艾林伸出手来，"我看今晚你喝得够多了。"

维林拉着他的手，艰难地站了起来。他发现自己竟比艾林高出半尺多，不由大为惊讶。上次见面时，他勉强够到艾林的肩膀。

"就知道你日后是高个子。"艾林说。

"瑟拉呢？"维林问。

"我上次见到瑟拉时，她还很好。她很感谢你为我们做的一切，我相信她是这样想的。"

我可以战斗，但绝不谋杀。他又想起年少时所下的决心，那是他在野外救了艾林和瑟拉后，对自己做出的承诺。我会杀掉在战场上遇到的敌人，但绝不向无辜者挥剑。现在他只觉得这个承诺是如此空洞和幼稚。他想起自己当初是多么厌恶马克里尔的那些故事，讲的是如何谋杀绝信徒，但他如今与那种人又有何差别？

"我还留着她的丝巾，"他强行往好的地方想，"你能带给她吗？"他笨手笨脚地在衣衫内摸索起来。

"我不知道还能不能找到她。况且，我认为她希望你留着作纪念。"艾林拉着维林的胳膊，带他离开酒馆，"陪我走一会儿。你可以醒醒酒，我也有好多话想跟你说。"

他们走在西区空荡的街道上，街边是一排排作坊，表明这里是工匠的地盘。等他们来到河边，维林慢慢感觉到了后脑勺的疼痛，脚步也逐渐稳健起来，他知道酒快醒了。他们站在拖船用的纤道上，俯瞰乌黑如墨的河水，以及在波浪间飘荡不定的月光。

"我头一次来这里时，"艾林说，"河水臭得很，根本不能靠近。在修建下水道之前，城里所有的污物都流到这里。现在你看，干净得可以直接喝。"

"我见过你，"维林说，"四年前的夏令集市。你当时在看木偶戏。"

"是的,我在那儿有事。"听得出来,他没打算解释具体是什么事。

"你来这儿也太冒险了。马克里尔兄弟很有可能还在追捕你。他可不是轻易放弃的人。"

"没错,他去年冬天抓到我了。"

"那怎么……"

"说来话长。说简单点,就是他在仑法尔的一处山坡逮到了我。我们打了一场,我输了,然后他放我走了。"

"他放你走了?"

"是的。我也很吃惊。"

"他说了原因吗?"

"他压根儿没怎么说话。那一夜,他把我捆起来丢到一边,自个儿坐在篝火边,喝得不省人事。过了一会儿,他一拳把我打昏了。第二天早上我醒来时,发现绳子松开了,他人也不见了。"

维林想起马克里尔眼中闪烁的泪花。或许他不是我想象中的坏人。

"我看了你今天的决斗。"艾林对他说。

维林头疼得更厉害了:"你肯定很有钱,居然买得起票。"

"怎么会。有条路通往圆场,知道的人不多,就在竞技场的墙底下,再贵的票也不怕。"

两人陷入沉默。维林不想谈起试炼,而且愈发觉得快要吐出来了。"你说有很多话跟我讲。"他又开口了,主要是寄希望于讲讲话能转移注意力,以忽略肚子里翻江倒海的感觉。

"你杀的其中一人,他有妻子。"

"我知道,他对我说了。"维林瞟了他一眼,发现他面带疑虑,"你认识他?"

"不熟。我认识他的妻子。她以前帮过我的忙,我当她是朋友。"

"她是绝信徒吗?"

"可以这么说。她自称追寻者。"

"她的丈夫也持有这种……信仰吗?"

"噢,不。他叫乌里安·尤腊尔,以前是乌里安兄弟。跟你一样,他是第六宗的兄弟,但为了跟妻子伊莉雅在一起,他退出了宗会。"

难怪他那么厉害。"我以为他是个士兵。"

"他离开宗会后,当了造船工,在自家院子里造船,远近闻名,据说河上最好的船是出自他的手艺。"

维林悲伤地摇摇头。我为信仰效力的方式,便是杀了个无辜的造船工。"他怎么去了竞技场?我知道他不是杀人犯。"

"那还是在暴乱期间,当地有些人听说了伊莉雅的信仰,我不知道是怎么传出去的,也许是她儿子玩的时候说漏了嘴,没人避讳孩子嘛。于是他们十个人,带了一条绳索来抓她。乌里安杀了两个,伤了三个,剩下的人跑了,可他们又带着戍卫军来了。乌里安寡不敌众,被押进了黑牢,他妻子也一样。"

"他们的儿子呢?"

"刚开始动手的时候,他听了父亲的话,躲起来了。他现在很安全,跟我的朋友在一起。"

"既然乌里安是为了保护他妻子,那就不能治杀人罪。治安官理应这样裁决。"

"没错。可治安官有些腰缠万贯的朋友,鼻子灵得很。你知道吗,你通过试炼的赔率根本不值得下注。赔率太低了。但有了乌里安,便值得丢些金子试试运气。他们向他提议,要他认罪,然后参加试炼选拔,这很容易安排,你们的宗师们很快便能看中他的本事。只要他杀了你,他和妻子就无罪释放。"

维林完全清醒了。面对冰冷而残酷的事实,呕吐感消失得无影无踪。"他的妻子还关在黑牢里吗?"

"是的。现在她应该得知了丈夫的命运。我担心她悲伤过度,做出什么傻事来。"

"这个治安官,还有他那些腰缠万贯的朋友,你知道他们的名字吗?"

"如果我告诉你了,你要做什么?"

维林冷冷地盯着他:"杀了他们。这不就是你的意图吗?激起我的复仇心。好了,你做到了。把名字告诉我就行。"

"你误会我了,维林。我没想复仇。而你也没办法杀了他们所有人。他们是贵族,家丁和护卫多得很。你或许能杀掉一个,但无法全部杀死。等你死了,黑牢里的伊莉雅也改变不了她的命运。"

"既然我无力回天,你又为什么告诉我这些呢?"

"你可以替她说话。你的话很有分量。如果你去找宗老解释……"

"她是绝信徒。宗老不会救她,除非她放弃那套异教信仰。"

"这是不可能的。你想象不到,她的灵魂和她的信仰联系得多么紧密。即便她愿意放弃,也未必真能放弃。维林,我知道你的宗老心地善良,愿意为她说话。"

"就算他愿意,上次选举会议过后,黑牢也不再由第六宗负责看守了,现在已落入第四宗之手。我见过滕吉斯宗老,他绝不会帮助冥顽不灵的绝信徒。"维林转身面对河流,只觉羞愤交加,乌里安仰着苍白的脸庞呼唤妻子的声音,一遍遍在他脑海里回荡。

"这么说你什么都做不了?"艾林问,语气中透出深深的失望。维林知道,艾林来找他是孤注一掷的举动,冒了极大的风险。

"你来找我,是对我寄予了很大希望。"维林说,"谢谢。"

"我活了这么久,懂得辨别人心的善恶。"他退了一步,向维林伸出手,"很抱歉给你增加了负担。不打扰你了。"

"随着我年岁渐长,我知道真相从来就不是负担,而是馈赠。"维林与他握手,"把他们的名字告诉我。"

"我不要你自寻死路。"

"不会的。相信我。我想起我能做什么了。"

第二部

第十章

他选择了东墙的门,因为那边可能人最少。虽说此时天色已晚,王宫大门无疑仍是守备森严之处,到时候维林·艾尔·索纳求见国王的消息必然传得满城皆知。

"滚开,臭小子,"值守东门的军士骂道,他都懒得从守卫室里走出来,"滚回家睡觉去。"

维林意识到身上有浓烈的酒气。"我是第六宗的维林·艾尔·索纳兄弟,"他力图在说话时多点底气,摆出一副理所当然的架势,"特来此求见雅努斯王。"

"信仰在上!"军士恼怒地吐了口气,走出来狠狠地瞪着维林,"你知不知道,敢对疆国守卫谎报身份,可是要挨鞭子的。"

一名年轻的卫兵走到军士身后,盯着维林看,不由露出敬畏的表情:"啊,军士……"

"算你走运,这会儿时候不早了,我心情也不错。"军士捏紧拳头,逼近维林,他那张灰白的脸凶相毕露,眼看就要动手,"所以我揍你一顿了事。"

"军士!"年轻人抓住他的胳膊,急切地说道,"真是他。"

军士转头看看年轻人,又望向维林,上下打量:"你确定吗?"

"今早是我在圆场执勤,对吧?真的是他。"

军士松开拳头,但脸色仍然不太好看:"你找国王有什么事?"

"我只向国王当面禀报。只要你去通报我来了,他就会召见我。我敢保证,如果他听说我被打发走了,肯定会不高兴的。"谎话张嘴就来,真是可喜可贺。其实他并不确定国王是否会召见他。

军士思忖着。从他身上的伤疤可以看出，他熬过的年头不短了，维林知道，他肯定想舒舒服服地窝在守卫室里等着发饷，最讨厌不速之客闯进来惹麻烦。"替我问候队长，并向他道歉，"军士对年轻卫兵说，"叫醒他后，讲讲这位访客的情况。"

卫兵撒腿就跑，匆忙打开橡木大门里头的一扇小门，然后钻进去消失了。两人站在原地四目相对，互相提防着，一阵沉默。

"听说宗老大屠杀那个晚上，你杀了五个绝信徒刺客。"军士含糊不清地说。

"是五十个。"

仿佛过了很久，那扇门又打开了，一个衣着端正的年轻人跟在卫兵后面走出来，身上那件疆国骑卫队长的军服平整挺括。他迅速打量了一番维林，然后伸出手来。"维林兄弟，"他略带仑法尔口音，"我是勒卡·斯莫林队长，听候吩咐。"

"很抱歉打扰您休息，队长。"维林说着，忍不住留意起对方干净利落的装束。从光洁可鉴的靴子，到精心修剪的胡子，处处体现出此人对细节的在意。他看起来完全不是刚刚起床的样子。

"没有的事。"斯莫林队长说着，往大门的方向一伸手，"请。"

维林记忆中的金碧辉煌，与现实里的王宫东殿并不一致。他们穿过一座小小的庭院，走进一条拥挤的长廊，里面堆放着各种各样的箱子和油布包裹的画作，全都积了一层厚厚的灰。

"东殿主要作为储藏室使用，"斯莫林队长见他困惑不解，便解释道，"国王经常收到很多礼物。"

他跟着队长穿过一道道长廊、一个个房间，最后来到一间铺有方格地板、壁挂巨幅彩绘的大房。他的目光立刻被彩绘吸引过去。每一幅彩绘少说都有七英尺宽，画的全是战争场面，然而布景虽各不相同，正中央的人物却是一样——英俊的红发男人，身骑白马，高举宝剑。此人正是雅努斯王。尽管维林已记不清国王的模样，但实在想不起他有这般方正的下巴和如此宽阔的肩膀。

"统一疆国的六次大战，"斯莫林队长说，"由本瑞·莱列尔宗师耗时三年多创作完成。"

维林想起埃雷拉宗老房间里那张本瑞宗师的画作，暴露在外的脏器个个纤毫毕现，跃然纸上。但眼前的彩绘并没有那般明晰动人，色彩鲜亮却不生动，作战的士兵形态逼真，但稍显呆板，似乎并非在作战，只是摆出造型而已。

"不是他的最高水准，对吧？"斯莫林队长说道，"他毕竟是奉王命作画。我怀疑他很不喜欢这种主题。你看过大图书馆里他的壁画吗？就是纪念死于掐脖红的病患那幅。美得令人窒息。"

"我没去过大图书馆，"维林回答。他心想，斯莫林队长与凯涅斯倒是有很多共同爱好。

"你该去看看，那是疆国的荣耀。请取下武器。"

维林解开斗篷，从皱褶中取出四把飞刀，又解下长剑，从皮带扣子上卸下猎刀，最后从左边的靴子里抽出窄刃匕首。

"好东西，"斯莫林队长羡慕地看着那把匕首，"阿尔比兰的？"

"不知道，是从死人身上拿到的。"

"等你出来再取回去。"斯莫林把他的武器放到旁边的桌子上，"不会有人动的。"他边说边走到一面光秃秃的墙壁前，伸手一推，有块墙壁移了进去，现出阴森森的楼梯来。"走到顶就是了。"

"他在那里吗？"维林还以为会到正殿或者觐见室。

"对。最好别让他久等。"

维林点头致谢，走进楼梯间。壁挂的油灯在台阶上投下微弱的光，斯莫林关上了背后的那扇门，楼梯间愈发昏暗了。他按照指示爬上台阶，在封闭的空间里，靴子落在石阶上的声音格外响亮。楼梯尽头有扇半掩的门，房内明亮的灯光透过门缝流泻而出。维林"嘎吱"一声推开门，坐在桌子后面的人却没有抬头。那人伏案面对一卷羊皮纸，鹅毛笔飞速游走，留下细长的笔迹。这个男人上了年纪，约莫六十来岁，依然肩宽体壮，垂在眼前的长发不复当年的火红，如今已然灰白，但仍可见少许红铜色。他身穿一件朴素的亚麻白上衣，袖口沾有墨迹，浑身上下唯有一件饰物，那便是戴在右手无名指上的金质图章戒指，图案是跃马。

"陛下——"维林单膝跪下。

国王抬起左手，示意他起身，然后指了指旁边的椅子。他手中的鹅毛笔一刻不停地在羊皮纸上跳跃。维林走到椅子跟前，发现上面堆满了书籍和卷轴。他稍作犹豫，便小心地将其抱起来放到地上，然后坐了下来。

他等待着。

房内唯一的声音就是国王手中的鹅毛笔书写的沙沙声。维林以为该说点什么，但他感觉还是保持安静为好。于是他观察起房间来。他原以为埃雷拉宗老房里的藏书是最多的，但与国王房里的藏书相比，实在是小巫见大巫。墙边的书籍堆积如山，几乎挨到了房顶。书堆之间还有卷轴盒子，有的因年代久远而破旧不堪。房间里唯一的装饰是挂在壁炉上方的一幅巨大的疆国地图，某些地方有简短标注，笔迹仍是那般细长。奇怪的是，有的标注是用红墨水书写，有的则是黑色。地图底部边缘有一串名字，全用黑墨水写成，却用红墨水画掉。这个单子很长。

"你的容貌像你父亲，可看东西的时候像你母亲。"

维林赶紧望向国王。他已把鹅毛笔搁在一边，正靠着椅背，那张饱经风霜的脸庞上，有一双明亮的绿色眼睛。维林忍不住偷瞄国王脖子上的紫红色伤疤。那是他童年时患上掐脖红所留下的印记。

"陛下……"他结结巴巴地应道。

"你父亲在打仗方面脑子很灵光，但别的方面，我只能说他笨得像块石头。至于你母亲，在任何方面都可说是聪慧过人。你刚才看我的地图时,那样子像极了她。"

"陛下,若是我母亲知道您有如此高的评价,她必定喜不自胜。"

国王挑了挑眉毛:"不要奉承我,小子。拍马屁的奴仆多的是。再者,你也不擅长。这一点,你倒是像你父亲。"

维林脸一红,把道歉的话咽了回去。他说得对,我学不来奉承。"请原谅我不请自来,陛下。我特来求助于您。"

"觐见的人大多如此。不过,他们往往带有价值连城的重礼,一跪便是几个钟头。你会跪下求我吗,年轻的兄弟?"国王的嘴角露出一抹微笑,却是干巴巴的,毫无幽默可言。

"不。"维林的胸口腾起冰冷的怒火,胆怯随之消散,"不会的,陛下,我绝对不会那么做。"

"可你这么晚进宫,求我赏赐。"

"我不要赏赐。"

"但你确有所图。我很好奇,是什么呢?钱?我不信。对你父母来说,钱不重要,我觉得对你也不重要。或许是希望我赐婚?看上了哪个乡下姑娘,可她父亲不要一个身无分文的宗会小子做女婿?"国王歪着头,仔细瞧着维林,"噢,不对,不太可能。那是什么呢?"

"是公道,"维林说,"有人无辜丧命,我只求还他公道,还他家人公道。"

"无辜丧命?谁杀了他?"

"回陛下,正是我。今天我在剑术试炼中杀死了一个人。他是无辜的,有人给他冠以莫须有的罪名,只为令其在试炼时与我对阵。"

国王脸上的戏谑消失了,那表情极其严肃,还有些难以理解的意味。"说来听听。"

维林讲述了事件的经过,乌里安被捕,他妻子被关押在黑牢里,以及背后的罪魁祸首:给乌里安定罪的治安官杰提尔·艾尔·希尤萨,还有利用他的死亡获益的曼德利尔·艾尔·乌恩萨和哈里斯·埃司琴。

"你是如何得知内情的?"等他说完,国王问道。

"今晚有人来找过我,我信得过他。"维林顿了顿,下定决心才开口,他知道这是必须承担的风险,"对于绝信徒在疆国内所遭受的麻烦,此人知之甚多。"

"啊。身为宗会的一员,你的朋友还真是特别。"

"信仰教导我们,一个人应该敞开心扉面对真相,无论真相从何而来。"

"看来你说话的方式也继承自你母亲。"国王从桌子上的羊皮纸堆里抽出一张白纸,鹅毛笔伸进黑墨水瓶里蘸湿,然后写了一小段文字。接着,他在袖子上擦净了笔,再次伸进红墨水罐里,在黑字底下写了一串名字。写完后,他签上极其繁复的大名,拿过一根蜡烛,取一块封蜡靠近烛火,一滴蜡油很快落在羊皮纸的底部。他轻轻地吹了吹蜡油,用印章戒指压上去。

"每次我在这上面签名,"他放下鹅毛笔说道,"我便要在地图上作些修改。"维林回头看看墙上的地图,再次审视那些用红笔划去的黑字。他明白了,那些是人名。是国王下令杀死的人。其中肯定有诺塔父亲的名字。

"凭你刚才告诉我的情况,"国王说,"我决定处死这几个人。不用审判,因为王命高于律法。他们的家人会因此恨我,不过我打算罚没他们的财产,既然他们一无所有,恨也不足为虑。"

维林迎上国王的目光,他本以为国王是装腔作势,却没看出欺骗的意味。"不应该一人犯罪,就株连全家。"

"贵族非如此不可,如果不罚没他家人的财产,他们迟早要拿钱办事,对我不利。我认识这几个人,还有他们的家人。那帮家伙卑鄙而又贪婪,树大根深,让他们尝尝贫苦的滋味再好不过了。"

"您如此信任我的话,陛下,或许我撒了谎⋯⋯"

"你没撒谎。三十年来,从来都是国王教人如何分辨谎言。"

国王确实难下裁决,他受得了这种折磨吗?见国王神情坚毅,维林知道他别无选择,只因君无戏言。"那人的妻子呢?"

"这么说,我们还有个问题没解决。她是顽固不化的绝信徒。毫无疑问,滕吉斯宗老要将她关在笼子里,吊在城墙上。当然了,前提是她没在审讯当中死去。"

"陛下,您是疆国之主,信仰之卫士,必定能影响……"

"必定?"国王的表情既有愠怒,又有消遣的意味,"今晚我已做了必做之事。"他指着那份死刑判决书,"秉公执法是国王的职责所在。我处死这些人,是因为他们触犯了疆国律法,罪有应得。至于他们所害之人的妻子,我无权审判其罪。因此,问题不在于我必做何事,而在于我可做何事,前提是于我有利。所以你告诉我,维林·艾尔·索纳,救这个女人的命,于我何利之有?你借自己的名声前来觐见,就没有别的话了吗?"

母亲,请您原谅我。"我知道在我父亲送我进宗会之前,陛下对我另有安排。只要陛下高兴,我愿意服从安排,前提是您赦免乌里安的妻子。"

国王拿起桌上的水晶酒壶,往一只玻璃杯里倒了些红酒。"库姆布莱酒,十年陈酿。当国王的好处之一就是酒窖里从不缺酒。"他把酒壶递给维林,"你想来点吗?"

维林的头还因为先前的痛饮而胀疼:"不了,谢谢您,陛下。"

"你父亲也不跟我喝酒。"国王慢慢抿了一口,"但他从不跟我讨价还价。我下令,他服从。"

"忠诚即我们的力量。"

"是的。多好的箴言,我很喜欢。那是我替他选的,还选了鹰做你们的家徽。其实有点取笑他的意思。你父亲讨厌带鹰打猎,因为那是贵族的喜好。"他又抿了一口,拿墨迹斑斑的袖子擦掉嘴边的残酒,

渡鸦之影 血歌

"你知道他为何不为我效力了吗?"

"我听说您不同意他续弦,也不承认我妹妹的合法身份。"

"你居然知道她?肯定很吃惊吧。我确实拒绝了你父亲续弦的要求,他因此非常生气。不过我认为,在我迫于无奈处决第一大臣时,他就决意隐退了。他们多年针锋相对,而当艾尔·森达尔的偷窃行为暴露后,没人敢站出来说话,只有你父亲为他求情。他非死不可,虽然这是疆国的损失。没几个人比阿提斯·艾尔·森达尔更懂财政。"

"我从小和他的儿子在宗会生活,陛下。他难以接受父亲偷盗王室财物的事实。"

"噢,他偷的不是钱,而是权力。这东西可是相当有诱惑力,维林。若要善加使用,你在爱它的同时,还要恨它。阿提斯大人不懂这一点,他任由野心驱使,危及疆国的和平,所以我才处死他。"

"也罚没了家族的财产吗?"

"当然了。不过我自觉亏欠他太多,仍确保他的妻女生活无虞。守塔大臣艾尔·默纳好心地收留了她们,还分了些北疆的土地。当然,她们已改名换姓,万不可让那些贵族大人以为我心慈手软。"

"如果我将您的话转告给我兄弟,他必定深感慰藉。"

"那是自然,但你不能说。"

国王放下酒杯,站起身来,嘴里哼哼着摩挲僵硬的双腿,走到挂在壁炉上方的地图前。"联合疆国,"他说,"其四大封地曾因战争和仇恨而分裂,如今江山一统,效忠于我。其实呢,根本不是这么回事。尼塞尔是卖身于我,只因为厌倦了军队常年劫掠他们的土地。仑法尔在战争中损失了一半的骑士,塞洛斯大人意识到,如果继续与我为敌,那么剩下的一半必将不存。库姆布莱对我既恨又怕,但他们更害怕信仰,只要信仰不跨界,他们就愿意效忠于我。这便是我在尸山血海之上建立的疆国,而有了你,在我百年之后,疆国也不会分崩离析。

"你说对了,对于你,我确有许多打算。你是战争大臣和第五宗前宗师的儿子,而且两人皆为平民。我可以借由你笼络平民,不仅在阿斯莱,还包括四大封地的百姓。一旦我赢得平民的爱戴,即便他们的贵族老爷挑起战争,也不会有人响应。对于你,我确实有打算,雏鹰。"他的目光在地图上游走,叹息声中带有深深的遗憾,"可你母亲自有打算。他说服阿尔林宗老接受你加入第六宗后,你成了宗会兄弟,效忠于信仰,而不是我。"

"陛下,只要您说一声,我即刻退出宗会……"

"太迟了。届时,谁都知道是我命令你不再为信仰效力。夺走宗会里最负盛名的孩子,人民岂能爱戴我。不,我早就放弃了对你的打算。"

维林搜肠刮肚,想再找点说辞求得国王的帮助。不然,乌里安的妻子惨遭折磨,终将冤死狱中,这是他无法接受的。慌乱之际,一个疯狂的想法闪进他的脑海——他可以溜进黑牢解救那个女人,毫无疑问,兄弟们肯定愿意帮忙,但这很可能导致他们无一生还……

"我不是第一个,你知道吗?"国王轻声说。他正瞧着地图上部,那儿有一串潦草写就的名字。"我前面有五个。"国王指着那五个名字说,"最初,瓦林领导人民来到这片土地,将瑟奥达人驱逐进森林,将罗纳人驱逐进大山,从那时算起,历经五代国王。五百年来,没有一个家族能够延续统治。"

"麦西乌斯王子是好人,陛下。"

"我的屠夫是好人,小子!"国王咬牙切齿地说,怒火陡生,"我的马房总管是好人,在我庭院里打扫茅房的人也是好人。我儿子是好人,这话不假,但要成为国王,只当好人是远远不够的。等他继位之后,你要长伴左右,他做不来的事,由你去做。如今我只图强国,令那些企图分裂我疆土的小人不敢妄动。"

他走回椅子前,弯着僵硬的身子坐下来。"那么我就做出新的安排了。至于你,维林·艾尔·索纳兄弟,将再次为我效力。"他在桌上的一堆文件中翻找,最后抽出一卷封有黑蜡的文件,"滕吉斯宗老尽忠为国,他多次诚恳地请求我,希望采取新的举措,以解背信者泛滥之忧。在这封信中,"国王取出最上面的一份文件,"他建议,对于不按要求背诵信仰教义的人,由疆国禁卫军施以鞭笞之刑。"

"滕吉斯宗老对自身的信仰相当狂热,陛下。"

"滕吉斯宗老是易受蒙蔽的狂信徒。不过,狂信徒也是可以讨价还价的。"国王取出另一份文件,读了起来,"臣万分惶恐,以告陛下:据报,聚集于马蒂舍森林的背信者人数之多,实乃前所未有。据可靠消息,他们信奉的是库姆布莱伪神,并狂热地推崇那套异端邪说。据线人所报,他们武装齐备,唯有毫不留情的武力驱逐,方能肃清此患。臣怀揣无上的敬意,恳请陛下在此事上采取果决的行动。"

国王扔开羊皮纸:"你怎么看?"

"宗老希望您派出疆国禁卫军,前往马蒂舍肃清绝信徒。"

"正是,似乎士兵们闲来没事,不如跑到林子里待几个月,有满林子的库姆布莱长弓手陪着他们呢。不行,疆国禁卫军绝对不能进到马蒂舍十英里之内。但你可以去。"

"我,陛下?"

"是的。我自会说服阿尔林宗老,派一小队宗会兄弟去马蒂舍,其中有你,还有一个叫林登·艾尔·海斯提安的年轻人。你听过这个名字吗?"

"艾尔·海斯提安。"维林想起了在处决诺塔父亲的夏令集市上,那个恼羞成怒、马鞭乱舞的人,"我曾见过一位同姓的领军大人。"

"拉科希尔·艾尔·海斯提安,二十七骑兵团的领军将军,大贵族中颇有才干的将领。他的野心堪比前任第一大臣,而且尤其看重他的儿子。林登正是他的长子。"

维林只觉得胃里一阵难受:"陛下,那年轻人是他的儿子?"

"他是个优秀的年轻人,有很多值得称赞的品质,只可惜不懂谦逊,而且缺乏头脑。此人号称交际广泛,实则不过是一帮阿谀奉承的狐朋狗友。财富和傲慢是友情的天敌。他在朝中红得发紫,逐鹿赛场,勾搭名媛,四处决斗。这故事讲起来怕是俗套乏味,不过是某人少年得志,声名鹊起,自以为才冠天下,而非父亲盼子成龙,不遗余力出手相助。眼下他是最受青睐的年轻人。我儿子从来不善阴谋伎俩,自是远远不如。每天都有人缠着我,替小艾尔·海斯提安请愿,要我任命他这官那职,给他机会证明自己、求取荣誉。那我答应便是了。我要任命他为疆国之剑,令他自组兵团,前往马蒂舍剿灭滋生于斯的绝信徒。可悲可叹的是,据我估计,这必将是一场漫长而艰难的战役,"国王思考片刻,又说,"约莫半年左右,他必将遭遇绝信徒的伏击,壮烈地为国捐躯。"

他们四目相对,愤怒和绝望两种情绪交织,在维林胸中翻腾。我真是蠢货,他这才明白。老鼠跑来找猫头鹰谈判。"那么乌里安的妻子呢,陛下?"他咬牙切齿地说。

"噢,等我告诉滕吉斯宗老,我决意征伐马蒂舍,想必他没心思考虑别的事情了,尤其是你也参与其中。要知道,他很喜欢你。我将为那女人担保,并告诉宗老,我相信她诚心悔过,只要她没有异议,明晚即可释放。"

"我希望能确保母子俩得到照顾。"维林鼓足勇气盯着国王的眼睛,"如此我才愿意参与征伐。"

"我相信守塔大臣艾尔·默纳能为一两个流放者提供住处。北疆对待信徒与绝信徒可谓一视同仁。"国王转身伏案,手执鹅毛笔,捋平面前的一张空白羊皮纸,"这几天你就能接到命令。"他又开始书写,鹅毛笔在纸上沙沙作响。

过了一会儿,维林才意识到该走了。他站起身来,只觉得脑子有些眩晕,不知是愤怒还是悲伤。"感谢您抽时间接见我,陛下。"他硬生生挤出一句话,往门口退去。

"记住,雏鹰,"国王说话时依然埋头书写,"这只是对你的一部分安排而已。刚刚起了个头。我下令,你服从。这是你今晚讨价还价的筹码。"他抬起头,再一次与维林四目相对,"明白了吗?"

"完全明白,陛下。"

国王凝视片刻,低下头继续书写,直到维林离开也没再说话。

等他走出暗门时,斯莫林队长仍在原地:"觐见结束了吗,兄弟?"

维林点点头,取过摆在桌上的兵器,赶紧装备上身。他有种强烈的渴望,越快离开王宫越好。他需要一个人冷静地思考。那桩交易中的恶行,搅得他脑子里一团乱麻。他跟着斯莫林穿过走廊,经过一堆堆被遗弃的贡品,不断地回想国王最后所说的话。这只是对你的一部分安排而已。刚刚起了个头。

"恕不远送。"斯莫林在转角处说,维林认出这是通向东门的走廊。"我尚有要事在身。"

维林望向昏暗的走廊尽头,转头瞧着斯莫林,发现这年轻人的脸上似有一丝不安。"队长,你说有要事?"

"是的。"斯莫林咳了两声,"非常紧急。"他后退一步,庄重地点点头,然后转身走回来路。

维林又看了一眼前面的走廊,有种异样的感觉令他心跳加速。有埋伏。国王朝中有内奸。他心想要不要追上队长,无论前面有什么,逼着队长带路就是了,但他始终下不了决心。今晚着实难熬。况且,晚点也能找到队长。他从斗篷的皱褶里取出一把飞刀,藏于掌中,往走廊深处行去。

他认为敌人可能在最黑的地方发起攻击,也就是接近走廊尽头处，但什么都没有发生，没有手执弯剑的黑衣人跳出来袭击。不过，空气中有种清香，淡雅而甜蜜，如同热天里的花朵……

"我听说你长得很帅。"

维林循着声音转过身子，飞刀即将脱手的刹那，才看到了她。是个女孩，半隐在阴影中。他急急翻腕，改变了飞刀的去向，只听一声脆响，飞刀撞在女孩头部一英寸之外的墙上。她瞟了一眼，然后走到光亮处。维林以前见过漂亮女人，他一直认为见不到比埃雷拉宗老更漂亮的女人了，但眼前的女孩完全不同。她肌肤细腻如瓷，面庞柔和起伏，红金色头发亮丽动人，所有的一切几近完美。

"可惜不算帅，"她说着走近了些，歪着头，睁着明亮的绿眼睛端详维林，"不过你的脸很有趣。"她伸出手，作势要摸。

维林往后一退，正好避开她的手。他单膝跪下，深深地鞠躬致意："公主殿下。"

"请起，"莱娜·艾尔·尼埃壬公主说，"如果你老对着地板，我们就没办法好好说话了。"

维林站起来。他一言不发，尽量不盯着公主看。

"对不起，我吓到你了吧。"公主向他道歉，"感谢斯莫林队长，是他告诉我你来了。我觉得我们需要谈谈。"

维林没有说话，异样的感觉没有消失。这次不期而遇多少存在危险。他觉得应该找个借口赶紧离开，却又不知怎么说为好。维林想听她说话，想靠近她。这种突如其来的冲动，激起了他内心深处的怨恨。

"我本想观看你今天的试炼，"公主接着说，"当然了，父亲不许我去。我听说是一场非常紧张的战斗。"

她的笑容绚烂无比，那种真诚拿捏得恰到好处，相比之下，诺塔的绝活不值一哂。她希望我听到这话会高兴。维林明白了："公主殿下，您需要我做什么吗？眼下我和斯莫林队长一样，有要事在身。"

"噢,别生队长的气。他通常对待工作都是一丝不苟的。我怕是把他带坏了呢。"她转过身看嵌在墙壁里的飞刀,然后费劲地将其拔了出来。"我喜欢小物件,"她说着,仔细端详起来,用纤细的手指抚摸刀身,"常有年轻男人送我东西,我却从来没收到过兵器。"

"请您留下吧,"维林说,"请原谅我失陪了,公主殿下。"他鞠了一躬,转身走开。

"不原谅,"她断然否决,"我们还没有谈完呢。过来。"她拿着飞刀晃了晃,离开了那面墙壁。"我们到星空底下聊聊,就我们俩,那感觉像在歌谣里唱的一样。"

我可以直接走,维林心想。她拦不住我……应该是吧?可一想到可能招来成群的卫兵,免不了恶斗一场,维林便乖乖地跟着她穿过走廊。公主引他来到一处不太显眼的隔间,然后推开门,示意他进来。眼前的花园不大,不过即便只有月光照耀,那些花坛依然美不胜收。这儿满是各种奇花异草,种类比埃雷拉宗老的花园多了许多。

"真应该白天来看。"莱娜公主说着关上门,从他身边走过去,又站住脚,细看一丛玫瑰:"现在时令过了,我的好多宝贝禁不住严寒,已经枯萎凋零了。"

她往花园中央的一条矮石凳走去,衣裙飘飘,婉约动人。维林却注意到花坛里有一样眼熟的东西,没想到,他在一株小枫树底下发现了黄色的嫩芽。"这是冬华。"

"你认识花儿?"公主听上去很惊讶,"我听说第六宗的兄弟除了打仗,一无所知。"

"我们也学别的知识。"

她坐在石凳上,抬手指着花坛:"你喜欢我的花园吗?"

"非常漂亮,公主殿下。"

"我小时候,父亲问我冬至想要什么礼物。我在王宫里长大,身边什么时候都有人陪着,卫兵啊,侍女啊,教师啊,所以我说,我要一个可以独处的地方。他就带我来这里。那时候还只是一个空院子，是我把它变成了花园。我不准任何人来这里，也从不带任何人进来，现在你来了。"公主专心致志地盯着他，观察他的反应。

"我很……荣幸，公主殿下。"

"我很高兴。既然我给你分享了一个秘密，让你感到荣幸，那么你也应该告诉我一个秘密，来回报我。你找我父亲有什么事？"

维林很想闭口不言，但又知道不作理睬有失礼数。各种谎话闪过脑海，可他有种感觉，公主跟她父亲一样，听得出真假。"我认为雅努斯王肯定不希望我谈论此事。"他沉默了片刻，说道。

"是吗？那我只好猜咯。如果我猜对了，你就告诉我。你发现今天杀死的一个人，是被迫上场决斗的。你来是找我父亲讨个公道。我说得对吗？"

"您消息真灵通，公主殿下。"

"是的。不过很可惜，我还是知道得太少。我父亲有没有答应你的请求？"

"陛下宅心仁厚，主持了公道。"

"噢。"她的语气略带遗憾，"可怜的艾尔·乌恩萨大人。在瓦丁之夜的舞会上，他逗得我笑个不停，因为他那跌跌撞撞的舞步实在太好笑了。"

"我相信等他上了绞刑架，您欢乐的回忆必能给他带来极大的安慰，公主殿下。"

公主收敛了笑容："你觉得我很冷血？或许是吧。这些年我认识了不少大人。他们脸上堆着笑，惺惺作态地给我送来糖果和礼物，夸我怎么怎么漂亮，全都是想讨好我父亲。他送走了一批，留下了一批，处死了一批。"

维林想到父亲肯定也在她所遇见的众多大人之中，他感到很好奇，父亲是否给公主留下了同样的印象。"我父亲送过您礼物吗？"

"你父亲从来只是狠狠地瞪着我,却还不如你母亲瞪得那么凶。我想,是父亲对我们的安排,使得你父母如此提防我。"

"您说'我们',公主殿下?"

她扬起眉毛:"我们本来是要成亲的。你不知道吗?"

成亲?这也太荒唐了,简直可笑。娶一位公主,跟她结婚。他回想起小时候进宫遇到的那个凶巴巴的小姑娘。我不嫁你,你脏脏的。国王真打算将他纳入王室血脉吗?

"不,我也不喜欢这个主意,"莱娜公主端详着他的脸,说道,"可我如今真心佩服其高明之处。我父亲的计划常常要过很多年,才会显示出真正的意图。就这件事情而言,他希望把你安置在我哥哥身边,并巩固我的地位。待我哥哥执政,我们共同劝导新王。"

"或许你哥哥不需要别人劝导。"

她扬起完美无瑕的脸庞,望着天空中浩繁的群星:"时间自会证明。我晚上应该多来这里,景色真美。"她转过头,一本正经地问维林:"你取人性命时,是什么感觉?"

她的语气只是单纯的好奇。她并不知道这个问题可能冒犯到对方,或者是即便知道也不在乎。奇怪的是,维林并不觉得受到冒犯。从来没人问过他这样的问题,尽管他对答案再清楚不过了。

"感觉就像是灵魂脏了。"他说。

"那你还要继续这么干。"

"直到今天……我从来都是别无选择。"

"那你来找我父亲,是企图减轻你的愧疚。不知道他对你提出了什么要求?我认为他要你为他效力。在第六宗安插耳目确实有好处。"

耳目?真是这样倒也罢了。"您带我来这里,只是问些您已知晓答案的问题吗,公主殿下?"

出乎意料的是,公主笑了,那是发自内心的笑声:"你好有意思。你不恭维我,不给我唱歌,也不对我念诗。你既没有魅力,也没有心机。"她低头看着手里的飞刀,"你是唯一一个令我真正感到害怕的人。一如既往,父亲的远见又让我吃惊了。"她目不转睛的凝视,令维林不太自在,他鼓足勇气迎着公主的目光,却一言不发。

"我要对你说的话很简单,"公主说道,"退出宗会,来朝中为我父亲效力。历经战火,假以时日,你必将成为疆国之剑,而我们可以走上他早就铺好的路。"

维林仔细端详公主的脸庞,以为能找到一丝嘲弄或是欺骗的意味,却发现她再严肃不过了。"公主殿下,您希望我们成亲?"

"我希望为父亲增光。"

"您父亲放弃了对我的安排。现在退出宗会对他而言没有任何好处。若我遵从您的命令,那便是违背他的意愿。"

"我去找他谈。他在很多事情上都听取我的建议,他看得出这个做法背后的智慧。"他看到了,那是公主眼中闪烁的微光。那种异样的感觉愈来愈强烈,与此同时,维林终于想了起来,他见过那种微光,是在汉娜姐妹的眼中,而当时她正要动手杀人。那不全是怨恨,更多的是算计,以及欲望。只是,汉娜姐妹的欲望是要他死,而公主的欲望难以估量,他很怀疑婚后能有幸福美满的生活。

"我深感荣幸,公主殿下,"维林尽可能以礼节性的口吻说道,"不过,想必您可以理解,我已将此生奉献给信仰。我是第六宗的兄弟,这次见面已有失妥当。若您准许我就此告退,我必将感激不尽。"

她低下头,唇边掠过一抹苦笑:"当然了,兄弟。请原谅我有失礼数,耽搁了你。"

维林鞠躬致意,然后转身离开,刚到门口,公主便叫住了他。

"我有很多事情要做,维林。"在她的语调当中,既无戏谑之意,也没有惺惺作态,只有严肃和真诚。这是她真实的声音,维林心想。

他驻足在门口,却没有转身,只是静静地等着。

"我要做的这些事情,如果有你在身边,做起来便容易些。不过

渡鸦之影 血歌

无论如何,我必定要做,而且绝不容许有人从中作梗。说真的,我很不希望我们俩成为敌人。"

维林扭头看了她一眼:"感谢您带我参观您的花园,公主殿下。"

她扬起头,再度望向星空。维林可以走了。他所见过的最漂亮的女人,沐浴在月光之下。这幅画面真令人神魂颠倒,他多么希望再也不要看见了。